全民英檢 中級適用

單字通

三民英語編輯小組　彙編

三民書局

全民英檢單字通

彙　　編	|	三民英語編輯小組
發 行 人	|	劉振強
出 版 者	|	三民書局股份有限公司
地　　址	|	臺北市復興北路 386 號 (復北門市)
		臺北市重慶南路一段 61 號 (重南門市)
電　　話	|	(02)25006600
網　　址	|	三民網路書店 https://www.sanmin.com.tw
出版日期	|	初版一刷 2009 年 6 月
		二版一刷 2021 年 11 月
		二版二刷 2022 年 3 月
書籍編號	|	S808150
		4712780668184

給讀者的話

在這全球化競爭的大環境中,不論你是要升學還是就業,都少不了要通過英語認證。因此,提昇個人英語程度已成為一項刻不容緩的工作!此外,背單字是學英文的基本功,熟記大量的字彙更是戰勝各種英文考試的利器;有了足夠的單字量,我們才能看懂題目,釐清題意,進而選擇正確答案。有鑑於此,我們從基本功能面出發,結合了「征服英檢」與「累積字彙」兩大目的,編寫這本《全民英檢單字通》。

本書內容完全按照財團法人語言訓練測驗中心(LTTC)所公布的「全民英檢中級參考字表」設計,全書依照字母順序排列。每個英文單字除音標、詞性和中文解釋外,還有搭配詞、同╱反義字、詞類變化、相關片語及例句等內容。我們特別強調,詞類變化及相關片語的內容皆是最常見的用法,例句撰寫亦力求語意完整,可讓你快速掌握及活用該單字,不是只有死背單字。

本書口袋大小的設計,方便讀者貼身攜帶隨時背誦,進而在短時間內快速累積大量字彙。除了配合全民英檢中級考試的準備,本書亦適合想要提昇字彙量的一般讀者。我們衷心希望這本書能幫助你在各種英文考試中都能得心應手、無往不利!

本書編纂力求詳盡完善,如有未盡善或疏漏之處,還望讀者大眾不吝賜教。

三民英語編輯小組　謹誌

Table of Contents

全民英檢

單字通

A	**abandon** [ə`bændən]	*v.* 抛棄=desert, forsake;放棄 =give up

· A cruel mother abandoned her newborn child in the park.

一位狠心的母親將她剛出生的孩子遺棄在公園。

abnormal [æb`nɔrml̩]	*adj.* 異常的↔normal, common

· Crop production is seriously affected by abnormal weather condition.

天氣異常嚴重影響了作物產量。

aboard [ə`bord]	*prep.* 搭乘 (火車、船等) *adv.* 在 (車、船、飛機) 上

· They went aboard a ship. 他們乘船。

★ go aboard=go on board 搭乘

★ 比較 abroad 在國外

absence [`æbsns̩]	*n.* [U] 缺席↔presence

★ in one's absence 某人不在時

· Don't speak badly of him in his absence.

不要在他背後説他的壞話。

absolute [`æbsə‚lut]	*adj.* 全然的=complete, entire

· That's absolute nonsense! 那全是胡説八道！

absolutely	*adv.* 全然地**=entirely**；當然
[ˌæbsə`lutlɪ]	**=certainly**

· I am absolutely sure.　我非常肯定。

absorb	*v.* 吸收
[əb`sɔrb]	

· The sponge absorbed all the water.
　海綿把水全吸了起來。

★ be absorbed in...　全神貫注於…

· The kid was fully absorbed in the cartoon.
　小孩全神貫注於卡通上。

abstract	*adj.* 抽象的↔**concrete**
[æb`strækt]	*n.* [C] 摘要

· His ideas are not good because they are too
　abstract.　他的想法不是很好，因為它們太抽象了。

abuse [ə`bjus]	*n.* [U] 虐待**=mistreatment**；辱罵
	=cursing [U][C] 濫用 (~ of)
[ə`bjuz]	*v.* 虐待；辱罵；濫用

· Child abuse is a growing problem.
　虐待兒童的問題越來越嚴重。

· She got verbally abused by her drunk husband.
　她遭到酒醉的丈夫言語上的辱罵。

➡ abusive [ə`bjusɪv] *adj.* 虐待的；辱罵的；濫用的

academic	*adj.* 學術的**=scholarly**

A

[ˌækəˈdɛmɪk]

· In Taiwan, the academic year is from September to June.　在臺灣，學年是從九月到隔年六月。

academy	n. [C] 學院=college
[əˈkædəmɪ]	

· He graduated from a military academy.
他畢業於一所軍校。

accent	n. [C] 重音；口音
[ˈæksɛnt]	v. 在…標上重音

· In "tomorrow," the accent is on the second syllable.　「明天」這個字的重音在第二音節。

acceptable	adj. 可接受的↔**unacceptable**
[əkˈsɛptəbl̩]	

· The decision was acceptable to all of us.
我們大家對此決定都能接受。

acceptance	n. [U] 接受↔**rejection**
[əkˈsɛptəns]	

· His acceptance into a good college pleased his father.
一所好大學接受他的入學申請令他父親很高興。

accepted	adj. 公認的
[əkˈsɛptɪd]	

· The accepted truth is that regular exercise leads to

4

a healthier life.

規律的運動帶來健康的生活是公認的事實。

| **access** [ˋæksɛs] | *v.* (從電腦) 讀取 (資料) |
| | *n.* [U] 通道=**path**；入口 |

★ gain access to... 接近⋯

· It seems to be easy for hackers to access government computer files.

駭客似乎可輕易侵入政府的電腦檔案。

· The island is very easy of access.

去那座島很容易。

| **accidental** [ˌæksəˋdɛntl] | *adj.* 意外的↔**intentional** <-ly *adv.*> |

· Three people were killed in an accidental fire.

三人死於意外的火災。

| **accommodate** [əˋkɑmədet] | *v.* 留宿=**lodge**；容納=**contain**；適應 (~ to) =**adapt, adjust** |

· We must accommodate our plan to these new circumstances.

我們必須調整計畫以適應新狀況。

| **accommodation** [əkɑməˋdeʃən] | *n.* [U] 住宿；容納；適應；(pl.) 住宿設施<-s> [C] 和解；調節 |

· The hotel has accommodation for 500 guests.

這家旅館可容納五百名旅客。

- The two parties came to an accommodation finally.　這兩黨最後終於達成和解。

accompany [əˋkʌmpənɪ]	v. 陪同 **=go with**；伴隨；使附帶 **=occur with**

- She is always accompanied by her mother.
  她總是由母親陪著。
- Lightning always accompanies thunder.
  閃電與打雷總是一起出現。

accomplish [əˋkɑmplɪʃ]	v. 完成 **=carry out**

- He tried to accomplish his mission.
  他試圖完成任務。

accord [əˋkɔrd]	v. 一致 (~ with) **=agree**；給予 n. [U] 一致 **=agreement** [C] 協定

★ in/out of accord with　與…一致／不一致
- His account of the accident accords with yours.
  他對事故的描述跟你的說法一致。
- America has come to a defense accord with Taiwan and Japan.
  美國已和台灣及日本達成防禦協定。

account [əˋkaunt]	n. [C] 說明 **=description,** **explanation**；帳戶 v. 解釋 (~ for) **=explain**

★ on no account　絕不

take...into account　考慮…

on account of...=because of...　因為…

· He gave us a detailed account of the accident.

  他向我們詳細報告此事故。

· I will take his age into account.=I will take
  account of his age.　我會把他的年紀考慮在內。

accountant [əˋkaʊntənt]	*n.* [C] 會計師

accuracy [ˋækjərəsɪ]	*n.* [U] 精確↔**inaccuracy**

· He reported the details with accuracy.

  他精確地報告事情的細節。

accurate [ˋækjərɪt]	*adj.* 精確的↔**inaccurate** <-ly *adv.*>

· My watch is very accurate.　我的錶非常準確。

accuse [əˋkjuz]	*v.* 譴責=**blame**；控告

★ accuse sb. of sth.　指控某人某事

· She accused me of being a liar.　她指控我說謊。

accustomed [əˋkʌstəmd]	*adj.* 習慣的=**used to**

★ be accustomed to　習慣於

· He is accustomed to getting up early.

A

他習慣早起。

ache [ek]	*v.* 疼痛=**hurt**；渴望 (~ for, to V.)
	=**desire, yearn**
	n. [C][U] 疼痛；渴望

★ backache 背痛　headache 頭痛

　stomachache 胃痛　toothache 牙痛

· My heart aches for those starving children.
　我為那些飢餓的孩子感到心痛。

achievement	*n.* [U][C] 成就↔**failure**
[əˋtʃivmənt]	

· Reaching the summit of Mt. Everest would be a
　great achievement.
　登上聖母峰頂將會是一樁偉業。

acid [ˋæsɪd]	*n.* [U][C] 酸
	adj. 酸的

· Vinegar is an acid.　醋是一種酸。

acquaint	*v.* 使熟悉 (~ with) =**inform,**
[əˋkwent]	**familiarize**

· It is your job to acquaint the newcomer with the
　rules of the office.
　你的工作是讓新職員熟悉辦公室的規定。

acquaintance	*n.* [C] 相識的人；[U] 知識
[əˋkwentəns]	=**knowledge**

8

- He is more of an acquaintance than a friend.
  與其說他是朋友，不如說只是認識的人。

| **acquire** | v. 獲得=obtain↔lose, be |
| [ə`kwaɪr] | **deprived of**；學會=learn |

- He acquired the habit of smoking.
  他養成了抽煙的習慣。

| **acre** [`ekɚ] | n. [C] 英畝 |

- The field measures more than two acres.
  這塊田面積超過兩英畝。

| **actual** | adj. 事實上的=true, real |
| [`æktʃʊəl] | |

- The actual cost was higher than the estimated.
  實際費用比估計的高。

| **adapt** [ə`dæpt] | v. 使適應=accommodate, |
| | **adjust**；改編=modify |

★ adapt oneself to...　使自己適應…
- She adapted her teaching method to slow learners.
  她調整教學法以配合學習緩慢的人。

| **additional** | adj. 附加的=extra |
| [ə`dɪʃənl] | |

- An additional charge is made for heavy bags.
  重袋另收費用。

| **adequate** | adj. 足夠的=sufficient, |

A

| [ˋædəkwɪt] | **enough↔inadequate** |
| | <-ly *adv.*> |

· This meal is adequate for three.
這些飯菜足夠三個人吃。

| **adjective** | *n.* [C] 形容詞 |
| [ˋædʒɪktɪv] | |

| **adjust** [əˋdʒʌst] | *v.* 調整=**change, modify** |

★ adjust oneself to... 使自己適應…

· She adjusted her schedule so that she could make time to visit her friends.
她調整她的行程好安排時間去拜訪她的朋友。

administration	*n.* [U] 管理=**management**；行政
[ədmɪnəˋstreʃən]	[C] 政府=**government**；行政部
	門

· The new manager has little experience in administration. 新的經理缺少行政經驗。

| **admirable** | *adj.* 極佳的=**excellent**；值得讚賞 |
| [ˋædmərəbl̩] | 的=**praiseworthy** |

· He made an admirable speech about protecting the environment.
他就環境保護做了一次精采的演講。

| **admiration** | *n.* [U] 讚賞；欽佩 |
| [͵ædməˋreʃən] | |

- He has great admiration for the actor.
  他非常讚賞這個演員。

A

admission [əd`mɪʃən]	*n.* [C][U] 承認；入場許可= **admittance**

★ admission fee　入場費

- The singer wanted to attend the fashion show but was refused admission.
  那位歌手想參加時裝秀但不被允許入場。

advanced [əd`vænst]	*adj.* 先進的=**progressive**；高級的

- His ideas are too advanced to be understood by ordinary people.
  他的思想太過先進，以致無法為大眾所理解。

adventure [əd`vɛntʃɚ]	*n.* [U][C] 冒險=**venture**

- The detective has had a lot of adventures.
  那偵探冒過很多險。

advertise [`ædvɚ͵taɪz]	*v.* 登廣告=**make known**

- They advertised a house for sale.
  他們為出售房子登廣告。

adviser/ advisor	*n.* [C] 忠告者=**consultant**

11

[əd`vaɪzə˞]

affection	*n.* [U][C] 愛**=love**；感情 (~ for)

[ə`fɛkʃən]

· The father has a deep affection for his little girl.
這父親對他的小女兒有很深的情感。

➠ affectionate [ə`fɛkʃənɪt] *adj.* 摯愛的 (~ to/toward)

afford [ə`ford]	*v.* 負擔得起**=bear**

· We can't afford to lose a minute.
我們一分鐘也浪費不起。

afterward(s)	*adv.* 之後

[`æftə˞wə˞d(z)]

★ soon afterwards　不久

· They went to the movies; then afterwards they
went somewhere to eat.
他們看完電影後，就找了個地方吃東西。

aged [`edʒɪd]	*adj.* 年老的**=old**；…歲的

· Jane lives with her aged grandparents.
Jane和年邁的祖父母同住。

agency	*n.* [C] 代理業**=office**；局**=bureau**

[`edʒənsɪ]

· My brother works in a travel agency.
我哥哥在旅行社上班。

agent [`edʒənt]	*n.* [C] 經紀人**=middleman**

- Please contact my agent for further information.

  要知道進一步的消息，請與我的經紀人聯絡。

aggressive
[ə`grɛsɪv]

adj. 積極的=**active**；攻擊性的
=**attacking**

- Some dogs are naturally aggressive.

  有些狗天生具攻擊性。

agreeable
[ə`griəbl̩]

adj. 愉快的；和藹可親的=
pleasant↔disagreeable

- He is a pleasant man; he is very nice and
  agreeable.

  他是一個令人愉快的人，非常好而且和藹可親。

agreement
[ə`grimənt]

n. [C] 協定=**deal**↔
disagreement [U] 同意

- You have broken our agreement.

  你已破壞我們的協定。

agriculture
[`ægrɪˌkʌltʃɚ]

n. [U] 農業=**cultivation**

- People in this area depend on agriculture for their
  living.   此地的人以務農維生。

air-conditioned
[ˌɛrkən`dɪʃənd]

adj. 有空調的

airmail
[`ɛrˌmel]

n. [U] 航空郵件

13

★ <u>domestic</u>/<u>overseas</u> mail　國內／國際郵件

· He sent a letter by airmail.　他寄了封航空信。

alcohol [`ælkə,hɔl]	*n.* [U] 酒精；酒=**liquor**

alcoholic [,ælkə`hɔlɪk]	*adj.* 酒精的↔**nonalcoholic** *n.* [C] 酗酒者=**drunkard**

· This restaurant doesn't serve alcoholic beverages.
這家餐廳不賣含酒精的飲料。

alley [`ælɪ]	*n.* [C] 小巷，小徑=**path**

· It is dangerous to walk down an alley at night.
晚上走進小巷裡很危險。

allowance [ə`lauəns]	*n.* [C] 零用錢=**pocket money**

· He received a weekly allowance from his father.
他從父親那裡得到每週的零用錢。

alongside [ə`lɔŋ`saɪd]	*adv.* 並排地，在旁邊=**beside** *prep.* 在…的旁邊；與…一起

· He pulled his car alongside the road to take a rest.
他把車靠邊停下來休息。

· She doesn't like to work alongside others.
她不喜歡與別人共事。

alternative [ɔl`tɝnətɪv]	*adj.* 二者擇一的；替代的 *n.* [C] 選項；可替代的方法 (~ to)

· There is no alternative means of transport to the town except the bus.

除了公車，沒有其他可替代的交通工具到那城鎮。

➡ alternatively [ɔlˋtɝnətɪvlɪ] *adv.* 要不然，或者

altitude [ˋæltətjud]	*n.* [C][U] 標高，海拔**=height**

· Mt. Jade's altitude is nearly 4,000 meters.

玉山幾乎高達海拔四千公尺。

aluminum [əˋlumɪnəm]	*n.* [U] 鋁
	adj. 鋁製的

amateur [ˋæmə͵tʃur]	*n.* [C] 業餘愛好者
	adj. 業餘的↔**professional**

· I am an amateur golfer.　我是個業餘高爾夫球手。

amaze [əˋmez]	*v.* 使吃驚**=surprise, astonish**

· It amazed us how great his ideas were.

他的想法很棒讓我們相當吃驚。

amazed [əˋmezd]	*adj.* 驚愕的；驚奇的

· We are amazed by the magnificence of the scenery.　壯麗的景色讓我們感到驚奇。

amazing [əˋmezɪŋ]	*adj.* 令人驚訝的；了不起的
	<-ly *adv.*>

· The car went at an amazing speed.

15

那部車以驚人的速度飛馳。

ambassador　*n.* [C] 大使=**consul, diplomat**
[æm`bæsədɚ]

· He's the former ambassador to the United States.
他是前任駐美大使。

---

ambition　*n.* [U] 雄心=**aspiration**
[æm`bɪʃən]

· He never forgot his ambition to become a great
statesman.　他從未忘記成為偉大政治家的雄心。

---

ambitious　*adj.* 野心勃勃的 (~ for, of, to
[æm`bɪʃəs]　V.) =**aspiring**

· They are ambitious for fame.
他們渴望獲得名聲。

---

amid [ə`mɪd]　*prep.* 在⋯之間=**amidst, among**

· She talked about her bad experiences amid tears.
她含著淚訴說她不好的經歷。

---

amuse [ə`mjuz]　*v.* 逗 (人) 笑=**entertain**；使快樂
=**please**

· That kind of joke doesn't amuse me.
我不覺得那種笑話好笑。

---

amused　*adj.* 覺得有趣的
[ə`mjuzd]

· I was amused <u>at</u>/<u>by</u> the idea.

我覺得這個想法非常有趣。

amusement	*n.* [U][C] 樂趣**=delight**；娛樂
[ə`mjuzmənt]	**=recreation**

★ to one's amusement　令人感到有趣的是…

amusing	*adj.* 引人發笑的**=funny**
[ə`mjuzɪŋ]	

· He made us laugh with an amusing joke.
　他用好笑的笑話逗我們笑。

analysis	*n.* [C] 分析
[ə`næləsɪs]	

· We must make a close analysis of the causes of
　the accident.
　我們必須詳細分析事故發生的原因。

analyst	*n.* [C] 分析者；解析者
[`ænḷɪst]	

· You can see a number of financial analysts on TV
　analyzing the stock market.
　你可以看到一些金融分析師在電視上分析股市。

analyze	*v.* 分析
[`ænḷ͵aɪz]	

· He analyzed the novel's themes.
　他分析小說的主題。

ancestor	*n.* [C] 祖先**=descendant**

[`ænsɛstə]

· Our family has some distinguished ancestors.
我們家族中有些祖先很有名。

angle [`æŋgl]　　*n.* [C] 角度；看法=**viewpoint**

· We should look at the problem from another
angle.　我們應從另一個角度來看這個問題。

anniversary　　*n.* [C] 週年紀念

[,ænə`vɝsərɪ]

★ a wedding anniversary　結婚週年紀念日

announce　　*v.* 宣布=**declare**；顯露=**reveal,**

[ə`naʊns]　　**conceal**

· He announced his engagement to Miss Brown.
他宣布與布朗小姐訂婚。

announcement　　*n.* [U][C] 公布

[ə`naʊnsmənt]

· Bill and I have an announcement to make.
Bill和我有事要宣布。

announcer　　*n.* [C] 宣布者；播報員=**reporter**

[ə`naʊnsə]

· Who are the announcers for the baseball game?
誰是這場棒球賽的播報員？

annoy [ə`nɔɪ]　　*v.* 使煩惱，困擾 (~ with sb.),
(~at sth.) =**bother**

18

· I was annoyed with him for talking so loud.

他大聲説話令我惱怒。

annoyed	*adj.* 惱怒的
[ə`nɔɪd]	

· I feel annoyed with Julia for her officiousness.

我被Julia的多管閒事弄得惱怒。

annoying	*adj.* 煩人的**=troublesome**
[ə`nɔɪɪŋ]	

· He is such an annoying boy.

他真是個煩人的男孩。

annual	*adj.* 每年一次的;一年的**=yearly**
[`ænjʊəl]	*n.* 一年生或一季生的植物;年報

· His annual income is more than a million.

他的年收入超過一百萬。

anxiety	*n.* [U] 焦慮 (~ about, for)
[æŋ`zaɪətɪ]	**=dread↔composure**

· I am full of anxiety about the future.

我對未來充滿了憂慮。

anxious	*adj.* 擔心的 (~ about, for)
[`æŋkʃəs]	**=worried**;急切的

· I am anxious to see what my birthday present is.

我著急地想看我的生日禮物到底是什麼。

anyhow	*adv.* 無論如何;不管怎樣

[ˋɛnɪˏhaʊ]

· Anyhow, I don't like him.　總之，我不喜歡他。

anytime	*adv.* 隨時

[ˋɛnɪˏtaɪm]

· If you need me, call my anytime.
如果需要我的幫忙，隨時打給我。

apart [əˋpɑrt]	*adv.* 分開地
	adj. 與…分開的；與…不同的

★ apart from...　除了…之外　tell...apart　分辨…

· He stood with his feet wide apart.
他兩腳分得很開地站著。

· Apart from a few minor mistakes, your
composition was excellent.
除了幾處小錯誤之外，你的作文寫得很好。

ape [ep]	*n.* [C] 類人猿
	v. 模仿

· We saw some apes in the zoo yesterday.
我們昨天在動物園看到類人猿。

apology	*n.* [C] 道歉 (~ for 原因)

[əˋpɑlədʒɪ]

· The manager made an apology for having been
out.　經理為自己外出之事道歉。

apparent	*adj.* 顯然的=**evident**；表面的

[ə`pærənt]

· With all of the evidence on the crime scene, it is apparent that he is guilty.

有了在犯罪現場的所有證據，他很顯然地有罪。

apparently	*adv.* 明顯地；表面上
[ə`pærəntlɪ]	

· He is not coming, apparently.

看樣子他不會來了。

appeal [ə`pil]	*v.* 懇求 (~ to sb. for sth.) =**plead**；有吸引力 (~ to sb.) =**attract** *n.* [U][C] 懇求=**plea**；吸引力 (~ to) =**attraction, charm**

· He appealed to the judge for another trial.

他懇求法官再開一次庭。

· Jazz has lost its appeal to me.

爵士樂對我而言已經失去吸引力。

appetite	*n.* [U][C] 食慾；胃口
[`æpə,taɪt]	

★ ruin/spoil one's appetite　破壞某人的胃口

· I have an appetite for some steak.

我有胃口想吃牛排。

applaud	*v.* 鼓掌=**clap**↔**boo**；讚賞=**praise**
[ə`plɔd]	

A

- The audience applauded the actors and actresses.

  觀眾向男女演員鼓掌喝采。

| **applause** | *n.* [U] 鼓掌=**clapping**；讚賞 |
| [əˋplɔz] | =**praise** |

★ a round of applause　一陣掌聲

- The audience gave the conductor loud applause as he left the stage.

  指揮離開舞台時觀眾熱烈地鼓掌。

| **appliance** | *n.* [C] 器具=**equipment, device** |
| [əˋplaɪəns] | |

- Televisions and refrigerators are household appliances.　電視、冰箱是家電用品。

| **applicant** | *n.* [C] 申請者 |
| [ˋæpləkənt] | |

- All the applicants for the job are called for the interview next Wednesday.

  這個工作的所有應徵者被通知下星期三面試。

| **application** | *n.* [U] 應用 [C] 用法；申請；申 |
| [͵æpləˋkeʃən] | 請書 |

★ fill in/out an application form　填申請表

- We regret that your application has not been accepted.　我們很抱歉你的申請未獲准。

| **appoint** | *v.* 指定=**designate**；任命=**assign** |

[ə`pɔɪnt]	

- He was appointed captain of the ship.
  他被任命為這艘船的船長。

appointment	*n.* [U] 任命 [C] 官職=**position**
[ə`pɔɪntmənt]	[U][C] 約定 (~ with sb.)
	=**engagement**

- I have an appointment with him at noon.
  我中午與他有約。

appreciation	*n.* [U] 感謝=**gratitude,**
[ə,priʃɪ`eʃən]	**gratefulness** [C][U] 鑑賞力

★ in appreciation of... 感謝…

- I want to show them my appreciation by sending
  them a "thank you" card.
  我想以寄感謝卡的方式向他們表示謝意。

approach	*v.* 靠近↔**leave**；著手從事
[ə`protʃ]	*n.* [U] 接近↔**departure** [C] 處
	理方式=**method**

- The plane approached the runway.
  飛機接近跑道。

- We need a scientific approach to dealing with the
  problem. 我們需用科學的方式來處理這個問題。

appropriate	*adj.* 適合的 (~ to, for) =**suitable,**
[ə`proprɪ,et]	**proper, fit**↔ **inappropriate**

23

· You should dress appropriate to the company's policy. 你應該依公司規定穿著適當的服裝。

approval [ə`pruvl]	*n.* [U] 同意 ↔**disapproval**

· If you get your mother's approval, you can come.
如果你得到母親的同意，就可以來。

approve [ə`pruv]	*v.* 同意，認可 **=agree↔disapprove**

· My father would never approve such a marriage.
我父親絕不會同意這樁婚事。

apron [`eprən]	*n.* [C] 圍裙
aquarium [ə`kwɛrɪəm]	*n.* [C] 水族館 <aquariums/aquaria pl.>

· We have a wonderful time in the aquarium.
我們在水族館玩得很開心。

arch [ɑrtʃ]	*n.* [C] 拱門 *v.* 拱起；(使) 成弓形

· Passing through the arch, you will see a castle.
穿過拱門，你會看到一座城堡。

architect [`ɑrkə,tɛkt]	*n.* [C] 建築師；設計師

· Architects are people who specialize in designing buildings. 建築師就是那些專門設計建築物的人。

architecture	*n.* [U] 建築學；建築風格
[`ɑrkə,tɛktʃɚ]	

· The Sydney Opera House is a well-known
  example of modern architecture.
  雪梨歌劇院是現代建築的知名例子。

---

argument	*n.* [C] 爭論，辯論；論點
[`ɑrgjəmənt]	

· There are many arguments against smoking. For
  example, it may lead to lung cancer.
  有很多反對吸煙的論點，例如會導致肺癌。

---

arise [ə`raɪz]	*v.* 出現 (~ from, out of)；上升
	=rise (arise, arose, arisen)

★ 比較 rise 上升；起床；起立
   arouse 喚醒；引起
   raise 舉起；提出

· Smoke arose from the chimney.
  煙從煙囪冒出來。

---

arithmetic	
[ə`rɪθmə,tɪk]	*n.* [U] 算術，計算
[ærɪθ`mɛtɪk]	*adj.* 算術的

---

armed [ɑrmd]	*adj.* 武裝的

· There are armed guards patrolling the border.
  邊界有武裝警察巡邏。

arouse [əˋrauz]	*v.* 喚醒;引起**=rouse**

· The noise aroused me from my sleep.
喧鬧聲把我從睡夢中吵醒。

arrangement [əˋrendʒmənt]	*n.* [C] 安排;籌備

· They are busying making arrangements for a wedding. 他們忙著籌備婚禮。

arrival [əˋraɪvl̩]	*n.* [U] 到達↔**departure** [C] 到達的人、物

· Our arrival at New York was delayed by an hour.
我們抵達紐約的時間被延誤了一小時。

arrow [ˋæro]	*n.* [C] 箭;箭號

· He shot an arrow at the deer. 他對鹿射了一箭。

artificial [ˌɑrtəˋfɪʃəl]	*adj.* 人工的↔**natural**;不自然的 **=unnatural**

★ artificial flavor 人工香料

· An artificial flower will last forever.
人造花可永遠保存。

artistic [ɑrˋtɪstɪk]	*adj.* 藝術的**=aesthetic**;懂藝術的

· My father is far from artistic.
我父親一點也不懂藝術。

ascend [əˋsɛnd]	*v.* 攀登;上升;升高↔**descend**

26

- He panted heavily after ascending the steep staircase. 爬完陡峭的樓梯後，他劇烈地喘著。

ascending [ə`sɛndɪŋ]	*adj.* 上升的

★ in ascending order 按 (高度、六小等) 排列

ash [æʃ]	*n.* [U] 灰；骨灰 <常-es>

- Don't drop cigarette ash on the carpet.
  別讓菸灰掉在地毯上。

ashamed [ə`ʃemd]	*adj.* 慚愧的 (~ of sth., for sb, that子句, to V.)

- You should be ashamed of your behavior.
  你應為自己的行為感到羞恥。

aside [ə`saɪd]	*adv.* 在旁邊

★ aside from...=apart from...=except...=besides...
除…之外

- Ann stepped aside to make way for an old woman.
  Ann退到旁邊讓路給老太太。

aspect [`æspɛkt]	*n.* [C] 觀點=**point**；角度=**angle**

- We should consider the question in all aspects.
  我們應通盤考量這個問題。

aspirin [`æspərɪn]	*n.* [U][C] 阿斯匹靈

- I took two aspirins for my headache.

27

我因頭痛而吃了兩片阿斯匹靈。

assassinate [əˋsæsɪnˌet]	v. 行刺，暗殺

· The emperor planned to assassinate his political dissidents. 統治者計畫暗殺政治異議份子。

assemble [əˋsɛmbl̩]	v. 集合=gather；裝配=put together↔disassemble

· The worker can assemble a piece of furniture from a kit. 這工人能將零件組裝成家具。

assembly [əˋsɛmblɪ]	n. [C] 集會=congregation, meeting [U] 集合

· The assembly consisted of people who were concerned about human rights.
那集會由關心人權的人士組成。

asset [ˋæsɛt]	n. [C] 財產；資產

· Some of the company's assets were sold to pay debts. 公司的部份資產被賣掉來還債。

assign [əˋsaɪn]	v. 分配=allocate；指定=appoint；任命 (~ sth. to sb.)

· The president assigned me the job.
董事長任命我做這工作。

assist [əˋsɪst]	v. 幫助=help

· She assisted her brother with his homework.

她幫弟弟做家庭作業。

assistance	*n.* [U] 幫助=**aid**
[ə`sɪstəns]	

· They came to our assistance.
  他們來幫我們的忙。

---

associate	*v.* 聯想 (~ with)；使有關係 (~
[ə`soʃɪˌet]	with) =**relate**↔**dissociate**
[ə`soʃɪɪt]	*n.* [C] 夥伴=**partner**；同事

★ be associated/connected with... 與…有關

· We associate Paris with the latest fashion.
  我們把巴黎與最新流行聯想在一起。

---

association	*n.* [C] 協會=**organization** [U] 聯
[əˌsosɪ`eʃən]	合=**affiliation**

★ in association with... 聯合…

· He is working in association with several other
  scholars.　他正和其他幾位學者一起研究。

---

assurance	*n.* [C] 保證=**promise, guarantee**
[ə`ʃʊrəns]	[U] 自信

· You have my assurance that we mean no harm to
  you.　我向你保證，我們不打算傷害你。

---

assure [ə`ʃʊr]	*v.* 保證 (~ sb. of sth.) =**promise,**
	guarantee

· I can assure you of his honesty.=I can assure you

that he is honest. 我可以向你保證他是誠實的。

astonish　　　　　　*v.* 使驚訝

[ə`stɑnɪʃ]

· The news about the collapse of the Twin towers of the World Trade Center astonished people all over the world. 世貿大樓倒塌的新聞震驚世人。

astonishing　　　　*adj.* 令人震驚的；令人驚訝的

[ə`stɑnɪʃɪŋ]

· She has made astonishing progress in English recently. 她最近在英文方面有令人驚訝的進步。

astronaut　　　　　*n.* [C] 太空人

[`æstrə,nɔt]

· In 1969, an American astronaut Armstrong landed on the moon.

1969年，美國太空人阿姆斯壯登陸月球。

athlete [`æθlit]　　　*n.* [C] 運動員=**sportsman**

· He is a born athlete. 他是個天生的運動員。

athletic　　　　　　*adj.* 運動的；強壯的=**strong**

[æθ`lɛtɪk]　　　　　　↔**weak, frail**

· The athletic meet will be held next week.

運動會將在下星期舉行。

atmosphere　　　　*n.* [C] 大氣=**air** (sing.) 氣氛 (an

[`ætməs,fɪr]　　　　　~)

- The atmosphere becomes thinner as you climb higher.　爬得越高空氣越稀薄。
- I felt a tense atmosphere as soon as I entered the room.　我一進房間就感受到一股緊張的氣氛。

atom [`ætəm]　　*n.* [C] 原子；微粒

- A molecule of carbon dioxide (CO_2) has one carbon atom and two oxygen atoms.
  一個二氧化碳分子有一個碳原子和兩個氧原子。

atomic
[ə`tɑmɪk]　　*adj.* 原子的

- The U.S. dropped atomic bombs in Japan during World War II.
  美國於第二次世界大戰時在日本投下了原子彈。

attach [ə`tætʃ]　　*v.* 使固定=**fix, secure**；貼上 (~ to) =**fasten to**↔**detach**

- Attach labels to all the bags.
  將所有手提袋貼上標籤。

attempt
[ə`tɛmpt]　　*v.* 嘗試 (~ to V., V-ing) =**try**
　　　　　　n. [U] 試圖 (~ to V., at V-ing/N.)

- He attempted to stop smoking many times.
  他屢次試圖戒菸。

attitude　　*n.* [C] 態度=**manner**；意見 (~ to,

31

** * ***

| [ˈætəˌtjud] | toward) =**view** |

- He took an unfriendly attitude toward me.
  他對我採取不友善的態度。

| **attract** | *v.* 吸引=**appeal to**；引起 (…的興 |
| [əˈtrækt] | 趣) |

- The boy cried out to attract attention.
  那男孩大叫以引人注意。

| **attraction** | *n.* [U] 吸引力=**fascination** [C] |
| [əˈtrækʃən] | 有魅力之處 |

★ <u>hold</u>/<u>have</u> an attraction <u>for</u>/<u>towards</u>... 對…有吸
  引力

- This kind of movie has no attraction for me.
  這種電影對我沒有吸引力。

| **attractive** | *adj.* 迷人的=**charming** |
| [əˈtræktɪv] | ↔**unappealing** |

- The offer was too attractive to refuse.
  這提議太吸引人而令人無法拒絕。

| **audio** [ˈɔdɪˌo] | *adj.* 聲音的；播音的；收音的 |

- Audio cassettes and videotapes are gradually
  being replaced by compact discs.
  錄音帶和錄影帶都漸漸地被光碟取代了。

| **author** [ˈɔθɚ] | *n.* [C] 作者=**writer** |

- I have read many books by modern authors.

32

我讀過許多現代作家的書。

authority	*n.* [U][C] 權威 (~ over, with)；
[ə`θɔrətɪ]	權威人士；當局<常-ies>

· The school authorities haven't announced the result of the contest.

學校當局尚未宣布競賽結果。

autobiography	*n.* [C] 自傳
[ˌɔtəbaɪ`ɑgrəfɪ]	

★ 比較 biography (由他人執筆的) 傳記

automatic	*adj.* 自動的↔**manual**
[ˌɔtə`mætɪk]	

· Most convenient stores have automatic doors.

大部分的便利商店都有自動門。

automobile	*n.* [C] 汽車=**auto, motorcar**
[`ɔtəməˌbil]	

· The automobile industry in the country is under the protection of the government.

這國家的汽車業受到政府的保護。

auxiliary	*adj.* 備用的；輔助的
[ɔg`zɪljərɪ]	*n.* [C] 輔助者=**assistant**；輔助
	物；(文法) 助動詞

· Since the main engine was broken,we had no choice but to use the auxiliary one.

由於主引擎故障，我們只好使用備用引擎。

| **avenue** | *n.* [C] 大道=**boulevard**；手段 |
| [ˈævəˌnju] | =**way, means, approach** |

· They explored every avenue in an attempt to avoid war. 他們探求各種方法試圖避免戰爭。

average	*n.* [C] 平均
[ˈævrɪdʒ]	*adj.* 平均的；普通的=**usual**
	v. 平均為…

★ on (an/the) average 平均而言

· I go to the barbershop once a month on average.
我平均每一個月去一次理髮廳。

· His intelligence is average for his age.
他的智力以其年齡來說算是普通。

| **await** [əˈwet] | *v.* 等候=**wait for** |

· I awaited his arrival. 我等待他的到來。

awake [əˈwek]	*adj.* 醒著的↔**asleep**
	v. 醒來；喚醒=**wake (up)**
	(awake, awoke, awoken)

· I lay in bed awake for hours.
我醒著躺在床上好幾個小時。

· The telephone awoke him from his sleep.
電話聲將他從睡眠中驚醒。

| **awaken** | *v.* 喚起 (~ to V., N.) |

[ə`wekən]

· People must be awakened to realize the danger.
人們必須意識到這危險。

| **award** [ə`wɔrd] | *v.* 授與；頒發 |
| | *n.* [C] 獎品=**prize**；獎金 |

· They awarded him a gold medal for his achievement.
由於他的成就他們頒發給他一面金牌。

| **awful** [`ɔfʊl] | *adj.* 恐怖的=**horrible**；極討厭的 =**unpleasant** |

· What awful weather! 多糟的天氣！

| **awkward** [`ɔkwəd] | *adj.* 笨拙的=**clumsy**；彆扭的<-ly *adv.*> |

· He feels awkward around strangers.
他在陌生人中很彆扭。

| **ax** [æks] | *n.* [C] 斧頭=【英】**axe** |

· He chopped down a tree with an ax.
他用斧頭把樹砍倒。

B

baby-sit [ˈbebɪsɪt]	*v.* 當臨時保母

· I often baby-sit my younger sister.
  我常當我妹妹的臨時保母。

baby-sitter [ˈbebɪsɪtɚ]	*n.* [C] 保母

· She hired a baby-sitter for the evening.
  她雇一個保母晚上來照顧小孩。

background [ˈbæk͵graʊnd]	*n.* [C] 背景↔**foreground**；經歷 **=experience**

· She is looking for a tutor with a background in
  music.　她在找有音樂背景的家教。

bacon [ˈbekən]	*n.* [U] 培根肉

★ bring home the bacon　養家

· Please give me a slice of bacon.
  請給我一片培根肉。

bacteria [bækˈtɪrɪə]	*n.* (pl.) 細菌**=germ**

· Bacteria in drinking water have spread the illness.
  這病是由飲用水裡的細菌傳播。

badly [ˈbædlɪ]	*adv.* 壞地↔**well**；非常地**=very much**

· He was hurt badly in the accident.

36

他在意外中受了嚴重的傷。

baggage [ˋbægɪdʒ]	*n.* [U] 行李 **=suitcase,**【英】**luggage**

· Passengers can take a certain amount of baggage on the airplane.

旅客可攜帶一定量的行李上飛機。

baggy [ˋbægɪ]	*adj.* (衣服) 寬鬆的

· I like to wear baggy T-shirts while jogging.

我慢跑時喜歡穿寬鬆的T恤。

bait [bet]	*v.* 裝誘餌
	n. [U] 餌

· He put a live bait on the hook.

他在釣鉤上裝活餌。

balance [ˋbæləns]	*v.* 使平衡 **=stabilize**;衡量
	n. [C] 平衡;餘額

★ <u>keep</u>/<u>lose</u> one's balance 保持／失去平衡

· The boy balanced a book on his head.

男孩將書平衡地頂在頭上。

bald [bɔld]	*adj.* 禿頭的 **=hairless**;不長草的 **=bare, barren**

· My father is going bald. 我父親逐漸禿頭。

ballet [bæˋle]	*n.* [U] 芭蕾舞
bamboo	*n.* [U][C] 竹

37

[bæm`bu]

· Bamboo shoots are very delicious.

竹筍相當美味。

| **ban** [bæn] | *v.* 禁止 (~ from V-ing) **=forbid** |
| | *n.* [C] 禁止 (~ on) **=prohibition** |

★ <u>lift</u>/<u>remove</u> the ban on...　解除對…的禁令

★ <u>place</u>/<u>put</u>/<u>impose</u> a ban on...　禁止…

· Smoking is banned in the auditorium.

禮堂內禁止吸煙。

· There is a ban on littering here.

此處禁止亂丟垃圾。

| **bandage** | *n.* [C] 繃帶 |
| [`bændɪdʒ] | |

· Her left arm was wrapped with bandage.

她的左手臂纏了繃帶。

| **band-aid** | *n.* [C] OK繃 |
| [`bænded] | |

| **bang** [bæŋ] | *v.* 砰地擊打 |
| | *n.* [C] 砰撞的聲音 |

· He shut the door with a bang.

他砰地一聲關上門。

| **bankrupt** | *adj.* 破產的**=broke** |
| [`bæŋkrʌpt] | *n.* [C] 破產者 |

	v. 使破產

· He has been declared bankrupt. 他被宣告破產。

bare [bɛr]	*adj.* 裸的=**naked**

· He is used to walking in bare feet.
  他習慣赤腳走路。

barely [`bɛrlɪ]	*adv.* 勉強地

· He just barely passed the exam.
  他勉強通過了考試。

bargain [`bɑrgɪn]	v. 殺價 (~ about, for)
	n. [C] 買賣契約=**contract**；交易 =**deal**；廉價品

· He bargained with the real estate agent for a lower
  price. 他和房地產仲介殺價。

barn [bɑrn]	*n.* [C] 穀倉

· We stored the hay in the barn.
  我們將乾草儲存在穀倉。

barrel [`bærəl]	*n.* [C] 木桶；一桶之量

· I found ten barrels of beer in the basement.
  我在地下室發現十桶啤酒。

barrier [`bærɪɚ]	*n.* [C] 障礙

★ 比較 barrier是暫時的妨礙；obstacle則指需要去除
  或繞道，否則無法超越。

B

- We must work hard to break down social barriers.
  我們必須努力消除社會隔閡。

based [best]	*adj.* 以…為底的

- The movie is based on the best-seller *Gone with the Wind*. 電影根據暢銷小說《飄》改編。

basin [ˋbesn̩]	*n.* [C] 水盆=**washbasin**；一盆的量

- Mother saved the dishwater in the basin.
  媽媽把洗碗水留在水槽。

bathe [beð]	*v.* 浸泡=**soak**；淋浴=**shower**；游泳=**swim**

★ be bathed in... 浸在…

- Bathe your feet to get the dirt off.
  把腳浸在水中洗掉污垢。
- We used to bathe in this river during our childhood. 我們小時候常在這河裡游泳。

battery [ˋbætərɪ]	*n.* [C] 電池

battle [ˋbætl̩]	*n.* [C][U] 戰鬥=**combat** *v.* 作戰=**fight**

- They fought a fair battle with the enemy.
  他們與敵軍公平地作戰。

bay [be]	*n.* [C] 海灣=**natural harbor**

B

· We sailed into a beautiful bay.
　我們將船駛入一個美麗的海灣。

bead [bid]	*n.* [C] 珠子

· She wore a necklace of crystal beads.
　她戴著一串水晶珠項鍊。

beak [bik]	*n.* [C] 鳥喙

★ 比較 beak　猛禽類彎曲的喙

　　　 bill　鴿子、水鳥等細直的嘴

beam [bim]	*n.* [C] 光線**=light**

· The beam of the car's headlights blinded me.
　車頭燈的光線讓我張不開眼。

beast [bist]	*n.* [C] 野獸

· The lion is the king of beasts.　獅子是萬獸之王。

beauty [`bjutɪ]	*n.* [U] 美貌 [C] 美人

· Beauty is but skin-deep. 【諺】勿以貌取人。

bedtime [`bɛdtaɪm]	*n.* [C][U] 就寢時間

· Mother reads me a bedtime story.
　媽媽讀床邊故事給我聽。

beetle [`bitl]	*n.* [C] 甲蟲
beg [bɛg]	*v.* 乞討 (~ for sth., ~ from sb.) ; 懇請 (~ for) **=plead**

· The old man begged money from me.

41

B

那老人向我乞討金錢。

· The prisoner begged for forgiveness.

那犯人懇求原諒。

beggar [`bɛgɚ]	*n.* [C] 乞丐
behavior [bɪ`hevjɚ]	*n.* [C] 行為=**deeds**

· His arrogant behavior annoys all his friends.

他傲慢的態度使朋友們都感到不悅。

being [`biɪŋ]	*n.* [C]生物；存在

· He is always interested in stories of alien beings.

他一直對外星生物的故事有興趣。

★ come into being 形成；產生

believable [bɪ`livəb(ə)l]	*adj.* 可信的 =**convincing**↔**unbelievable**

· What he said is quite believable.

他所說的相當可信。

belly [`bɛlɪ]	*n.* [C] 肚子=**tummy**

· When I was young, I liked to lie on my dad's

belly. 我小時候喜歡躺在我爸爸的肚子上。

bend [bɛnd]	*v.* 使彎曲 (~ to, before) ↔ **straighten** (bend, bent, bent) *n.* [C] 彎曲=**curve**

· She bent her head in shame. 她羞愧地低下頭來。

· Bamboo bends in the wind. 竹子隨風彎曲。	

beneath	*prep.* 在…的下方;比…差
[bɪ`niθ]	**=under, below**

· We sat beneath the tree. 我們坐在樹下。

beneficial	*adj.* 有益的 (~ to) **=helpful,**
[bɛnə`fɪʃəl]	**useful↔harmful, useless**

· The new medicine will be beneficial to all cancer
  patients. 這種新藥將有益於所有癌症患者。
➠ beneficially [bɛnə`fɪʃəlɪ] *adv.* 有益地
➠ beneficiary [bɛnə`fɪʃərɪ] *n.* [C] 受益者;(法律) 受益
  人
➠ benefit [`bɛnəfɪt] *v.*有益於;受益

benefit	*v.* 有益於**=profit↔harm**;受益
[`bɛnəfɪt]	(~ by, from)
	n. [C] 利益**=profit↔loss**

★ benefit from... 從…獲益

· This law will benefit the poor.
  這法律對窮人有利。

berry [`bɛrɪ]	*n.* [C] 莓果;漿果

bet [bɛt]	*v.* 打賭
	n. [C] 賭注;打賭

· I'll bet one hundred dollars that he'll tell the truth.
  我賭一百塊他會說實話。

· She had to buy me a drink because she lost the bet.
她請我喝飲料因為她賭輸了。

Bible/bible *n.* [C] 聖經 (the ~)

[`baɪbl̩]

· Some Christians read the Bible.
有些基督教徒會讀聖經。

---

bid [bɪd]　　　　*v.* 出價;叫牌

　　　　　　　　　　n. [C] 出價;投標

· He bid ten thousand dollars for that antique table.
那張古董桌他出價一萬元。

· The millionaire placed the highest bid for the
sculpture.　那位百萬富翁對那件雕像出最高價。

---

bike [baɪk]　　　*n.* [C] 腳踏車**=cycle**

· I used to go to school by bike.
我以前常騎腳踏車上學。

---

billion [`bɪljən]　　*n.* [C] 十億

· Bill Gates has billions of dollars.
比爾蓋茲擁有億萬美金。

---

bin [bɪn]　　　　*n.* [C] 貯存物品的箱子

· The storekeeper put some goods in the bin.
店長將一些貨物放在貯存箱裡。

---

bind [baɪnd]　　　*v.* 綁**=tie**↔**untie**;束縛↔**release**

　　　　　　　　　　(bind, bound, bound)

★ be bound to 有義務；必定

· The prisoner was bound hand and foot.
囚犯的手腳被綁起來了。

· I won't be bound by any promise.
我不會被任何約定所束縛。

bingo [ˋbɪŋgo]	*n.* [U] 賓果遊戲 *interj.* 答對了；中了
biography [baɪˋɑgrəfɪ]	*n.* [C] 傳記
birth [bɝθ]	*n.* [U][C] 誕生↔**death**；出身

★ give birth to... 生 (子)；產生…

· The mother gave birth to a son.
這位母親生了一個兒子。

biscuit [ˋbɪskɪt]	*n.* [C] 比司吉=【英】**scone**；餅乾=【美】**cracker**

· We have tea and biscuits at four o'clock every afternoon. 我們每天下午四點喝茶吃餅乾。

bleed [blid]	*v.* 流血 (bleed, bled, bled)

· His nose was bleeding. 他在流鼻血。

blend [blɛnd]	*v.* 使混合 (~ with) =**mingle, mix**；調和 (~ with) =**harmonize**

· Blend butter and flour before adding the other ingredients.

B

加入其他材料前，先把奶油和麵粉混合在一起。

bless [blɛs]	*v.* 祝福↔**curse**；保佑

★ be blessed with...　受惠於…；受賜給…

· God bless you!　上帝保佑你！

blessing [ˋblɛsɪŋ]	*n.* [C] 天賜的恩惠 [U] 同意=**approval**

★ a blessing in disguise　因禍得福

· Father gave us his blessing for our marriage.
父親祝福我們的婚姻。

blink [blɪŋk]	*v.* 眨眼=**wink**
	n. [C] 閃爍

· The baby blinked in the bright sunshine.
嬰孩在耀眼的陽光下直眨眼。

bloody [ˋblʌdɪ]	*adj.* 滿是血的=**bleeding**；殘忍的 =**cruel**，血腥的

· That was a bloody battle.　那是場血腥的戰鬥。

bloom [blum]	*n.* [C] 花 [U] 開花=**blossom**
	v. 花開=**blossom**↔**wither**

★ in (full) bloom　花 (盛) 開

· The roses are blooming early this year.
今年玫瑰花開得早。

blossom [ˋblɑsəm]	*n.* [C] 花 [U] 開花=**bloom**
	v. 開花；繁榮 (~ into) =**prosper**

- The cherry tree is now covered in blossom.
  櫻花樹開滿了花。

blush [blʌʃ]	*v.* 臉紅 (~ for, with) **=flush, go red**；羞愧 (~ for, at) *n.* [C] 臉紅；羞愧

- She blushed <u>for/with</u> embarrassment.
  她尷尬地臉紅了。

boast [bost]	*v.* 自誇 (~ of, about) **=brag**

- She boasted to me <u>of/about</u> her son.
  她向我誇耀她的兒子。

bold [bold]	*adj.* 大膽的 ↔**cowardly, timid**

- The new employee raised a very bold proposal at his first meeting.
  這位新員工在他的第一次會議中提出一個很大膽的計畫。

bond [band]	*n.* [C] 羈絆，束縛 *v.* 黏結；使黏合

- There is a strong bond of friendship between the two students. 這兩個學生情誼深厚。

bony [ˋbonɪ]	*adj.* 瘦的，骨瘦如柴的**=skinny**；多骨的

- The bony dog looked very hungry.
  這骨瘦如柴的狗看起來很餓。

booklet [`bʊklɪt]	n. [C] 小冊子

bookshelf [`bʊk‚ʃɛlf]	n. [C] 書架；書櫃

· He has a whole set of encyclopedia on his bookshelf. 他的書架上有一整套的百科全書。

bookstore [`bʊk‚stor]	n. [C] 書店=**bookshop**

· On weekends, I like to go to the bookstore to read some books. 我喜歡在週末時到書店看書。

boot [`but]	n. [C] 靴子

· He pulled off his boots as soon as he got home.
他一到家就脫下靴子。

border [`bɔrdɚ]	n. [C] 邊；邊界=**boundary** v. 鑲邊於 (~ with)；接連

· He crossed the border into Canada.
他越過國界進入加拿大。

bore [bor]	v. 使厭煩=**weary** n. [C] 討厭的人或事

· He bores everyone with his boasting.
他的自吹自擂使大家厭煩。

bounce [baʊns]	v. 彈起=**bound** n. [C][U] 彈跳=**bound**；彈力

· The ball bounced over the wall.	球彈出牆外。

bow [baʊ]	n. [U] 船首,船頭

boycott	v. 聯合抵制,杯葛
[`bɔɪ,kɑt]	

· The consumers boycotted the company's
overpriced products.

消費者們聯合抵制這家公司價格過高的產品。

boyfriend	n. [C] 男朋友,男性朋友
[`bɔɪ,frɛnd]	

· Sue and her boyfriend meet twice a month.
Sue一個月和男朋友見兩次面。

bra [brɑ]	n. [C] 胸罩=**brassiere** [brə`zɪr]

bracelet	n. [C] 手鐲=**bangle**
[`breslɪt]	

· She wears a gold bracelet around her wrist.
她手腕上戴了一個金手鐲。

brake [brek]	n. [C] 煞車
	v. 煞車

★ step on the brake(s)　踩煞車

· The bicycle cannot stop quickly because the
brakes are bad.

這輛腳踏車因為煞車不靈所以不能馬上停下來。

brand [brænd]	n. [C] 商標,牌子

	v. 被稱為…；在…上打烙印

· I don't like this brand of toothpaste.
我不喜歡這牌子的牙膏。

brass [bræs]	n. [U] 黃銅；銅管樂器

· He plays brass in the orchestra.
他在樂團負責銅管樂器。

bravery [`brevərɪ]	n. [U] 勇敢=**courage, valor**↔**cowardice**

· The soldier was awarded a medal for his bravery.
這士兵因勇敢獲頒勳章。

breast [brɛst]	n. [C] 乳房；胸部=**chest** v. 登頂；用胸推…

· Woman should get yearly checkup for breast
cancer. 女性應該每年作乳癌檢查。

breath [brɛθ]	n. [U] 呼吸 [C] 一次呼吸

★ hold one's breath 屏息
be/run out of breath 喘不過氣

· Let's go on a picnic and get a breath of fresh
country air. 我們去野餐，呼吸新鮮的鄉間空氣。

breathe [brið]	v. 呼吸

· The horse is breathing hard after its gallop.
那匹馬在奔馳之後大口地喘著氣。

breed [brid]	v. 產子；養育=**foster** (breed,

	bred, bred)
	n. [C] 品種=**species**

· This kind of mouse breeds rapidly.
  這種老鼠繁殖很快。

breeze [briz]	*n.* [U][C] 微風 [C] 容易的事 (a ~)

· I like the feeling of a warm summer breeze.
  我喜歡夏天溫暖微風吹拂的感覺。

bribe [braɪb]	*v.* 行賄
	n. [C] 行賄物

· You should not take the bribe.　你不該收賄。

bride [braɪd]	*n.* [C] 新娘

★ 比較 bridesmaid　伴娘　best man　伴郎

bridegroom [ˋbraɪd͵grum]	*n.* [C] 新郎=**groom**

briefcase [ˋbrif͵kes]	*n.* [C] 公事包

brilliant [ˋbrɪljənt]	*adj.* 燦爛的=**bright**；傑出的 =**splendid**

· Her ideas are brilliant.　她的主意很棒。

broke [brok]	*adj.* 破產的，身無分文的 =**penniless**

· I'm flat broke.　我身上一毛錢也沒有。

brook [brʊk]	*n.* [C] 小河
broom [brum]	*n.* [C] 掃帚

· I bought a new broom to clean the floor.
　我買了一支新掃把來掃地。

brownie ['braʊnɪ]	*n.* [C] 布朗尼

browse [braʊs]	*v.* (牲畜) 吃草；瀏覽
	n. [C] 瀏覽

★ browse through　瀏覽

· He spent an hour browsing through several
　magazines.　他花一個小時瀏覽幾本雜誌。

brutal ['brutl̩]	*adj.* 殘忍的=**cruel**；嚴酷的
	=**harsh, severe**

· No one can stand the brutal weather in Antarctica.
　無人能忍受南極惡劣的天氣。

bubble ['bʌbl̩]	*n.* [C] 泡沫

· The surface of the liquid was covered with
　bubbles.　這液體表面覆滿了泡沫。

bud [bʌd]	*n.* [C] 新芽；花蕾
	v. 發芽=**sprout**

★ in bud　發芽；含苞待放

· The rose finally grew buds.
　這玫瑰終於長出花苞。

budget	*n.* [C] 預算
[ˈbʌdʒɪt]	*v.* 編預算 (~ for)

★ draw up a budget　編列預算

· When you go abroad, remember to budget dining expenses.　出國時，記得把伙食費用編入預算。

buffalo	*n.* [C] 水牛
[ˈbʌflˌo]	

bulb [bʌlb]	*n.* [C] 電燈泡

· The lamp takes a 60-watt bulb.
　這盞燈用的是六十瓦的燈泡。

bull [bʊl]	*n.* [C] (未閹割的) 公牛

★ 比較 已閹割的牛叫ox。

bullet [ˈbʊlɪt]	*n.* [C] 子彈

· He shot off a bullet to test the gun.
　他射了一發子彈以測試那把槍。

bulletin	*n.* [C] 公告
[ˈbʊlətn̩]	

· He put an ad on the bulletin board.
　他在公布欄上貼了一則廣告。

bump [bʌmp]	*v.* 碰撞 (~ against) **=collide**
	n. [C] 碰撞

★ bump into...　偶然遇見…；與…碰撞

· The truck bumped against the wall.

B

那輛卡車撞上牆壁。

· I bumped into an old friend of mine on the street.
我在街上巧遇一位老朋友。

| **bunch** [bʌntʃ] | *n.* [C] 串；束=**bundle** |

· He brought me a bunch of flowers.
他帶給我一束花。

| **burden** | *n.* [C] 負荷物；重擔=**load** |
| [`bɝdn̩] | *v.* 成為…的負擔↔**disburden** |

★ bear/carry a burden　背負重擔

· The actor was burdened with constant attention
from fans.　這演員為影迷持續不斷的關注所累。

| **bureau** [`bjʊro] | *n.* [C] 局 |

· The Central Weather Bureau says that it will rain
tomorrow.　中央氣象局說明天會下雨。

| **burger** [`bɝgɚ] | *n.* [C] 漢堡=**hamburger** |

· My sister loves beef burger, but I prefer fish
burger.　我姊姊喜歡牛肉堡，但我喜歡魚堡。

| **burglar** | *n.* [C] 竊賊=**robber,** |
| [`bɝglɚ] | **housebreaker** |

· A burglar broke into my house last night.
昨晚一竊賊闖入我家。

| **bury** [`bɛrɪ] | *v.* 埋葬=**inter, entomb**；掩住 |
| | =**cover, hide** |

★ be buried in...=bury oneself in...

埋頭在⋯中，專心致力於⋯

· She buried her face in her hands.

她用雙手掩住臉。

· He is buried in his thoughts.　他低頭沉思。

bush [bʊʃ]	*n.* [C] 灌木=**shrub**

★ beat <u>about</u>/<u>around</u> the bush　拐彎抹角

butcher	*n.* [C] 屠夫，肉販
[`bʊtʃɚ]	*v.* 屠宰；屠殺

· Mom bought some bacon at the butcher's.

媽媽在肉販那買了些培根。

buzz [bʌz]	*v.* 嗡嗡響；鬧哄哄 (~ with)；按鈴叫喚；打電話給⋯
	n. [C] 嗡嗡聲；喧鬧聲；呼叫聲

· The square buzzed with excitement.

廣場上人們興奮得鬧哄哄。

· I'll give him a buzz.　我會打電話給他。

cabin [`kæbɪn]	*n.* [C] 小屋；船艙

· A passenger came out of his cabin.
一名乘客從客艙中出來。

cafe [kə`fe]	*n.* 咖啡廳=**café**

· He enjoys drinking at sidewalk cafe.
他喜歡在路邊咖啡座喝咖啡。

calculate	*v.* 計算=**compute**；估計
[`kælkjə,let]	=**estimate**

· I calculated what the cost would be.
我估計了可能的成本。

calculating	*adj.* (為自己打算的) 深謀遠慮
[`kælkjəletɪŋ]	

· Julia is so calculating that nobody wants to be
friends with her.
Julia很會計算所以沒有人願意和她交朋友。

calculator	*n.* [C] 計算機
[`kælkjəletɚ]	

· He uses a calculator to check his math answers.
他用計算機檢查數學的答案。

camel [`kæml]	*n.* [C] 駱駝

campaign	*n.* [C] 活動=**activity**
[kæm`pen]	*v.* 參加活動

· They attempted to hold a campaign against

tobacco. 他們試圖舉辦禁菸活動。	

camping *n.* [U] 露營
[`kæmpɪŋ]

· My sister loves to go camping in summer vacations. 我妹妹喜歡在暑假時去露營。

canal [kə`næl] *n.* [C] 運河

· The Panama Canal is one of the greatest constructions in the world.
巴拿馬運河是世界上最偉大的工程之一。

candidate *n.* [C] 候選人
[`kændə‚det]

· He's one of the candidates running for mayor.
他是競選市長的候選人之一。

cane [ken] *n.* [C] 枴杖**=walking stick**;藤條

· The old man walked with a cane.
這老人拄著枴杖走路。

canoe [kə`nu] *n.* [C] (用槳划的) 小船
v. 乘小船;以小船運送

· I don't know how to paddle a canoe.
我不知如何划船。

canvas *n.* [U] 帆布 [C] 油畫布
[`kænvəs]

C

canyon	*n.* [C] 峽谷
[ˋkænjən]	

· The view of the Grand Canyon is splendid.
　大峽谷的景致很壯觀。

capable	*adj.* 有能力的 (~ of) **=able,**
[ˋkepəbl̩]	**competent↔incompetent**

★ be capable of...　有能力做⋯的

· I am very capable of completing the job.
　我有能力完成這份工作。

capacity	*n.* [U] 容量
[kəˋpæsətɪ]	

· The new theater has a seating capacity of 400.
　這家新戲院有四百個座位。

cape [kep]	*n.* [C] 岬；角

capital	*n.* [C] 首都 [U] 資本**=property,**
[ˋkæpətl̩]	**money**
	adj. 首要的；(字母) 大寫的

· The company has a capital of $5 million.
　這公司有五百萬的資金。

capitalism	*n.* [U] 資本主義
[ˋkæpətl̩͵ɪzəm]	

capitalist	*n.* [C] 資本家；資本主義者
[ˋkæpətl̩ɪst]	*adj.* 資本主義的

caption [ˋkæpʃən]	*n.* [C] (照片、圖畫的) 說明文字;標題**=heading, title** *v.* 給⋯加標題/題目/說明/字幕

· Captions underneath the photo explain the details of the picture.
照片下的說明文字解釋了這張照片的細節。

capture [ˋkæptʃɚ]	*v.* 捕獲**=trap**↔**release**;獲得 *n.* [U] 捕獲 [C] 捕獲物

· They captured foxes with snares.
他們用陷阱捕捉狐狸。

carbon [ˋkɑrbən]	*n.* [U] 碳 [C] 副本

★ a carbon copy　副本;酷似的東西
carbon paper　複寫紙

· Besides the original, she also kept a carbon.
她在正本之外還保留了副本。

cargo [ˋkɑrgo]	*n.* [U][C] 貨物**=load, shipment**

· The cargo ship sank in the South China Sea.
這貨輪在南中國海沉沒。

carpenter [ˋkɑrpəntɚ]	*n.* [C] 木匠

carriage	*n.* [C] 馬車**=wagon**;嬰兒車 [U]

[ˋkærɪdʒ]	搬運；運費

· That will be $200, carriage included.

　總共是兩百美元，包括運費。

cart [kɑrt]	n. [C] 手推車=**barrow**
	v. (用貨車等) 裝運，運送

★ put the cart before the horse　顛倒次序；本末倒置

· We need a shopping cart because we will buy a lot of things today.

　我們今天會買很多東西所以需要購物推車。

carve [kɑrv]	v. 切開=**cut**；雕刻=**sculpt**

· He carved the wood into the shape of a horse.

　他把木頭刻成馬的形狀。

cashier [kæˋʃɪr]	n. [C] 收銀員

· After graduating from high school, she worked as a cashier at a supermarket.

　高中畢業後，她在超市當收銀員。

cast [kæst]	v. 投擲=**toss, throw**；(目光) 投向
	(cast, cast, cast)
	n. [C] 投=**pitch, toss**；鑄造
	=**mold**；角色=**characters**

· He cast his fishing line into the lake.

　他把他的釣魚線拋進湖裡。

· The film has an excellent cast.

這部電影有很強的卡司。

casual [ˋkæʒʊəl]	*adj.* 隨便的，非正式的 **=informal↔formal**

· He was dressed in casual clothes. =He was casually dressed. 他穿著便服。

casualty [ˋkæʒʊəltɪ]	*n.* [C] 死傷者**=victim**

★ light/heavy casualties　輕微／嚴重的傷亡

· There were many casualties in the plane crash. 這起墜機事件傷亡慘重。

catalog [ˋkætḷɔg]	*n.* [C] 目錄**=catalogue** *v.* (把貨品、人名等) 編成目錄

· The products in the mail order catalogue look fancy.　這郵購目錄上的產品看起來很不錯。

caterpillar [ˋkætɚˏpɪlɚ]	*n.* [C] 毛蟲 (蝶、蛾的幼蟲)

cattle [ˋkætḷ]	*n.* (pl.) 牛 (**cows, bulls, oxen**等的總稱)

· I saw a herd of cattle on the field. 我在田野上看到一群牛。

cave [kev]	*n.* [C] 洞穴**=cavern** *v.* 在…挖洞穴

· There are many bats live in that cave.

C

有很多蝙蝠住在那個洞穴裡。

| **cease** [sis] | *v.* 停止 (~ from V-ing, to V., V-ing) =**halt** |
| | *n.* [U] 停止=**halt** |

★ 比較 cease表持續一段時間後停止；stop則單純表示行動停止。

· She never ceases to complain.=She never ceases complaining. 她抱怨個沒停。

| **celebration** [ˌsɛlə`breʃən] | *n.* [U] 祝賀 [C] 慶祝會=**party** |

★ in celebration of... 慶祝…

· They held a celebration on their 25th wedding anniversary. 他們舉行結婚二十五週年慶祝會。

| **cement** [sə`mɛnt] | *n.* [U] 水泥=**concrete** |
| | *v.* (用水泥) 黏合 |

| **ceremony** [`sɛrə‚monɪ] | *n.* [C] 儀式=**rite, ritual** |

· My parents proudly attended my graduation ceremony. 我父母親驕傲地參加我的畢業典禮。

| **certificate** [sə`tɪfəkɪt] | *n.* [C] 證書；執照 |

· According to the birth certificate, he was born on December 25, 1972.

根據出生證明，他是出生於1972年的12月25日。

➟ certification [ˌsɝtəfəˋkeʃən] *n.* [U][C] 證明

---

chain [tʃen]　　　*n.* [C] 連鎖店；一連串；鏈

　　　　　　　　　　v. 用鏈拴住↔**release**

· He owns a chain of restaurants.

　他擁有好幾家連鎖餐廳。

---

challenge　　　*n.* [C] 挑戰

[ˋtʃæləndʒ]　　　*v.* 挑戰 (~ sb. to sth.) **=dare**

· I challenged Betty to a game of badminton.

　我向Betty挑戰打羽毛球。

---

chamber　　　*n.* [C] 房間**=room, bedroom**

[ˋtʃembɚ]

· The witch lives in an underground chamber.

　巫婆住在一個地底房間裡。

---

champion　　　*n.* [C] 優勝者**=victor, winner**

[ˋtʃæmpɪən]　　　*v.* 捍衛 (原則等)

· He was the heavyweight champion of the world.

　他曾是世界重量級拳王。

---

championship　　　*n.* [C] 冠軍資格

[ˋtʃæmpɪənˏʃɪp]

· He won a world championship.

　他贏得世界冠軍。

---

changeable　　　*adj.* 善變的**=inconstant, fickle**

[ˋtʃɛndʒəbl̩]

· I am not used to the changeable weather in Taipei.
  我不習慣臺北善變的天氣。

characteristic	*n.* [C] 特徵=feature
[͵kærɪktəˋrɪstɪk]	*adj.* 典型的;表示特性的

· One of the characteristics of Byron's poems is
  passion. 拜倫詩作的一個特點就是熱情。

charity	*n.* [C] 慈善事業 [U] 慈悲↔
[ˋtʃærətɪ]	**selfishness**

· Charity begins at home. 【諺】仁愛始自家中。

charm [tʃɑrm]	*n.* [U][C] 魅力=attraction;護身
	符=spell
	v. 迷惑=enchant, allure

· She hasn't lost her charm yet.
  她尚未失去她的魅力。

· He was charmed by her performance.
  他被她的演技迷住了。

charming	*adj.* 迷人的=fascinating
[ˋtʃɑrmɪŋ]	

· I can't forget her charming smile.
  我無法忘記她迷人的微笑。

chat [tʃæt]	*v.* 聊天 (~ about) =chatter, talk
	n. [C] 閒談

★ chat about... 聊關於…的事

· I had a little chat with John after the meeting.
  會議後我和John聊了一會兒。

| check [tʃɛk] | v. 測驗=test；檢查=examine；寄存 |
| | n. [C] 測驗=test；檢查=examination；支票；帳單=bill |

★ check in/out 登記報到／結帳離開

· Will you please check these figures?
  請你核對這些數字好嗎？

· Could I have the check, please?
  請把帳單開給我好嗎？

| check-out [`tʃɛkaʊt] | n. [C] 收銀台 [U] 結帳離開 |

· During the summer vacation, I worked part-time
  at the check-out in a supermarket.
  暑假時我在超市兼差收銀。

| cheek [tʃik] | n. [C] 臉頰 |

· She kissed me on the cheek and said good night.
  她親吻我的臉頰道聲晚安。

| cheerful [`tʃɪrfəl] | adj. 開朗的↔gloomy；快樂的↔cheerless |

· She gave me a cheerful smile.

65

她愉快地對我微笑。

chemist
[`kɛmɪst]
n. [C] 化學家;【英】藥劑師=【美】**pharmacist**;藥局=【美】**pharmacy, drugstore**

· A chemist spends a lot of time working in a laboratory. 化學家花很多時間在實驗室裡工作。

chemistry
[`kɛmɪstrɪ]
n. [U] 化學

cherish [`tʃɛrɪʃ] *v.* 珍愛=**treasure, value**

· She cherished his old love letters.
她珍藏著他從前寫給她的情書。

cherry [`tʃɛrɪ] *n.* [C] 櫻桃

chest [tʃɛst] *n.* [C] 胸部=**breast**;大箱子=**box, trunk**

· He had a pain in his chest. 他胸部疼痛。

chew [tʃu] *v.* 嚼=**crunch**
n. [C] 咀嚼

★ chew...over 仔細思考

· Chew your food well. 要細嚼慢嚥。

chick [tʃɪk] *n.* [C] 小雞

childbirth
[`tʃaɪldbɝθ]
n. [U] 分娩

· The number of women who died in childbirth

remains high in developing countries.

開發中國家在生產過程中死亡的婦女人數仍高。

chill [tʃɪl]	*n.* [C] 風寒；寒冷
	v. (使) 冷凍；(使) 變冷
	adj. 寒冷的

· She took a wind coat with her due to the morning chill. 因為早晨的寒氣，她帶著一件風衣。

| **chilly** [ˋtʃɪlɪ] | *adj.* 冷的=**cold, frigid** |

· It was a dark and chilly winter night.
這是個又黑又冷的冬天夜晚。

| **chimney** [ˋtʃɪmnɪ] | *n.* [C] 煙囪 |

· The skyline was dotted with factory chimneys.
地平線上星羅棋布著工廠的煙囪。

| **china** [ˋtʃaɪnə] | *n.* [U] 瓷器 |

· The exquisite china is the Lin's family heirloom.
這個精美的瓷器是林家的傳家寶。

| **chip** [tʃɪp] | *n.* [C] 碎片；洋芋片 |
| | *v.* 削 |

· He threw some bark chips into the fire.
他往火裡扔了一些樹皮。

| **choke** [tʃok] | *v.* 窒息 (~ on, over) =**smother, suffocate**；使堵塞 |

C

- The boy choked on a rice dumpling.
  男孩被粽子噎到。

| **chop** [tʃɑp] | v. 砍=**cut, hew** |
| | n. [C] 厚肉片 |

- I had a pork chop for lunch. 我中午吃豬排。

| **chore** [tʃor] | n. [C] 雜務=**task, job** |

- I help my mom do the household chores every
  day. 我每天幫我母親做家事。

| **chorus** [`korəs] | n. [C] 合唱團=**choir, singing** |
| | **group**；合唱曲 |

- I sing in the Taipei City Chorus.
  我是臺北市立合唱團的一員。

| **Christian** | n. [C] 基督教徒 |
| [`krɪstʃən] | adj. 基督教的 |

| **cigar** [sɪ`gɑr] | n. [C] 雪茄 |

- They offer cigars imported directly from Cuba.
  他們提供直接從古巴進口的雪茄。

| **cigarette** | n. [C] 香菸 |
| [ˌsɪgə`rɛt] | |

- He smokes a pack of cigarettes a day.
  他一天抽一包菸。

| **cinema** | n. [C] 電影院=**movie theater** |
| [`sɪnəmə] | |

- Going to the cinema is one of my hobbies.
  看電影是我的嗜好之一。

---

circular　　　　*adj.* 圓形的=**round**；巡迴的
[ˈsɝkjələ]

- The moon moves in a circular motion around the
  earth.　月亮繞著地球作巡迴的移動。

---

circulate　　　　*v.* 循環=**flow, circle**；流傳=**swirl**
[ˈsɝkjəˌlet]　　　　**around**

- The touching story circulates widely on the
  Internet.　這感人的故事在網路上廣為流傳。

---

circulation　　　*n.* [C] 循環=**circling**；流傳；發
[ˌsɝkjəˈleʃən]　　　行量

★ <u>out of</u>/<u>in</u> circulation　不流通／流通的

---

circumstance　　*n.* [C] 狀況，情勢=**situation,**
[ˈsɝkəmˌstæns]　　**condition**

★ <u>under</u>/<u>in</u> no circumstances　絕不

- He was forced by circumstances to quit his job.
  他迫於情勢而辭職。
- Under no circumstances are you to admit anyone
  without a pass.
  無論如何你不能讓沒有通行證的人進來。

---

circus [ˈsɝkəs]　　*n.* [C] 馬戲團

- That circus is famous for its clown.

69

那個馬戲團以小丑聞名。

civil [ˋsɪvl̩]	*adj.* 國民的；非宗教的

· The conflict between the ruling and opposition
   party might lead to civil war.

執政黨和在野黨間的衝突可能會導致內戰。

civilian [səˋvɪljən]	*n.* 平民；非軍警
	adj. 平民的；非軍警的

· The civilian death toll rises as the enemy keeps
   bombarding residential areas.

因為敵軍持續轟炸住宅區使得平民死亡人數上升。

civilization [ˌsɪvl̩əˋzeʃən]	*n.* [U] 文明=**culture**

· Iraq is considered to be the birthplace of
   civilization.　伊拉克是文明誕生的地方。

civilize [ˋsɪvl̩aɪz]	*v.* 教化=**enlighten, cultivate**；使
	文雅=**refine, polish**

· They tried to civilize the barbarians.
   他們試圖教化野蠻人。

⟹ civilized [ˋsɪvl̩aɪzd] *adj.* 文明的；文雅的

⟹ civilization [sɪvl̩əˋzeʃən] *n.* [U] 文明

clarify [ˋklærəˌfaɪ]	*v.* 澄清=**make clear**

· Could you clarify your first statement, please?

請澄清你的第一個論述好嗎？

C

| **clash** [klæʃ] | *v.* 鏗鏘地撞擊；衝突=**conflict** |
| | *n.* [C] 撞擊聲；衝突 |

· Our ideas clashed with each other.
我們的意見相左。

| **classification** | *n.* [C][U] 分類=**categorization** |
| [ˌklæsəfə`keʃən] | |

· There are millions of different classifications for
insects. 昆蟲的分類有上百萬種。

| **classify** | *v.* 把…分類=**sort, grade,** |
| [`klæsəˌfaɪ] | **categorize** |

· The books on the shelves are classified according
to subject. 書架上的書是根據主題分類的。

| **classroom** | *n.* [C] 教室 |
| [`klæsrum] | |

· Students clean their classroom every day at 3 p.m.
學生每天下午三點打掃教室。

| **claw** [klɔ] | *n.* [C] 爪=**paw**；螯=**pincer** |
| | *v.* 用爪子抓 |

· Watch out for the claws of the crab.
小心這螃蟹的螯。

| **clay** [kle] | *n.* [U] 黏土，陶土；泥土=**earth** |

· He broke a clay pot. 他打破一個陶罐。

C

cleaner [klinɚ]	*n.* [C][U] 清潔器;吸塵器	

★ vacuum cleaner 吸塵器

· Mother uses a vacuum cleaner to collect the fallen
  hair on the floor. 媽媽用吸塵器清掃地上的落髮。

click [klɪk]	*v.* 卡嗒響
	n. [C] 卡嗒聲

· The Lego blocks click together.
  樂高玩具「卡嗒」一聲拼裝在一起。

client [ˋklaɪənt]	*n.* [C] 委託人;顧客=**buyer,** **customer**

· The lawyer has more clients than the other
  lawyers in this area.
  這律師比這區其他律師有更多的顧客。

cliff [klɪf]	*n.* [C] 峭壁=**precipice**

· He looked over the edge of the cliff at the sea
  below. 他從懸崖邊上俯瞰下方的海。

climax [ˋklaɪmæks]	*n.* [C] 高潮=**highlight, peak**

· I can't wait to see the climax of the movie.
  我等不及要看電影高潮的部分。

climber [klaɪmɚ]	*n.* [C] 攀爬者;攀緣植物

· He is a very experienced mountain climber.

他是非常有經驗的登山者。

climbing	*n.* [U] 攀登
[ˋkaɪmɪŋ]	

· He goes rock climbing once a month.
攀岩每個月攀岩一次。

clinic [ˋklɪnɪk]	*n.* [C] 診所
clip [klɪp]	*n.* [C] 剪報；迴紋針
	v. 修剪；用迴紋針夾住

· I clipped the advertisement out of the newspaper.
我從報紙上剪下那則廣告。

cloth [klɔθ]	*n.* [U] 布**=fabric**

· I cleaned the windows with a wet cloth.
我用濕抹布擦窗戶。

clothe [kloð]	*v.* 使穿衣服**=dress, put on**

· The man was elegantly clothed.
那男士穿著高雅。

clothed [kloðd]	*adj.* 穿…衣服的

· People attended the funeral were all clothed in
black. 出席葬禮的人都穿黑衣服。

clothing	*n.* [U] 衣類 (集合名詞)
[ˋkloðɪŋ]	

· Only two articles of clothing can be taken into the
fitting room at one time.

73

C

一次只能帶兩件衣服進入試衣間。

cloud	n. [C] 雲；陰影
[klaʊd]	v. 使模糊=**obscure**；使變暗 **=darken**

· The incident cast a cloud over his future.
  該事件使他的未來蒙上一層陰影。

clown [klaʊn]	n. [C] 小丑=**jester**
	v. 扮小丑，扮滑稽樣

· I like the clown best at the circus.
  馬戲團中我最喜歡小丑。

clue [klu]	n. [C] 線索 (~ to) =**cue, hint**

★ not have a clue 一無所知

· He found a clue to the mystery.
  他找到這個謎的線索。

clumsy	adj. 笨拙的↔**clever**
[ˋklʌmzɪ]	

· He is always tripping because he has clumsy feet.
  因為他的腳很笨拙，所以他老是跌倒。

coal [kol]	n. [U][C] 煤

· Use more coal to help the fire burn.
  用更多的煤來幫助火燃燒。

coarse [kors]	adj. 粗糙的=**rough**↔**smooth**

· He has coarse skin.　他皮膚粗糙。

cock [kɑk]	*n.* [C] 公雞=【美】**rooster**

· At 5 a.m. the cock starts to crow.
  早晨五點公雞開始啼。

cocktail [ˋkɑkˏtel]	*n.* [C] 雞尾酒

coconut [ˋkokənət]	*n.* [C] 椰子

code [kod]	*n.* [C] 密碼
	v. 用密碼=**encode**↔**decode**

★ zip code 郵遞區號

· Henry coded his letter to Nicole so that nobody
  could read it but her.
  Henry用密碼寫信給Nicole，如此一來除了她之外
  無人能懂。

coincidence [koˋɪnsədəns]	*n.* [U][C] 巧合

· What a coincidence! They were born on the same
  day. 真巧！他們同一天出生。

collapse [kəˋlæps]	*v.* 倒塌=**fall**；崩潰=**faint**
	n. [U] 倒塌=**breakdown**

· The wooden bridge collapsed under the weight of
  the truck. 木橋在卡車的重壓下塌陷了。

· He was so tired that he felt like he was going to

75

C

collapse. 他累到覺得自己快要崩潰了。

collar [`kɑlə-］   *n.* [C] 衣領

· What is your collar size? 你的衣領尺寸多少？

colleague   *n.* [C] 同事**=co-worker**
[`kɑlig]

· My husband introduced his colleagues to me at the
  party. 在宴會中，我丈夫向我介紹他的同事。

colony [`kɑlənɪ]   *n.* [C] 殖民地

· America was once the British colony.
  美國一度是英國的殖民地。

colored   *adj.* 有顏色的
[`kʌləd]

· She painted the picture with colored pencils.
  她用彩色鉛筆畫圖。

column   *n.* [C] 圓柱**=pillar**；縱列；專欄
[`kɑləm]

· She writes a monthly column for the business
  magazine. 她幫商業雜誌寫每個月的專欄。

combination   *n.* [C] 結合↔**division,**
[,kɑmbə`neʃən]   **separation**

· A Japanese company is building the plant in
  combination with a Canadian company.
  日商與加拿大公司共同建造那間工廠。

C

combine	v. 使結合 (~ with, into) **=join** ↔
[kəm`baɪn]	**divide**

★ combine A with B　將A與B合併

　combine...into...　結合…成…

· If you combine the colors red and blue you can
　form the color purple.

　如果你把紅色和藍色結合在一起就會變成紫色。

---

combined	*adj.* 相加的;聯合的
[kəm`baɪnd]	

· The charity received a combined total of 5 million
　dollars donation.

　這慈善基金收到總共五百萬的捐款。

---

comedian	*n.* [C] 喜劇演員
[kə`midɪən]	

· Chaplin was one of the most famous comedians in
　the twentieth century.

　卓別林是二十世紀最著名的喜劇演員之一。

➠ comedy [`kɑmədɪ] *n.* [C][U] 喜劇

---

comedy	*n.* [C] 喜劇 [U] 喜劇因素 ↔
[`kɑmədɪ]	**tragedy**

· I enjoy movies that are full of comedy.

　我喜歡看充滿喜劇的電影。

---

comfort	v. 安慰**=console, soothe**;鼓勵

| [`kʌmfɚt] | **=encourage** |
| | *n.* [U] 安慰 [C] 使生活舒適的東西 |

· The mother comforted her daughter after their dog died. 在他們的狗死了之後媽媽便安慰女兒。

· He took comfort <u>from</u>/<u>in</u> reading.
他從閱讀中得到安慰。

| **comfortably** | *adv.* 舒服地；舒適地 |
| [`kʌmfɚtəbli] | |

· We all sit comfortably on the soft sofa.
我們舒適地坐在柔軟的沙發上。

| **coming** | *adj.* 即將來臨的 |
| [`kʌmɪŋ] | *n.* [C] 到達；來臨 |

· All the students are excited about the coming summer vacation.
所有學生們都對即將到來的暑假很興奮。

| **commander** | *n.* [C] 指揮官 |
| [ˌkə`mændɚ] | |

| **commerce** | *n.* [U] 商業，貿易 (~ with) |
| [`kɑmɚs] | **=business, trade** |

· The U.S. carries on commerce with China.
美國與中國通商。

| **commercial** | *adj.* 商業的 |

[kə`mɝ·ʃəl]	n. [C] (電視、廣播) 廣告

· Most people will switch to other channels during commercials. 許多人廣告時會轉臺。

commission	n. [U][C] 委任;佣金 [C] 任務;
[kə`mɪʃən]	委員會=**board**
	v. 委任 (~ to V.) =**appoint,**
	assign

★ on commission 佣金制

· The artist was given the commission to paint the king's portrait.

這位藝術家被委任替國王畫肖像的任務。

· I was commissioned to translate this treaty into Chinese. 我受託將這項條約譯為中文。

commit	v. 犯 (罪、錯)
[kə`mɪt]	

★ commit oneself to <u>V-ing/N.</u> 把自己奉獻給…

· He committed suicide. 他自殺。

commitment	n. [C] 承諾 (~ to V.) =**promise**
[kə`mɪtmənt]	[U] 致力 (~ to N.) =**dedication**

· The mayor made a commitment to solve the traffic problems. 市長承諾解決交通問題。

➡ commit [kə`mɪt] v. 委託;犯 (罪、錯)

committee	n. [C] 委員會=**commission** [U]

[kə`mɪtɪ]	委員 (集合名詞)

- The government set up a committee to study environmental protection.

  政府設立委員會研究環保。

communicate
[kə`mjunə,ket]
v. 傳播=**publicize, publish**；通知；溝通 (~ with) =**contact**

- He can't communicate with his parents.

  他無法與他父母溝通。

communication
[kə,mjunə`keʃən]
n. [U] 溝通 [C] 通訊系統

- They will keep in communication by writing letters.　他們將以寫信的方式互相聯絡。

communist
[`kɑmju,nɪst]
n. [C] 共產主義者；共產主義的

community
[kə`mjunətɪ]
n. [C] 社區

- The crime rate is very low in this community.

  這社區的犯罪率很低。

companion
[kəm`pænjən]
n. [C] 同伴=**buddy, partner**

- A dog is man's greatest companion.

  狗是人類最忠實的夥伴。

comparative　*adj.* 比較的=**relative**

[kəm`pærətɪv]

· She is the professor of comparative literature.
  她是比較文學的教授。

compared   *adj.* 比較的
[kəm`pɛd]

comparison   *n.* [C][U] 比較
[kəm`pærəsn̩]

★ <u>beyond</u>/<u>out of</u>/<u>without</u> comparison   無與倫比的
  <u>in</u>/<u>by</u> comparison with...   與…相比

· There is no comparison between these two books.
  這兩本書無法相提並論。

compete   *v.* 競爭 (~ with, against)
[kəm`pit]   **=contest**

· There are ten teams competing for the cup.
  有十隊角逐冠軍杯。

competition   *n.* [U][C] 競賽**=match**
[ˌkɑmpə`tɪʃən]

· There is keen competition to enter that university.
  進入那所大學的競爭很激烈。

competitive   *adj.* 競爭激烈的**=keen**；競爭心
[kəm`pɛtətɪv]   強的

· How can he survive in such a competitive world?
  他如何在競爭如此激烈的世界生存？

competitor	*n.* [C] 競賽者=**opponent**
[kəm`pɛtətə]	

· How many competitors took part in the race?
  有多少競爭者參加這場比賽呢？

complaint	*n.* [C] 抱怨
[kəm`plent]	

★ make a complaint about... 抱怨…
· I have a complaint about the service here
  我對這裡的服務有抱怨。

complex	*adj.* 複雜的
[kam`plɛks]	=**complicated**↔**simple**
[`kamplɛks]	*n.* [C] 情結

★ inferiority/superiority complex 自卑／優越感
· I am amazed at the complex networks of the
  MRT. 我驚異於捷運複雜的網路。

complicate	*v.* 使複雜↔**simplify**
[`kamplə,ket]	

· The language barrier between them complicates
  things. 他們之間的語言障礙使事情更複雜

complicated	*adj.* 複雜的=**elaborate**↔
[`kamplə,ketɪd]	**uncomplicated**

· The machine is very complicated.
  這機器相當複雜。

compliment

[ˋkɑmpləmənt] n. [C] 讚美;恭維

[ˋkɑmpləmɛnt] v. 讚美

- "You look nice today." "Thanks for the compliment."

  「你今天看起來很棒。」「謝謝稱讚。」

compose

[kəmˋpoz] v. 構成=**constitute**;作曲

★ be composed of... 由…構成

- Water is composed of hydrogen and oxygen.

  水是由氫和氧組合而成。

composer

[kəmˋpozɚ] n. [C] 作曲家

- Mozart is one of the greatest composers.

  莫札特是偉大的作曲家之一。

composition

[͵kɑmpəˋzɪʃən] n. [C] 創作;作文=**writing** [U]

構成=**constitution**

- The composition of the opera took him two years.

  這部歌劇的創作花了他兩年的時間。

compound

[ˋkɑmpaund] n. [C] 混合物;化合物

[kɑmˋpaund] adj. 混合的;化合的

v. 混合;合成

- Sugar is a carbohydrate compound.

糖是碳水化合物。

comprehension	*n.* [U] 理解;理解力
[ˌkɑmprɪˈhɛnʃən]	**=understanding, preception**;理解練習

· It is beyond my comprehension why you would do such a foolish thing.
  我不懂你為什麼會做出那種傻事。

compute	*v.* 計算**=calculate**
[kəmˈpjut]	

· It's easy to compute such a complicated math problem by computer.
  以電腦計算如此複雜的數學題相當容易。

conceal	*v.* 隱藏;隱瞞
[kənˈsil]	

· The actor tries to conceal the fact that he is married. 這演員試圖隱瞞他已結婚。

concentrate	*v.* 集中注意力於**=focus**↔
[ˈkɑnsnˌtret]	**distract**;專心於 (~ on, upon)

· He concentrated on memorizing English words.
  他專心背英文字。

concentration	*n.* [U][C] 專心↔**distraction**
[ˌkɑnsnˈtreʃən]	

· When playing tennis, you should focus your

concentration on the ball.

打網球時你應該要將注意力集中在球上。

concept
[`kansɛpt]

n. [C] 概念，觀念**=notion, idea, thought**

· I favor the concept that all men are equal.

我贊成人人平等的思想。

concerning
[kən`sɝnɪŋ]

prep. 關於…

· Concerning this problem, I can't think of any solution. 關於這個問題，我想不出任何解決之道。

concert
[`kansɝt]

n. [C] 音樂會

· She attended a charity concert.

她參加了場慈善音樂會。

conclude
[kən`klud]

v. 結束；下結論

· He concluded his speech with a prayer for peace.

他以祈禱和平結束他的演說。

conclusion
[kən`kluʒən]

n. [C] 結論

★ in conclusion　總之

· I can't wait to see the conclusion of the movie.

我等不及要看電影的結局了。

C

concrete	*adj.* 具體的 ↔ **abstract**
[ˋkɑnkrɪt]	*n.* [U] 混凝土

· I won't understand unless you give me a concrete example.

　除非你給我具體的例子，否則我無法了解。

condition	*n.* [C] 狀況 **=situation**；條件
[kənˋdɪʃən]	*v.* 調整 **=adjust**；裝有空調

★ be in no condition to...　處於不能…的狀況

　on condition that...　在…條件下

· The car is like new; it is in great condition.

　這輛車狀況極佳，就像新的一樣。

· The boxer conditioned himself for a fight.

　這拳擊手將自己調整到最佳的戰鬥狀況。

conduct	*n.* [U] 行為 **=behavior**；管理；實行
[ˋkɑndʌkt]	
[kənˋdʌkt]	*v.* 管理 **=manage**；實行；指導；引導；指揮；行為表現

★ conduct oneself　舉止

· The boy's conduct in class is very good.

　這男孩在班上品行優良。

conductor	*n.* [C] 嚮導 **=guide, leader**；指揮；導體；車掌
[kənˋdʌktɚ]	

· The conductor bowed to his audience.

指揮向觀眾鞠躬。

cone [kon]	*n.* [C] 圓錐體；冰淇淋甜筒

· Please give me an ice cream cone.
請給我一支冰淇淋甜筒。

conference ['kɑnfərəns]	*n.* [C] 會議**=meeting, symposium**

· Last week I attended a conference on physics in Paris. 上星期我出席在巴黎舉行的物理會議。

confess [kən`fɛs]	*v.* 承認**=acknowledge, admit** (~ V-ing, that子句, wh子句)

· The driver confessed that he had run over the dog.
那司機坦承輾死了那條狗。

confidence ['kɑnfədəns]	*n.* [U] 信任**=trust, faith**；自信 [C] 祕密**=secret**

★ in confidence 私下地
· I have confidence that he can pass the test.
我相信他能通過考試。

confine [kən`faɪn]	*v.* 限制 (~ to) **=limit, restrict**

· I was sick so I was confined to my room last weekend.
我上週末因為生病待在房間裡不能出去。

confront	*v.* 與…相對**=face**；與…對質

87

| [kən`frʌnt] | =challenge；面臨 (~ with) |
| | =counter↔avoid |

· I was confronted with many challenges in my job.
  我工作遇到許多挑戰。

---

confrontation | n. [C] 相對；對質；衝突
[ˌkɑnfrʌn`teʃən] |

· Violent confrontations between the employees and
  the employer were reported.
  員工與雇主的暴力衝突被報導出來。

---

confusion | n. [U][C] 混亂=disorder, chaos；
[kən`fjuʒən] | 困惑=bewilderment

· Rumors of war threw the stock exchange into
  confusion. 戰爭的謠言使股票市場陷於混亂。

---

congratulate | v. 恭喜 (~ on, upon)
[kən`grætʃəˌlet] |

· Let me congratulate you on your recent marriage.
  祝你新婚愉快。

---

congress | n. [C] 美國國會<C->；會議
[`kɑŋgrəs] | =convention, conference

· Congress will vote on the bill next week.
  國會下星期將對此法案進行投票。

---

conjunction | n. [C] 連接詞；結合
[kən`dʒʌŋkʃən] | =combination↔separation

★ in conjunction with⋯　與⋯一起

· We are working in conjunction with a leading company to produce the best products.
　我們與一流公司攜手合作製造最棒的產品。

connect [kə`nɛkt]	v. 連接 (~ with, to) **=link**；聯絡；與⋯有關 (~ with) **=relate**

· England is connected with France by a tunnel.
　英國與法國由一條隧道連接。

connection [kə`nɛkʃən]	n. [C] 連接 (~ with)；關係 (~ with) **=relationship**

· The telephone connection with the town was cut by the disaster.
　這城鎮對外的電話聯絡因災害中斷了。

conquer [kɑŋkə]	v. 克服**=overcome**；征服**=defeat**

· The soldiers conquered the kingdom.
　士兵們征服了這個王國。

conscience [`kɑnʃəns]	n. [C] 良心**=ethics, morals**

★ a clear/good conscience　問心無愧
　a guilty/bad conscience　感到內疚

· I had a guilty conscience so I returned the money to her.　我感到內疚而將錢還給她。

· I acted according to my conscience.
我憑良心做事。

conscious	*adj.* 意識到
[ˋkɑnʃəs]	**=aware↔unconscious**；有意識的 (~ of, that子句) **=sensible**

· The explorer was not conscious of what was awaiting him.
那位探險家不曉得有什麼在等著他。

consequence	*n.* [C] 結果 **=outcome, result**
[ˋkɑnsə͵kwɛns]	

★ face/take the consequences　面對／承擔後果

· As a consequence of his carelessness, he tripped and fell down the stairs.
由於他的疏忽，他跌倒摔下樓梯。

consequent	*adj.* 因⋯而起的 (~ on, upon)
[ˋkɑnsə͵kwɛnt]	**=resulting from**

· In Africa, there are food shortages consequent on bad weather. 在非洲，惡劣氣候造成糧食不足。

consequently	*adv.* 因此 **=hence, thus, therefore**
[ˋkɑnsə͵kwɛntlɪ]	

· His house is on the hill and consequently it commands a view of the whole town.
他家在山丘上，因此能眺望全鎮。

conservative [kən`sɝvətɪv]	*adj.* 保守的 =**moderate, traditional**

- People from the countryside are usually more conservative than people from the city.
  鄉下來的人通常比城市來的人更保守。

consideration [kən,sɪdə`reʃən]	*n.* [U] 考慮↔**disregard**；體諒 (~ for) =**thoughtfulness** [C] 考慮的事

★ take...into consideration 將⋯列入考慮
- After careful consideration, we decided to buy a new car.　經過仔細考慮，我們決定要買一輛新車。

consist [kən`sɪst]	*v.* 由⋯組成 (~ of) =**contain, be composed of**；存在於 (~ in)

- This class consists of 12 boys and 13 girls.
  這個班由十二個男生和十三個女生組成。
- True happiness consists in desiring little.
  真正的快樂在於寡欲。

consistent [kən`sɪstənt]	*adj.* 一致 (~ in)；與⋯一致 (~ with) ↔**inconsistent**

- His lectures are not always consistent with what the textbook says.
  他講課並不總是與課本上說的一致。

consonant	*n.* [C] 子音↔**vowel**

C

[`kɑnsənənt]

constant	*adj.* 穩定的=**steady**；不間斷的
[`kɑnstənt]	=**continual** <-ly *adv.*>

· The children's constant fighting got on her nerves.
  孩子間不斷的爭吵使她心煩。

constitution	*n.* [C] 構成=**composition,**
[ˌkɑnstə`tjuʃən]	**construction**；憲法

· Britain has no written constitution.
  英國沒有成文憲法。

construct	*v.* 建築=**build**；構思=**form**
[kən`strʌkt]	
[`kɑnstrʌkt]	*n.* [C] 構想；概念

· The building was constructed out of steel.
  這棟大樓是用鋼建構而成的。

construction	*n.* [U][C] 建造↔**destruction**
[kən`strʌkʃən]	[C] 建築物=**building**

★ under construction 建築中
· The new school is of simple and modern
  construction.
  這所新學校的建築風格是簡樸與現代化。

constructive	*adj.* 建設性的↔**destructive**
[kən`strʌktɪv]	

· Don't play around. Be constructive with your

| time. 別閒晃了，有建設性地使用你的時間吧。 |

| **consult** | *v.* 請教；參閱=**refer to**；商議 (~ |
| [kən`sʌlt] | with) =**confer** |

· I must consult with my advisers before giving you a definite answer.
  在給你明確的答案之前，我必須和我的顧問商量一下。

| **consultant** | *n.* [C] 顧問 |
| [kən`sʌlt] | |

· He is a management consultant.　他是管理顧問。

| **consume** | *v.* 吃／喝光；消耗=**exhaust, use** |
| [kən`sum] | **up**；消費=**spend** |

· This office consumes a lot of paper every day.
  這間辦公室每天消耗大量的紙。

| **consumer** | *n.* [C] 消費者=**customer** |
| [kən`sumə] | |

· Consumers need protection against dishonest dealers.　消費者必須受到保護以對付不肖商人。

| **container** | *n.* [C] 容器=**holder** |
| [kən`tenə] | |

· She kept her jewels in an unbreakable container.
  她把她的首飾存放在一個打不破的容器裡。

| **contemporary** | *adj.* 當代的；同時代的 |

93

[kən`tɛmpə,rɛrɪ]	*n.* [C] 同時代的人;同年齡的人

· The two events were contemporary, but unrelated.
  這兩件事發生於同一時期,但彼此沒有關聯。

· Bach was a contemporary of Handel.
  巴哈和韓德爾是同一個時代的人

content	*n.* [C] 內容 [U] 滿足
[kən`tɛnt]	↔**discontent**
	adj. 對…滿足 (~ with, to V.)
	v. 使滿意;使滿足

★ 比較 content指適當、應有的滿足,而satisfied與
  contented則意指極為滿足。
  to one's heart's content　心滿意足地,盡情地
  be content with...　滿足於…

· The contents of her purse spilled onto the floor.
  她錢包裡的東西散落在地上。

· The table of contents will tell you the names and
  page numbers of each chapter.
  目錄會告訴你每一章的標題和頁碼。

· The old man is content with his simple life.
  這老人對他的簡單生活覺得滿足。

context	*n.* [C] 上下文;情況,周圍狀況
[`kantɛkst]	

· It is difficult to know the meaning of the word

without context.

沒有前後文很難知道這個字的意思。

| **continent** | *n.* [C] 大陸 |
| ['kɑntənənt] | |

· There are seven continents on earth.

地球上有七大洲。

| **continental** | *adj.* 大陸的 |
| [,kɑntə'nɛntl̩] | |

· A continental climate is much drier than an oceanic one.

大陸型氣候比海洋型氣候乾燥多了。

| **continual** | *adj.* 連續的=**constant**；多次發生 |
| [kən'tɪnjʊəl] | 的=**frequent** |

· Your continual interruptions have ruined my work schedule.　你不斷的打擾已打亂了我的工作進度。

| **continuous** | *adj.* 無間斷的=**unceasing,** |
| [kən'tɪnjʊəs] | **ceaseless** |

★ 比較 continual　有間隔但連續的

　　　　continuous　無間斷地連續的

· We have had continuous rain since Monday morning.　從星期一早上以來，雨就沒停過。

| **contrary** | *adj.* 相反的 (~ to) =**opposite,** |
| ['kɑntrɛrɪ] | **contradictory** |

	n. [C] 相反=reverse

★ on the contrary 反之，相反地

· This is quite contrary to what I want.
  這和我想要的恰恰相反。

· She thought the class would be boring; on the contrary, she found it very interesting.
  她以為課會很無聊，但相反的，她覺得課非常地有趣。

contrast	*n.* [U][C] 對比，對照
[`kɑntræst]	
[kən`træst]	*v.* 形成對比，對照=compare

★ by/in contrast with/to... 與…對照地

· Black contrasts sharply with white.
  黑與白構成強烈的對比。

· Tom, by contrast with Bob, is well-behaved.
  跟Bob比起來，Tom很守規矩。

contribute	*v.* 貢獻 (~ to) =devote；捐 (~ to)
[kən`trɪbjʊt]	=donate

· Penicillin has contributed greatly to the welfare of mankind.　盤尼西林對人類的福祉有很大的貢獻。

contribution	*n.* [U] 貢獻；捐款 (~ to)
[ˌkɑntrə`bjuʃən]	=donation [C] 捐贈物

★ contribute to...=make a contribution to...

貢獻於…

· The old lady made a contribution to her church every month. 這老太太每月捐款給她的教會。

convenience	*n.* [U] 方便↔**inconvenience** [C]
[kən`vinjəns]	便利的東西

★ a convenience store 便利商店

· Gas, electricity, radio, and TV are all modern conveniences.

瓦斯、電、收音機和電視都是現代便利之物。

convention	*n.* [C] 代表大會=**congress,**
[kən`vɛnʃən]	**conference**

· They are holding a medical convention next week.
他們下星期將舉辦一場醫學大會。

conventional	*adj.* 慣例的=**customary,**
[kən`vɛnʃənḷ]	**traditional**；老套的

· Herbal medicine may provide a cure when conventional medicine cannot.

當西醫無效時，草藥也許能提供療效。

converse	*v.* 交談 (~ with) =**talk**
[kən`vɝs]	

· Conversing with her is quite difficult.
與她説話相當困難。

convey	*v.* 傳達=**communicate**；運送

[kənˋve]	**=deliver, transport**

· Words can't convey my true feelings.

語言不能表達我真正的感情。

convince	*v.* 使信服 (~ sb.of sth., that子
[kənˋvɪns]	句) **=win over, assure**；説服 (~
	sb. to V.) **=persuade**

· I tried to convince him of my innocence.

我試著使他相信我是清白的。

cooker [ˋkʊkɚ]	*n.* [C] 炊具；鍋；爐灶=【英】
	stove

· The shops sells various kinds of cookers.

這家店賣各式炊具

cooking	*n.* [U] 烹飪；烹調
[ˋkʊkɪŋ]	*adj.* 烹飪用的

★ cooking wine　料理米酒，料理葡萄酒

co-operate	*v.* 合作，協力 (~ with)
[koˋɑpəˌret]	**=collaborate, cooperate**

· The children cooperated with their mother in
  cleaning the rooms.

孩子們和母親合力打掃房間。

co-operative	*adj.* 合作的
[koˋɑpəˌretɪv]	

· I asked them to be quieter, but they were not very

cooperative.

我請他們安靜一點，但他們不太配合。

cope [kop]	*v.* 應付**=manage**；處理 (~ with) **=deal with**

· She has to cope with the pain after her father died.

她父親去世後，她必須應付自己的痛苦。

copper [ˋkɑpɚ]	*n.* [U] 銅
	adj. 銅的

· His grandfather gave him an old copper coin.

他的祖父給他一枚舊銅幣。

cord [kɔrd]	*n.* [C] 繩**=rope**；電線**=wire**；肌腱

★ the umbilical cord 臍帶

the vocal cords 聲帶

corporation [ˌkɔrpəˋreʃən]	*n.* [C] 公司；企業

· H e works for a small company, not a large corporation.

他在小公司上班，不是在大企業上班。

correspond [ˌkɔrəˋspɑnd]	*v.* 與…一致 (~ with, to) **=match, agree**；通信 (~ with)

· I've been corresponding with George for many years. 我與George通信多年。

correspondent	*adj.* 相應的;一致的 (~ with, to)
[ˌkɔrəˈspandənt]	*n.* [C] 通信者;通訊員

· Our war correspondent in Iraq sent this report.
  我們在伊拉克的戰地特派記者傳送來這則消息。

corridor	*n.* [C] 走廊;通道=**passage**.
[ˈkɔrədɚ]	**hallway**

· The children ran down the corridor.
  孩子們沿著走廊跑。

costly [ˈkɔstlɪ]	*adj.* 貴的;代價高的

· It would be too costly to buy a house in Taipei.
  在台北買房子太貴了

costume	*n.* [U][C] (特定場合、職業的) 服
[ˈkastjum]	裝=**outfit**

· Kids wear costumes during Halloween.
  孩子們在萬聖節時穿著戲服。

cottage	*n.* [C] 村舍;小別墅
[ˈkatɪdʒ]	

· He has a cottage in the country where he stays
  during the weekends.
  他在鄉下有一棟小屋,週末就待在那兒。

council	*n.* [C] 會議=**conference**
[ˈkaunsl̩]	

· The decision was made by the student council.

這是學生會做的決定。

| **counter** | *n.* [C] 櫃檯=**front desk**；計算機 |
| [ˋkaʊntɚ] | |

★ over the counter　(買藥時) 不需處方箋
　under the counter　暗中進行交易地

| **courageous** | *adj.* 勇敢的=**brave**↔**cowardly** |
| [kəˋredʒəs] | |

‧ He was the most courageous police officer I have
　ever met.　他是我見過最勇敢的警察。

| **courteous** | *adj.* 禮貌的 |
| [ˋkɝtɪəs] | =**polite**↔**discourteous** |

‧ He is very courteous to his customers.
　他對他的顧客很有禮貌。

| **courtesy** | *n.* [U] 謙恭有禮=**manners**↔ |
| [ˋkɝtəsɪ] | **discourtesy** |

★ by courtesy　出於禮貌；獲得允許
‧ The president did me the courtesy of replying to
　my letter.　會長親切地回信給我。

| **coward** | *n.* [C] 膽小鬼，懦夫=**chicken** |
| [ˋkaʊɚd] | |

‧ Only a coward runs away from the enemy.
　只有懦夫才不敢面對敵人。

| **cowboy** | *n.* [C] 牛仔 |

C

[`kaʊbɔɪ]

· The cowboys rounded up the cattle.
  牛仔們把牛趕在一起。

| **crack** [kræk] | n. [C] 裂縫;爆裂聲=**snap** |
| | v. 使破裂 |

· He looked through the crack in the door to see if anyone was in the room.
  他從門上的裂縫往裡面看,看看是否有人在房間裡。

| **cradle** [`kredl̩] | n. [C] 搖籃=【英】**cot, crib** |
| | v. 搖=**rock** |

· The baby fell asleep in its cradle.
  寶寶在搖籃裡睡著了。

| **craft** [kræft] | n. [U] 技巧=**skill** [C] 手工業=**handicraft**;船;飛機 |

· The craft of glass blowing has recovered.
  吹玻璃工藝已重獲發揚。

| **cram** [kræm] | v. 填鴨式的學習 (~ for);塞 (~ with) =**jam** |

· She crammed all of her books into one small box.
  她把所有的書塞進一個小箱子裡。

| **crane** [kren] | n. [C] 起重機;鶴 |
| | v. 伸長脖子 |

· The crane picked up the steel. 起重機將鋼舉起。

| **crash** [kræʃ] | *n.* [C] 碰撞=**bump**；墜落 |
| | *v.* 碰撞；墜落 |

· The plane crashed a few minutes after take-off.
飛機在起飛數分鐘後即墜毀。

| **crawl** [krɔl] | *v.* 爬行=**creep**；緩慢地前進 |
| | =**drag** |

· The baby crawled across the floor on his hands
and knees. 嬰兒在地板上爬來爬去。

| **creation** | *n.* [U] 創造 [C] 創造物 |
| [krɪ`eʃən] | |

· The only thing he is interested in is the creation of
wealth. 他唯一有興趣的是創造財富。

| **creative** | *adj.* 有創造力的=**original** |
| [krɪ`etɪv] | |

· The late 30's was the poet's most creative years.
三十年代末期是這詩人最富創造力的幾年。

| **creature** | *n.* [C] 生物=**living being**；傢伙 |
| [`kritʃə] | |

· The poor creature hasn't eaten for days.
這可憐的小動物已經好幾天沒吃東西了。

| **credit** [`krɛdɪt] | *n.* [U] 信任；名聲=**fame** |
| | *v.* 歸於 (~ to) =**attribute to** |

★ give sb. credit for...　相信某人具有…
　take (the) credit (for)...　把…當作自己的功勞

· I can't give credit to such a rumor.
　我無法相信這樣的謠言。

· Mr. Smith credits his success to his wife.
　史密斯先生把他的成就歸功於他太太。

creep [krip]	v. 爬=**crawl**；悄悄來到=**sneak** (creep, crept, crept)

· Tom crept up on me from behind.
　Tom從後面溜到我身邊。

crew [kru]	n. [C] 全體船員，機員；一組 (工作人員) (集合名詞) =**team**

· The airplane has seven crew members on board.
　飛機上有七位機組人員。

cricket [`krɪkɪt]	n. [C] 蟋蟀 [U] 板球

· He joined the cricket team when he was in six
　grade.　他在六年級時參加板球隊。

criminal [`krɪmənl̩]	n. [C] 犯人=**outlaw**

· Criminals should be punished according to law.
　罪犯根據法律應該被處罰。

cripple [`krɪpl̩]	n. [C] 殘障者=**the disabled** v. 使殘廢=**disable**；使癱瘓

- The railway was crippled by the typhoon.

  鐵路因颱風而癱瘓。

---

crisp [`krɪsp]　　　*adj.* 脆的=**crispy**

- She took a bite of the crisp apple.

  她咬了清脆的蘋果一口。

---

crispy [`krɪspɪ]　　　*adj.* 酥脆的

- I love crispy potato chips.　我愛酥脆的洋芋片。

---

critic [`krɪtɪk]　　　*n.* [C] 評論家=**reviewer**

- The movie was praised by the critics.

  這部影片頗受影評家好評。

---

critical　　　　　*adj.* 批評的 (~ of)；挑剔的 (~ of)

[`krɪtɪkl]　　　　　**=picky, fussy**

- She is always critical of the clothes people wear.

  她總是在批評別人穿的衣服。

---

criticism　　　　*n.* [U][C] 評論=**review**；挑剔

[`krɪtə,sɪzəm]

- There was a lot of criticism on the president's

  speech.　總統的演說引起了很多批評。

---

criticize　　　　　*v.* 批評=**comment**

[`krɪtə,saɪz]

- The teacher criticized his students' compositions.

  老師評論學生們的作文。

---

crop [krɑp]　　　*n.* [C] 農作物；農產品；收成；

105

	產量
	v. 剪頭髮；動物吃草

· Corn is one of the main crops in America.
玉米是美國的主要農作物之一。

crossroad	*n.* [C] 交叉路；岔路；十字路口
[ˋkrɔs͵rod]	<常-s>

· The voluntary police officer stood at the
crossroads, directing traffic.
義警站在十字路口指揮交通。

crow [kro]	*n.* [C] 烏鴉；雞啼聲
	v. 啼叫

· We were woken by a cock crowing.
我們被雞啼聲叫醒。

crown [kraʊn]	*n.* [C] 王冠；榮譽**=honor**
	v. 加冕；給予榮譽 (~ with)

· The price wore a crown upon his head.
王子頭上戴著皇冠。

cruelty	*n.* [U] 殘忍**=brutality**
[ˋkruəltɪ]	[C] 殘忍的行為

· The man was accused of cruelty to his wife.
這人被控虐待妻子。

crush [krʌʃ]	*v.* 壓碎**=squash, smash**；破壞；
	塞進

	n. [C] 擁擠；迷戀

★ <u>have</u>/get a crush on...　迷戀…

· He crushed the can with his bare hands.
　他用雙手就將罐子壓毀。

crutch [krʌtʃ]	*n.* [C] 柺杖<常-es>

· He broke his leg and has been on crutches for two
　months.　他腿斷了並用了兩個月的柺杖。

crystal [`krstl]	*n.* [U][C] 水晶；水晶製品
	adj. 清澈透明的**=clear**

· The creek is crystal clear.　溪水清澈見底。

cub [kʌb]	*n.* [C] 新手**=fledgling**；幼獸

· The bear took care of its cub.
　大熊照顧牠的小孩。

cucumber	*n.* [U][C] 黃瓜
[`kjukʌmbɚ]	

★ (as) cool as a cucumber　十分鎮靜

cue [`kju]	*n.* [C] 提示**=hint, clue**
	v. 給予暗示

· The conductor cued the pianist with a nod of his
　head.　這指揮點頭暗示這位鋼琴家。

cultivate	*v.* 耕種**=plant**；栽培，培養
[`kʌltə‚vet]	**=develop**

· The settlers cultivated the wilderness.

拓荒者耕種荒地。

cultural	*adj.* 文化的
[ˈkʌltʃərəl]	

· No cultural differences are found between the two countries. 這兩國沒有文化差異。

cunning	*adj.* 狡猾的=**canny, shrew, sly**
[ˈkʌnɪŋ]	

· He is as cunning as a fox. 他和狐狸一樣狡猾。

cupboard	*n.* [C] 櫥櫃=**cabinet**
[ˈkʌbəd]	

· The dishes are stored in the cupboard. 碗盤被放置在櫥櫃裡。

curiosity	*n.* [U] 好奇心
[ˌkjʊrɪˈɑsətɪ]	

★ from/out of curiosity 出於好奇

· Curiosity killed the cat. 【諺】多管閒事而誤了大事。

curl [kɝl]	*v.* 使捲曲=**coil**
	n. [U][C] 捲髮

· Mary's hair has a natural curl. Mary的頭髮是自然捲。

curse [kɝs]	*n.* [C] 詛咒 (~ on, upon)
	v. 詛咒；咒罵=**swear**

- In the fairy tale, a witch put a curse on the
  princess.　童話故事中，巫婆對公主下了詛咒。

cushion [ˋkuʃən]	*n.* [C] 墊子，靠墊=**pad**

- The cushions on the sofa don't match those on the
  armchairs.　沙發的墊子和扶手椅的墊子不搭配。

cycle [ˋsaɪkl]	*n.* [C] 週期；循環；腳踏車 *v.* 騎腳踏車

- Business is on the cycle of recovery.
  經濟景氣在復甦中。

cyclist [ˋsaɪklɪst]	*n.* [C] 騎單車者

- Cyclists in the city are asked to wear a helmet.
  這城市的單車騎士被要求要帶安全帽。

dairy [`dɛrɪ]	*n.* [C] 酪農場;乳製品

· Milk and cheese are dairy products.
　牛奶和乳酪是乳製品。

dam [dæm]	*n.* [C] 水壩
	v. 用堤壩攔住 (~ up)

· They built a dam across the river.
　他們攔河築壩。

damn [dæm]	*v.* 詛咒=**condemn**;貶低
	n. [C] 一點點 (用於否定句)

· I do not give a damn. 我一點也不在乎。

damp [dæmp]	*adj.* 潮濕的=**humid**↔**dry**
	v. 使潮濕=**dampen**↔**dry out**

· Wipe off the dirt with a damp cloth.
　用濕布拭去灰塵。
· Damp the shirts a little before ironing them.
　在燙襯衫之前先稍微把它們弄濕。

dancer	*n.* 舞者
[`dænsɚ]	

· She is a noted ballet dancer.
　她是知名的芭蕾舞者。

dancing	*n.* 跳舞
[`dænsɪŋ]	

dare [dɛr]	*aux.* 膽敢

	v. 膽敢

- How dare you say such a thing to me?
  你竟敢對我說出這種話？

darling	*adj.* 親愛的
[`dɑrlɪŋ]	*n.* [C] 親愛的人**=dear**

- My darling, shall we dance?
  親愛的，我們來跳舞吧。

dash [dæʃ]	*v.* 猛衝**=dart**；衝撞；使 (希望 等) 破滅
	n. (sing.) 猛衝 [C] 短跑

★ dash off 一口氣完成；匆忙地離開

a 100-meter dash 百米短跑

- He dashed for the departing bus.
  他衝向正要開走的公車。

daylight	*n.* [U] 白晝，日光
[`delaɪt]	

- He wakes up before daylight every day.
  他每天破曉前便起床。

deadline	*n.* [C] 最後期限**=time limit**
[`dɛd,laɪn]	

★ meet/miss/extend the deadline 趕上／錯過／延
長最後期限

- Each student has to hand in their paper before the

deadline of June 1。

每個學生都必須在6月1日的最後期限前繳交報告。

decade	*n.* [C] 十年
[`dɛked]	

★ the last decade of the 20th century=1990 to 1999

　　一九九零年代

decay [dɪ`ke]	*v.* 腐敗=**rot**；衰退=**decline**
	n. [U] 腐敗=**rot**；衰退=**decline**

★ fall into/go to decay　腐敗；衰退

· The meat began to decay without refrigeration.

　肉類在沒有冷藏之下開始腐敗。

· The deserted wooden cottage smelled of decay.

　這個被遺棄的木造別墅有腐敗的味道。

deceive [dɪ`siv]	*v.* 欺騙=**trick**

· The man tried to deceive his wife into thinking

　that he had become a good husband.

　這男人試圖欺騙他妻子，想讓她認為自己已變成一

　個好丈夫。

deck [dɛk]	*v.* 欺騙=**trick**
declaration	*n.* [C][U] 宣布=**announcement**；
[,dɛklə`reʃən]	申報

· The U.S. made a declaration of war to Japan after

　the Japanese bombed the Pearl Harbor.

日本轟炸珍珠港後，美國對日本宣戰。

declare	v. 宣布=**announce**；聲明；申報；
[dɪ`klɛr]	斷言

· The president declared against war.
  總統聲明反戰。

· You must declare some items at customs.
  在海關時你必須申報某些物品。

decline	v. 下降；衰退；婉拒 (~ N./to V.)
[dɪ`klaɪn]	n. [U][C] 下降 (~ in)；衰退
	(~ in)

· The birth rate is rapidly declining in this country.
  該國的出生率正在迅速下降當中。

· There has been a gradual decline in that singer's
  popularity.　那位歌手的聲望逐漸下滑。

decoration	n. [U] 裝飾；裝潢 [C] 裝飾品
[ˌdɛkə`reʃən]	<-s>

· My sister majors in interior decoration.
  我姊姊主修室內設計。

deed [did]	n. [C] 行為=**act**

· Deeds are better than words.　行動勝於空談。

defeat [dɪ`fit]	n. [C][U] 失敗=**failure**↔**victory**
	[U] 擊敗
	v. 擊敗=**beat**

D

★ take defeat well　坦然接受失敗

· We suffered defeat in the championship game.
　我們在冠軍賽中遭受挫敗。

· He defeated his opponent in the election.
　他在選舉中打敗對手。

defend	*v.* 防禦=**guard, protect**↔**attack,**
[dɪ`fɛnd]	**invade**；辯護

· We will defend our country.
　我們將會保衛我們的國家。

defense	*n.* [U] 防禦 (= 【 英 】 **defence**)
[dɪ`fɛns]	

· Offense is the best defense.　進攻為最佳的防守。

defensive	*adj.* 防禦性的↔**offensive**
[dɪ`fɛnsɪv]	

· The U.S. sells us defensive weapons only.
　美國只賣我們防禦性的武器。

deficit [`dɛfəsɪt]	*n.* [C] 虧空；赤字

· The government is trying to reduce the trade
　deficit.　政府正努力改善貿易逆差。

define	*v.* 給…下定義
[dɪ`faɪn]	

· Define the meaning of the word, please.
　請幫這個字下定義。

definite   *adj.* 明確的 ↔ **indefinite**

[ˋdɛfənɪt]

· Give me a definite answer.

  給我一個明確的答覆。

---

definition   *n.* [C] 定義

[͵dɛfəˋnɪʃən]

★ by definition　按照定義

· A murderer is, by definition, one who

  intentionally kills another person.

  所謂謀殺者，在定義上就是蓄意殺害他人者。

---

delegate   *n.* [C] 代表 = **representative**

[ˋdɛləget]   *v.* 委任 (~ to) = **designate**

· He is the Australian delegate to the United

  Nations. 　他是澳洲駐聯合國代表。

· We delegated him to attend the conference.

  我們委任他為代表參加會議。

---

delete [dɪˋlit]   *v.* 刪除 (文字等)；擦掉 (字跡等)

· He accidentally deleted the document he just

  finished. 　他不小心刪除了才剛完成的檔案。

---

delicate   *adj.* 細緻的 = **exquisite**；精密的

[ˋdɛləkət]   = **precise**；脆弱的；微妙的

· The surgeon performed a very delicate operation.

  這名外科醫生執行了一項非常精密的手術。

115

delight [dɪ`laɪt]	*n.* [U] 高興=**joy, happiness** [C] 使人高興的人或物 *v.* 使高興;以…為樂 (~ in)

★ take delight in... 喜歡…;以…為樂

to sb.'s delight=to the delight of sb. 令某人高興的是

· Grandfather took delight in telling us ghost stories. 祖父非常喜歡講鬼故事給我們聽。

· We were delighted <u>at</u>/<u>by</u>/<u>with</u> the view. 看到這景色讓我們很開心。

delighted [dɪ`laɪd]	*adj.* 高興的

· The boy is delighted to see so many toys around. 男孩很高興身邊有這麼多玩具。

delightful [dɪ`laɪtfəl]	*adj.* 令人愉快的=**pleasant**

· We had a delightful time at the party. 宴會愉快極了。

delivery [dɪ`lɪvərɪ]	*n.* [U][C] 運送;分娩 [U] 表達技巧

· The delivery of mail has been delayed by the heavy snow. 大雪延誤了郵件遞送。

demand	*v.* 要求 (~ of, from, to V., that

[dɪˋmænd]	子句) =claim;需要
	n. [C] 要求 (~ for, on, that子句)
	[U] 需要↔**supply**

★ in <u>great</u>/<u>poor</u> demand　需求量大／小

· My job demands a lot of hours.
　我的工作需要很長的時間。

| **demanding** | *adj.* 要求嚴格的=**hard, tough**; |
| [dɪˋmændɪŋ] | 辛苦的 |

· My boss is very demanding of me.
　我的老闆對我要求非常多。

| **democrat** | n. [C]【美】民主黨員<D->;民 |
| [ˋdɛməˌkræt] | 主主義者 |

· He used to be a Democrat but now he is a
　Republican.
　他以前是個民主黨員,但現在是共和黨員。

➠ democracy [dəˋmɑkrəsɪ] n. [U] 民主

| **demonstrate** | v. 示範=**show**;證明=**prove**;示 |
| [ˋdɛmənˌstret] | 威 |

· She demonstrated how to use the computer.
　她示範如何使用電腦。

· These people demonstrated for peace.
　這些人為求和平而示威。

| **demonstration** | n. [U][C] 示範 [C] 示威活動 |

117

[ˌdɛmənˈstreʃən]

· The students held a demonstration against war.
學生們舉行反戰示威。

---

dense [dɛns]   *adj.* 密集的；濃密的↔**thin**

· Dense fog poses a threat to mountain climbers.
濃霧對登山客造成威脅。

---

depart [dɪˈpɑrt]   *v.* 出發 (~ for) =**start**；離開 (~ from) =**leave**↔**arrive**

· The train will depart in one hour.
火車將在一個小時內出發。

---

departure   *n.* [U] 出發；離開 (~ from, for)
[dɪˈpɑrtʃɚ]   ↔**arrival**

· The singer took/made his departure for Paris from
London.   那位歌手從倫敦前往巴黎。

---

dependable   *adj.* 可信賴的=**reliable**
[dɪˈpɛndəbl]

· It's a very dependable car.
這是一輛很可靠的車子。

---

dependent   *adj.* 依賴的 (~ on, upon) ↔
[dɪˈpɛndənt]   **independent**

· She is no longer dependent on her parents for her
living.   她不再依靠父母過日子。

---

deposit   *n.* [C] 存款；押金

| [dɪˋpɑzɪt] | v. 存放↔**withdraw**；付定金 |

- Roy made a deposit of $ 2,000 in cash.
  Roy存入現金二千元。
- He deposited 5% of the price of the car.
  他先付汽車總價百分之五的定金。

| **depress** | v. 使沮喪 |
| [dɪˋprɛs] | |

- Her failure to get into college depressed her.
  無法進入大學讓她很沮喪。

| **depressed** | *adj.* 沮喪的**=discouraged,** |
| [dɪˋprɛst] | **dejected** |

- He feels very depressed ever since he broke up
  with his girlfriend.
  自從和女朋友分手後,他就一直很沮喪。

| **depressing** | *adj.* 令人沮喪的 |
| [dɪˋprɛsɪŋ] | |

| **depression** | *n.* [U][C] 沮喪;不景氣**=slump** |
| [dɪˋprɛʃən] | |

- She has been in a state of depression since her
  husband's death.
  自從丈夫去世後,她就一直處於沮喪狀態。

| **depth** [dɛpθ] | *n.* [U][C] 深度;深處 |

★ in depth　深入地;徹底地

· This pond is 10 feet deep.=This pond is 10 feet in depth. 這個池子有十英尺深。

deputy	*n.* [C] 代理人=**substitute**
[`dɛpjətɪ]	

· Who'll be your deputy while you are away?
你不在時誰是你的代理人？

description	*n.* [U][C] 描述
[dɪ`skrɪpʃən]	

★ beyond description 難以形容

· She gave a vivid description of the event.
她對這個事件做了生動的描述。

deserve	*v.* 值得，應得=**be worthy of**
[dɪ`zɝv]	

★ You deserve it. 你應得的；你活該。

· For his good work he deserves the promotion.
以他良好的工作表現來看，他應該得到晉升。

designer	*n.* [C] 設計師
[dɪ`zaɪnɚ]	

despair	*n.* [U] 絕望↔**hope**
[dɪ`spɛr]	

★ in <u>despair</u>/<u>desperation</u> 絕望地，在絕望中

desperate	*adj.* 不顧一切的，拼命的；嚴重
[`dɛspərɪt]	的=**serious, bad**

- The girl made desperate efforts to escape.
  那名少女拼了命要逃走。

| **despite** [dɪ`spaɪt] | *prep.* 儘管，不顧＝**in spite of** |

- He went ahead despite my warning.
  他不顧我的警告還是去了。

| **destination** [dɛstə`neʃən] | *n.* [C] 目的地；(貨物、信件的) 送達地 |

| **destroy** [dɪ`strɔɪ] | *v.* 毀壞＝**ruin, spoil** |

- Many works of art were destroyed in the war.
  許多藝術品在戰爭時遭到破壞。

| **destruction** [dɪ`strʌkʃən] | *n.* [U] 破壞 |

- The earthquake caused wide destruction.
  地震造成大範圍的毀損。

| **destructive** [dɪ`strʌktɪv] | *adj.* 破壞性的↔**constructive** |

★ be destructive <u>of</u>/<u>to</u>... 對…有害
- Smoking is destructive to your health.
  吸菸對你的健康有害。

| **detail** [`ditel] | *n.* [C] 細節，項目＝**item** |
| | *v.* 詳細敘述 |

121

★ in detail　詳細地

· She paid close attention to every detail.
　她對每個細節都很注意。

| **detailed** | *adj.* 詳細的 |
| [`diteld] | |

· He gave us a detailed description of his European trip.　他對我們詳細描述他的歐洲之旅。

| **detect** [dɪ`tɛkt] | *v.* 查出 |

· He detected a gas leak.　他發現瓦斯外洩。

| **detective** | *n.* [C] 偵探；探員 |
| [dɪtektɪv] | *adj.* 偵探的 |

· He hired a private detective to solve the crime.
　他僱用私家偵探來查出這個罪行。

| **detergent** | *n.* [U][C] 洗滌劑 |
| [dɪ`tɜ˞dʒənt] | |

| **determination** | *n.* [U] 決心 |
| [dɪ,tɜ˞mə`neʃən] | |

· Her determination to pass the entrance exam made her keep on studying.
　她一定要通過入學考試的決心敦促她努力用功。

| **determined** | *adj.* 意志堅定的，堅決的 (~ to) |
| [dɪ`tɜ˞mɪnd] | **=firm, resolute** |

· She is determined to get the job done.

她決心要把工作完成。

D

development [dɪˋvɛləpmənt]	*n.* [U] 發展，生長，成長 [C] 進 化，進展

· The development of the city is rapid.

這城市發展得很快。

device [dɪˋvaɪs]	*n.* [C] 裝置**=tool**；設計

· A can opener is a helpful device.

開罐器是有用的器具。

devil [ˋdɛvl̩]	*n.* [C] 魔鬼**=demon**

· Speak of the devil here he comes now.

說曹操，曹操就到。

devise [dɪˋvaɪz]	*v.* 設計出**=invent, contrive**；想出

· Paul has been trying to devise a time machine.

Paul一直在嘗試設計一臺時光機器。

devote [dɪˋvot]	*v.* 奉獻 (~ to)；致力於… (~ oneself to) **=dedicate**

· She devoted herself to primary education.

她致力於從事初等教育。

devoted [dɪˋvotɪd]	*adj.* 摯愛的；埋首於…的 (~ to)

· Bob is devoted to reading.　Bob熱愛閱讀。

devotion [dɪˋvoʃən]	*n.* [C] 奉獻；摯愛 (~ to) **=love,** **affection**

D

- His devotion to the study of English history is well-known.

  他致力於英國史的研究是眾所皆知的。

dialect [ˋdaɪəlɛkt]	n. [U][C] 方言

- Chinese has a great variety of dialects.

  中國有非常多種不同的方言。

dialog [ˋdaɪəˏlɔg]	n. [U][C] 對話；對白＝【英】 **dialogue, conversation**

- The dialogue in that film is very amusing.

  那部影片的對白很有趣。

dictate [ˋdɪktet]	v. 口述使聽寫 (~ to)；命令 (~ to sb.) ＝**order, command** n. [C] 指示，命令<常-s>

- The president of the company dictated a letter to his secretary.

  公司的董事長口述一封信要秘書記下。

dictation [ˋdɪkteʃən]	n. [U] 口述聽寫；命令 [C] (一段) 聽寫

- The secretary can take dictation in shorthand.

  這秘書能速記聽寫。

differ [ˋdɪfɚ]	v. 相異 (~ from, in, with)

- Taiwan greatly differs from Mainland China in its

124

political system.

臺灣與中國大陸在政治體制方面大相逕庭。

digest	*v.* 消化
[daɪˋʤɛst]	
[ˋdaɪdʒɛst]	*n.* [C] 摘要 **=summary**；文摘

· You should let your food digest before you exercise. 運動之前你應該先讓食物消化。

digestion	*n.* [U][C] 消化；消化力
[daɪˋdʒɛstʃən]	

· I have a <u>weak</u>/<u>poor</u> digestion. 我的腸胃不好。

digit [ˋdɪʤɪt]   *n.* [C] 數字

★ (number)-digit number   …位數的數字

· 27 is a two-digit number.   27是一兩位數的數字。

· The students are learning division of three digits now.   學生現在在學三位數的除法。

digital [ˋdɪʤɪtl]   *adj.* 數字的；數位式的

★ digital camera   數位相機

dignity	*n.* [U] 威嚴；莊重；尊嚴
[ˋdɪgnətɪ]	**=self-respect**

· She would never associate with the criminal because it is beneath her dignity.

她絕不會與那個罪犯有所牽連，因為那樣有失她的尊嚴。

125

dim [`dɪm]	*adj.* 昏暗的;模糊不清的
	=faint↔bright
	v. (使) 變暗;(使) 變模糊

· Don't read books in such a dim light.
不要在這麼暗的光線下看書。

| **dime** [daɪm] | *n.* [C] (美國、加拿大的) 一角硬幣 |

· Ten dimes make one dollar.
十個一角的硬幣相當於一美元。

| **dine** [daɪn] | *v.* 用餐 |

★ dine out=eat out 在外用餐
· The Browns invited me to dine with them.
布朗一家人請我和他們一起用餐。

| **dip** [dɪp] | *v.* 浸一浸 (~ in, into) |
| | *n.* [C] 傾斜;下降 |

· The boy dipped his biscuit into the milk.
男孩把餅乾浸在牛奶裡。

| **diploma** [dɪ`plomə] | *n.* [C] 畢業證書 |

· She managed to get her diploma in architecture.
她設法取得了建築系的畢業證書。

| **dirt** [dɝt] | *n.* [U] 塵土,塵埃=**dust**;泥 |
| | =**mud**;土壤=**soil** |

- Before you come into the house, please clean the dirt off your shoes. 進屋前請先清掉鞋上的泥土。

disabled   *adj.* 殘疾的

[dɪs`ebḷd]

★ the disabled 殘疾人士

- The disabled young man never lets his disability prevent he from doing whatever he wants to do. 這有殘疾的年輕男士從不讓他的殘疾妨礙他做想做的事。

disadvantage   *n.* [C] 不利的情況↔**advantage**

[ˌdɪsəd`væntɪdʒ]   *v.* 使…處於不利地位

★ at a disadvantage 處於不利的地位

to one's disadvantage 對某人不利

- My sprained leg put me at a disadvantage for the race. 我扭傷的腳讓我在賽跑時處於不利的地位。

disadvantaged   *adj.* 弱勢的；窮困的=**deprived**

[ˌdɪsəd`væntɪdʒd]

★ the disadvantaged 弱勢族群

disagree   *v.* 不一致 (~ with) ↔**agree**

[ˌdɪsə`gri]

- He always disagreed with my opinions. 他總是和我意見不合。

disappoint   *v.* 使失望=**let down**；妨礙 (計

D

[ˌdɪsəˈpɔɪnt]	畫) 實現 **=hinder**

· The actress disappointed her fans with her sudden retirement.
這個女演員突然退休使她的影迷大失所望。

disappointed	*adj.* 失望的
[ˌdɪsəˈpɔɪntɪd]	

· I am disappointed (that) he will not come with us tonight.　他今晚不能跟我們來，讓我很失望。

disappointing	*adj.* 使人失望的
[ˌdɪsəˈpɔɪntɪŋ]	

· It was disappointing that the shirt I wanted was sold out.　我想要的襯衫賣完了，讓我覺得很失望。

disappointment	*n.* [U] 失望 **↔satisfaction**
[ˌdɪsəˈpɔɪntmənt]	

★ to one's disappointment　令人失望的是

disapproval	*n.* [U] 不贊成；不認可
[ˌdɪsəˈpruvl̩]	

· The teacher shook her hand in disapproval.
老師不認同地搖搖手。

disapprove	*v.* 不贊成 (~ of) **=object to**；不認
[ˌdɪsəˈpruv]	可 (~ of) **=turn down, refuse**

· The committee disapproved of the project.
委員會否決了那項計畫。

128

disaster [dɪz`æstə-]	n. [C][U] 災禍=**catastrophe**

· The earthquake was a disaster for the country.
　這次地震對該國而言是災難。

discard [dɪs`kɑd] [`dɪskɑd]	v. 丟棄；擲出不要的牌 n. [U] 拋棄

discipline [`dɪsəplɪn]	v. 訓練=**train**；教養 n. [U][C] 訓練=**drill**；教養；紀律；學科

★ self-discipline　自我要求

· Singapore has a high level of discipline to regulate its citizens.　新加坡用高標準的紀律來規範人民。

disco [`dɪsko]	n. [C] 迪斯可舞廳=**discotheque** [`dɪskə,tɛk]

disconnect [,dɪskə`nɛkt]	v. 斷絕…關係↔**connect**；切斷…電源

· Disconnect the wires before moving the TV.
　移動電視之前先切斷電源線。

discount [dɪ`skaʊnt] [`dɪskaʊnt]	v. 打折扣；不全置信 n. [U][C] 折扣

· We give a discount of 10 percent on cash

purchases. 現金購買，我們打九折。

discourage	v. 使沮喪=**dishearten**↔
[dɪsˋkɝɪdʒ]	**encourage**；勸阻

★ discourage sb. from V-ing　勸阻某人不要做…

· His father discouraged him from going to the
  party.　他的父親勸阻他不要去參加舞會。

discovery	n. [U] 發現=**finding** [C] 發現物
[dɪˋskʌvərɪ]	

· Newton made many wonderful discoveries.
  牛頓有許多傑出的發現。

disease [dɪˋziz]	n. [U][C] 疾病=**sickness, illness**

· He died of heart disease.　他死於心臟病。

disguise	v. 假扮；喬裝
[dɪsˋgaɪz]	n. [U][C] 喬裝，偽裝=**guise**

★ in disguise　偽裝的

· She disguised herself so that no one would
  recognize her.　她喬裝自己好讓別人認不出她。

disgust	v. 使厭惡=**offend**；使噁心
[dɪsˋgʌst]	n. [U] 噁心；厭惡=**dislike**

· The smell of gasoline always disgusts me.
  石油的味道總令我覺得噁心。

disk [dɪsk]	n. [C] 圓盤；唱片

★ compact disk　光碟片

| laser disk　雷射光碟 |

D

---

dislike
[dɪs`laɪk]

v. 討厭，不喜歡**=disfavor**
n. [U][C] 不喜愛；厭惡

★ take a dislike to...　開始討厭⋯

· I dislike his drinking behaviors.
　我不喜歡他喝酒的行徑。

---

dismiss
[dɪs`mɪs]

v. 解散；解雇↔**employ**

· The police officer was dismissed from his
　position.　該警官被解除職務。

---

disorder
[dɪs`ɔrdɚ]

n. [U][C] 無秩序，雜亂 **=mess,**
confusion；不適
v. 使混亂**=disturb**

· The papers on his desk were all in disorder.
　他桌上的文件亂七八糟。

---

display
[dɪ`sple]

v. 展示**=exhibit**；表露
n. [U][C] 展示；表露

· Her willingness to hold the snake was a good
　display of courage.
　她願意去抓蛇是個很好的勇氣展現。

---

dispute
[dɪ`spjut]

v. 爭論**=quarrel**
n. [C] 爭論**=argument**

★ in dispute　在爭論中

- They disputed <u>about</u>/<u>over</u> their child's education.

  他們爭論孩子的教育問題。

---

dissatisfaction   *n.* [U] 不滿；不平↔**satisfaction**

[dɪssætɪsˋfækʃən]

- Many people expressed their dissatisfaction with

  the new policy.   許多人對新政策表達不滿。

---

dissolve   *v.* (使) 溶化 (~ in) **=melt**；結束，

[dɪˋzalv]   解散**=end, terminate**

★ dissolve a <u>marriage</u>/<u>business</u>   終止婚姻／事業

- Salt dissolves quickly in water.

  鹽在水中會迅速溶解。

---

distant   *adj.* 遠 (方) 的

[ˋdɪstənt]

- After his father died, he became very distant from

  his friends.

  他父親死後，他和朋友的關係變得疏遠。

---

distinct   *adj.* 不同的 (~ from)

[dɪˋstɪŋkt]   **=different**；明顯的**=clear**

- Actually being there is quite distinct from just

  seeing pictures of the place.

  實際去那裡和光看那個地方的照片是相當不同的。

---

distinguish   *v.* 區別 (~ from) **=discriminate**

[dɪˋstɪŋgwɪʃ]

- Europeans often cannot distinguish a Japanese from a Chinese.

  歐洲人常無法分辨日本人和中國人。

| **distinguished** | *adj.* 傑出的=**outstanding**；著名 |
| [dɪ`stɪŋgwɪʃt] | 的=**famous** |

- He is a distinguished writer.

  他是一個傑出的作家。

| **distribute** | *v.* 分送=**give out**；分布=**spread** |
| [dɪ`strɪbjʊt] | **out** |

- The church distributed money and food to the poor. 教堂分送金錢和食物給窮人。

| **distribution** | *n.* [U] 分送；分布 [C] 分配物 |
| [ˌdɪstrə`bjuʃən] | |

- The meeting discussed the even distribution of wealth to the family members.

  會議討論財富的平均分配給家庭成員。

| **district** | *n.* [C] 地區=**region** |
| [`dɪstrɪkt] | |

- He lived close to the shopping district of the town.

  他住在城裡的購物區附近。

| **distrust** | *v.* 不信任↔**trust** |
| [dɪs`trʌst] | *n.* [U] (sing.) 不信任 (a ~ of) |

- They have a deep distrust of all outsiders.

他們非常不信任外來者。

disturb [dɪ`stɝb]	*v.* 打擾=**interrupt, bother**；使不安=**upset, distress**

· The loud music disturbed my studies.
  那大聲的音樂打擾我讀書。

disturbance [dɪ`stɝbəns]	*n.* [U][C] 混亂=**confusion, disorder**；不安=**worry, upset**

· The escape of the criminals caused a disturbance of public security.
  罪犯的逃走造成對治安的妨害。

ditch [dɪtʃ]	*n.* [C] 溝；地下水道 *v.* 拋棄

· Workmen are digging ditches.
  工人正在挖掘水溝。

dive [daɪv]	*v.* 潛水；跳水 *n.* [C] 潛水；跳水 (~ into)

★ dive into (one's work) 埋首於 (工作)

· The man made a dive for pearls.
  那男人潛水採珍珠。

divine [də`vaɪn]	*adj.* 神的；神聖的=**holy, sacred**

· To err is human, to forgive divine.
  【諺】犯錯乃人之常情，寬恕是非凡的。

divorce	*v.* 離婚

[dɪ`vors]	n. [U][C] 離婚

★ get a divorce 獲准離婚

· Mrs. Hill divorced her husband.
  希爾太太和丈夫離婚了。

dock [dɑk]	n. [C] 船塢；碼頭=**pier**
	v. 駛入碼頭；停泊在碼頭內

· The ship is in dock. 船泊在碼頭。

domestic	adj. 家庭的；國內的
[də`mɛstɪk]	=**native**↔**foreign**

· The new president is poor at handling domestic
  affairs. 新任總統不善於處理國內事務。

dominant	adj. 支配的 (~ over) =**ruling**；優
[`dɑmənənt]	勢的=**prominent**；顯性的

· Buddhism is the dominant religion of Taiwan.
  佛教是台灣主要的宗教。

dominate	v. 支配，左右=**govern, control**；
[`dɑmə,net]	俯視

· The team dominates in every game they play.
  這支隊伍主宰了他們打的每場球賽。

donate [`donet]	v. 捐贈 (~ to) =**contribute,**
	subscribe

· He donates one thousand dollars to the charity
  every month. 他每個月捐一千美元給慈善機構。

D

dormitory	*n.* [C] 學生宿舍=**dorm**
[ˋdɔrməˏtorɪ]	

· Students live in the school's dormitory.
  學生們住在學校的宿舍裡。

---

dose [dos]	*n.* [C] (藥) 一次的劑量
	v. 使服藥 (~ with)；配藥

· He takes three doses a day.　他一天服三次藥。

---

doubtful	*adj.* 感到懷疑的=**questionable**
[ˋdaʊtfəl]	

★ feel/be doubtful about/of...　懷疑…

· Mom looked at me doubtfully as if I had told a lie.
  媽媽懷疑地看著我，好似我在說謊。

---

dove [dʌv]	*n.* [C] 鴿子

· A dove is used as a symbol of peace and harmony.
  鴿子是和平的象徵。

---

downwards	*adv.* 向下地；衰退地=**downward**
[ˋdaʊnwɚdz]	

· He looked downwards in silence.
  他沉默地向下看。

---

doze [doz]	*v.* 打盹=**nap**
	n. [C] 打盹=**nap**

· He dozes (off) for half an hour in the afternoon.
  他下午小睡半小時。

D

draft [dræft]	v. 打草稿
	n. [C] 草稿
· He is drafting a speech. 他正在寫演說稿。	

drag [dræg]	v. 拖;拉=**pull, lug**
	n. [C] 累贅
★ drag one's feet 故意拖延,扯後腿	
· The boy dragged the heavy bag across the room. 男孩拖著重重的袋子走過房間。	

| **dragonfly** [ˋdrægən͵flaɪ] | n. [C] 蜻蜓 |

drain [dren]	v. 排出;使乾;消耗體力
	n. [C] 下水道;消耗體力
★ go down the drain 白白浪費	
· The pool is drained once a week. 水池每星期排一次水。	

| **dramatic** [drəˋmætɪk] | adj. 戲劇性的 |
| · Please don't be so dramatic. 拜託不要那麼誇大。 | |

drawing [ˋdrɔɪŋ]	n. [C] 圖畫;素描=**sketch**;圖樣
	[U] 拉出;擬定
· Drawing was my favorite subject in elementary school. 畫圖課是我小學時最喜歡的課。	

| **dread** [drɛd] | v. 害怕,恐懼 |

	n. [U] 恐懼=**fear**；不安 (a ~)

· He dreads delivering speeches in public.
他害怕公開演講。

dreadful	*adj.* 可怕的=**frightening**；不安
[ˋdrɛdfəl]	的；很差的=**bad, terrible**

· The service was dreadful.　服務非常差。

drift [drɪft]	*v.* 漂流=**float, sail**
	n. [U][C] 漂流；趨勢=**tendency**；
	流向=**direction**

drill [ˋdrɪl]	*v.* 鑽 (孔)；反覆教導
	n. [U][C] 鑽；練習=**practice**

★ drill...into=instill...into　灌輸 (知識、思想)

· She drilled holes in the wood.　她在木頭上鑽洞。

· They are doing a fire drill.
他們正在進行消防演習。

drip [drɪp]	*v.* 滴下
	n. [C] 水滴；水滴聲

· The water is dripping off the roof.
水從屋頂上滴下來。

drought	*n.* [U][C] 乾旱
[draʊt]	

· Water supplies were rationed during the drought.
乾旱期間水的供給採配給制。

drown [draʊn]	*v.* 淹死；淹沒

· The child (was) drowned in the river.
  那孩子在河裡淹死。

drowsy [ˋdraʊzɪ]	*adj.* 昏昏欲睡的=**sleepy, dozy**↔**wide awake**

· I feel drowsy in the warm classroom.
  在溫暖的教室裡我昏昏欲睡。

drunk [drʌŋk]	*adj.* 醉的 *n.* [C] 醉漢=**drunkard**

· He was too drunk to drive a car.
  他太醉了而無法開車。

duckling [ˋdʌklɪŋ]	*n.* [C] 小鴨

due [dju]	*adj.* 到期的；預定的 *n.* [C] 會費<-s>

★ due to...=because of...=as a result of...　因為…，由
　於…

· The assignment is due today.　作業今天到期。

· His enormous success was due to his persistence.
  他由於堅持到底而得到極大的成功。

dull [dʌl]	*adj.* 鈍的↔**sharp**；遲鈍的↔**keen**

· All work and no play makes Jack a dull boy.

139

【諺】只用功不遊戲的小孩會變笨。

dump [dʌmp]	*v.* 傾倒=**unload**
	n. [C] 垃圾場=**junkyard**

· The child dumped his toys on the ground.
  那孩子把玩具倒在地上。

durable	*adj.* 耐用的=**long-wearing**；持久
[ˈdjʊrəbl̩]	的

· Jeans are durable.　牛仔褲很耐穿。

duration	*n.* [U] 持續期間=**continuation**
[djʊˈreʃən]	

· Please be quiet for the duration of the discussion.
  在討論期間請保持安靜。

dusk [dʌsk]	*n.* [U] 薄暮；黃昏

· I get home at dusk every day.
  我每天黃昏時到家。

dust [dʌst]	*v.* 拭去…的灰塵
	n. [U] 灰塵

· He is dusting the furniture.
  他正在擦拭家具上的灰塵。

dusty [ˈdʌstɪ]	*adj.* 滿是灰塵的

· All the bookshelves are dusty.
  所有書架都佈滿灰塵。

dye [daɪ]	*v.* 染色=**color, stain**

	n. [U][C] 染料

· She dyed her hair red.　她把頭髮染紅。

---

dynamic	*adj.* 有活力的**=vigorous,**
[daɪˋnæmɪk]	**active↔inactive**

· She is a dynamic person, full of energy.
她是個充滿活力的人。

---

dynasty	*n.* [C] 王朝**=reign**
[ˋdaɪnəstɪ]	

· The dynasty ruled for more than three hundred
years.　這個王朝統治超過了三百年。

eager [`igɚ]	*adj.* 渴望的 (~ for, about)；熱心的=**enthusiastic**

· The boy was eager to open his present.
男孩急著要打開他的禮物。

earnest [`ɝnɪst]	*adj.* 認真的=**serious**
	n. [U] 認真

★ in earnest=seriously　認真地

· She is earnest about her work.　她對工作很投入。

earnings [`ɝnɪŋz]	*n.* (pl.) 所得，工資↔**expenses**；利潤=**profits**

· His earnings amount to several million NT dollars a year.　他年收入達台幣數百萬元。

earring [`ɪrrɪŋ]	*n.* [C] 耳環

earthquake [`ɝθkwek]	*n.* [C] 地震=**quake**

· Some buildings collapsed after the strong earthquake.
經過這個強烈的地震後，某些建築物倒塌了。

ease [iz]	*v.* 放鬆；減輕 (疼痛，緊張)=**lessen**
	n. [U] 舒適=**comfort**；安心=**relaxation**；(痛苦) 減輕；容易↔**difficulty**

★ at ease　輕鬆地　ill at ease　不安地

- The music will ease your stress.
  音樂可以減輕你的壓力。
- The medicine eased my pain.
  這藥減輕了我的疼痛。

---

easily [ˈizḷɪ]　　*adv.* 容易地

- He lifted up the huge rock easily.
  他輕易地舉起大石頭。

---

echo [ˈɛko]　　*v.* 發出回音；附和

　　　　　　　　n. [C] 回響，回音

- His call echoed in the valley.
  山谷中迴盪著他的呼喊聲。

---

economic　　*adj.* 經濟的

[ˌikəˈnɑmɪk]

- The economic situation is getting worse.
  經濟情勢越來越糟。

---

economical　　*adj.* 節約的=**thrifty**

[ˌikəˈnɑmɪkḷ]

- The car is very economical because it uses
  electricity instead of gas.
  這部車很省錢，因為它使用的是電力而不是汽油。

---

economics　　*n.* [U] 經濟 (學)

[ˌikəˈnɑmɪks]

economist [ɪˋkɑnəmɪst]	n. [C] 經濟學家

economy [ɪˋkɑnəmɪ]	n. [C] 經濟

edible [ˋɛdəbḷ]	adj. 可食用的 ↔ **inedible**

· She plucked some edible berries off the tree.
  她從樹上摘下一些可食用的莓子。

edit [ˋɛdɪt]	v. 編輯

· Her article has been slightly edited.
  她的文章被些微編輯過了。

edition [ɪˋdɪʃən]	n. [C] 版本 = **copy, version**

· He bought the revised and enlarged edition.
  他買增修版本。

editor [ˋɛdɪtɚ]	n. [C] 編輯

editorial [ˌɛdəˋtorɪəl]	adj. 編輯的 n. [C] 社論

educate [ˋɛdʒəˌket]	v. 教育 = **instruct, teach**

educational [ˌɛdʒəˋkeʃənḷ]	adj. 教育的

· He has a very good educational background.
  他有很好的學歷。

efficiency [ə`fɪʃənsɪ]	n. [U] 效率 ↔ **inefficiency**

· She works with efficiency.＝She is efficient at her work. 她做事有效率。

efficient [ɪ`fɪʃənt]	adj. 有效率的 ＝ **effective**

· Our teacher asks us to make efficient use of our time. 老師要我們有效運用時間。

elaborate [ɪ`læbərɪt] [ɪ`læbəret]	adj. 精細的；精密的 ＝ **complex** v. 詳述 (~ on/upon)

· The tablecloth has an elaborate pattern of roses. 這條桌布有精細的玫瑰花紋。

· The dean elaborated on the new policy for college applications.
教務主任詳細解說申請大學的新政策。

elastic [ɪ`læstɪk]	adj. 有彈力的 ＝ **stretchable,** **flexible** ↔ **rigid**

· The string is elastic. 這繩子有彈性。

elbow [`ɛl,bo]	n. [C] 手肘 v. 用肘推

· It isn't good manners to rest your elbows on the table. 兩肘擱在桌上是很沒禮貌的。

elderly [ˋɛldɚlɪ]	*adj.* 年長的=**old**↔**young**

★ the elderly=the old=old people　老年人

electrical [ɪˋlektrɪk(ə)l]	*adj.* 與電有關的；用電的；電氣的

· He is an electrical engineer by profession.
　他的職業是電機工程師。

electrician	*n.* [C] 電工

electricity [ɪ,lɛkˋtrɪsətɪ]	*n.* [U] 電力

· The engine is run by electricity.
　這引擎是靠電發動的。

electronic [ɪ,lɛkˋtranɪk]	*adj.* 電子的；電子操控的

· We use electronic mail to send the latest
　information to our customers.
　我們用電子郵件寄送最新的資訊給我們的顧客。

electronics [ɪ,lɛkˋtranɪks]	*n.* [U] 電子學

elegant [ˋɛləgənt]	*adj.* 高雅的=**graceful**

· She is elegant in her manners.
　她的舉止優雅。

elementary	*adj.* 基本的=**fundamental,**
[ˌɛləˈmɛntərɪ]	**basic**；初步的=**primary**

· He is in elementary school.　他在讀小學。

elevator	*n.* [C] 電梯=【英】**lift**
[ˈɛləvetɚ]	

· Take the elevator to the 14th floor.
　搭乘電梯到十四樓。

eliminate	*v.* 消除=**abolish, remove**
[ɪˈlɪməˌnet]	

· The losers of today's game will be eliminated.
　今天比賽的輸家將被淘汰。

elsewhere	*adv.* 別處
[ˈɛlsˌhwɛr]	

· He went else where.　他去別的地方了。

embassy	*n.* [C] 大使館
[ˈɛmbəsɪ]	

· Protesters assembled outside the French Embassy.
　抗議者在法國大使館外聚集。

emerge	*v.* 出現=**appear**↔**submerge**
[ɪˈmɝdʒ]	

· Two ships emerged out of the mist.
　兩艘船從霧中出現。

emergency	*n.* [C] 緊急情況=**crisis**

[ɪˋmɝˋdʒənsɪ]

★ an emergency landing　迫降

· During a fire you should find an emergency exit.
火災時你應該要找緊急出口。

emotional	*adj.* 情緒化的

[ɪˋmoʃən!]

· He became very emotional and cried during the
speech.　在演講中，他變得很情緒化而且還哭了。

emperor	*n.* [C] 皇帝

[ˋɛmpərɚ]

emphasis	*n.* [U][C] 強調 <pl. emphases>

[ˋɛmfəsɪs]　　　　**=stress**

· This college puts/lays/places too much emphasis
on academic achievements.
這所大學過分注重學業成績。

empire	*n.* [C] 帝國**=kingdom,**

[ˋɛmpaɪr]　　　　**sovereignty**

· I watched a movie about the Roman Empire.
我看了一部有關羅馬帝國的電影。

employee	*n.* [C] 受雇人員**=worker**

[ɪmˋplɔii]

employer	*n.* [C] 雇主**=boss**

[ɪmˋplɔiɚ]

employment [ɪm`plɔɪmənt]	*n.* [U] 雇用；使用

★ <u>in/out of</u> employment　受雇／失業

enable [ɪn`ebḷ]	*v.* 使…能夠**=allow,** **empower↔disable**

· The operation enabled him to recover.
　手術使他能夠復原。

enclose [ɪn`kloz]	*v.* 圍繞**=surround**；隨信附寄， 裝入

· I enclosed a check with this letter.
　隨函附上支票一張。

enclosed [ɪn`klozd]	*adj.* 被…圍繞的；密閉的

· Don't paint walls in an enclosed space.
　不要在密閉空間漆油漆。

encounter [ɪn`kaʊntɚ]	*v.* 遇見**=bump into**；遭遇 *n.* [C] 偶然遇見

· They encountered some turbulence during the
　flight.　他們在飛行的過程中遇到了一些亂流。

encouragement [ɪn`kɝɪdʒmənt]	*n.* [U] 鼓勵

· With encouragement from her father, Sue decided
　to study abroad.

受到爸爸的鼓勵，Sue決定出國唸書。

endanger　　　　　*v.* 危害=**threaten**↔**protect**

[ɪn`dendʒɚ]

★ an endangered species　瀕臨絕種的生物

· He endangered his life by driving recklessly.
　他魯莽駕駛危及生命。

ending　　　　　*n.* [C] 結局=**conclusion**↔

[`ɛndɪŋ]　　　　　**beginning**

· The story has a happy ending.
　這故事有圓滿的結局。

endurance　　　　　*n.* [U] 耐力=**perseverance**

[ɪn`djʊrəns]

· Running a marathon requires great endurance.
　跑馬拉松需要有極大的耐力。

endure　　　　　*v.* 忍受=**bear, stand**

[ɪn`djʊr]

· The pioneers endured many hardships.
　拓荒者忍受了許多苦難。

energetic　　　　　*adj.* 精力充沛的=**vigorous**

[ˌɛnɚ`dʒɛtɪk]

· The puppy is very energetic.　這小狗體力充沛。

enforce　　　　　*v.* 實行=**implement**；強迫

[ɪn`fors]

- They will enforce tougher laws to decrease the crime rate.　他們會更嚴格地執法來降低犯罪率。

engage [ɪn`gedʒ]	*v.* 從事；訂婚

★ engage (oneself) in...=be engaged in...=be involved in...　從事於…

- He is engaged in foreign trade.　他從事外貿。

engineering [ˌɛndʒə`nɪrɪŋ]	*n.* [U] 工程學

enhance [ɪn`hæns]	*v.* 提升 (品質等) **=improve, elevate**

- The company sponsored the music festival to enhance its image.

　這家公司以贊助音樂節提升形象。

enjoyable [ɪn`dʒɔɪəbl]	*adj.* 有趣的 **=pleasant↔unenjoyable**

enjoyment [ɪn`dʒɔɪmənt]	*n.* [U] 喜樂**=delight, amusement**

★ take enjoyment/delight/pleasure in...　喜歡做…

- I take/find much enjoyment in fishing.

　我從釣魚中得到許多樂趣。

enlarge [ɪn`lardʒ]	*v.* 放大；擴增

· I enlarged the size of the photo I liked best.
  我把我最喜歡的照片放大。

enlargement [ɪn`lardʒmənt]	*n.* [U] 放大 [C] 放大之物
enormous [ɪ`nɔrməs]	*adj.* 巨大的 =**huge, immense**

· He lost an enormous sum of money when he
  gambled at cards.　他賭撲克牌輸掉很多錢。

enroll [ɪn`rol]	*v.* (使) 註冊，登記 (~ <u>in</u>/<u>on</u>/<u>at</u>) =**register, sign up**

· He enrolled in the <u>army</u>/<u>course</u>.
  他入伍從軍／報名課程。

ensure [ɪn`ʃʊr]	*v.* 保證，確保 =**insure**
enterprise [`ɛntɚˌpraɪz]	*n.* [C] 企業 =**business, company**； 事業 =**venture**

· The ambitious young man dreams of starting a
  new enterprise of his own.
  這位有抱負的年輕人夢想開創自己的新事業。

entertain [ˌɛntɚ`ten]	*v.* 娛樂 (~ with) =**amuse**；款待

· Let me entertain you with music.
  我請各位欣賞一段音樂。

entertainer	*n.* [C] 表演者

[ɛntɚˋtenɚ]

· The street entertainer's magic shows dazzle every onlookers.

街頭藝人的魔術秀使每個圍觀者目瞪口呆。

---

entertainment   *n.* [U][C] 娛樂**=amusement**

[ˌɛntɚˋtenmənt]

★ to one's entertainment   令某人感到有趣

· We watch TV for entertainment.

我們看電視消遣。

---

enthusiasm   *n.* [U] 熱忱**=eagerness**

[ɪnˋθjuzɪˌæzəm]

· He showed great enthusiasm for his work.

他對工作有極大的熱忱。

---

enthusiastic   *adj.* 熱心的**=eager, zealous**

[ɪnˌθjuzɪˋæstɪk]

· She is enthusiastic about modern drama.

她熱衷於現代戲劇。

---

entitle [ɪnˋtaɪtl]   *v.* (為書籍等) 命名**=name**；使有
權利、資格 (~ <u>to N.</u>/<u>to V.</u>)

· The magazine is entitled *Newsweek*.

這本雜誌名為《新聞週刊》。

---

entry [ˋɛntrɪ]   *n.* [U][C] 進入；入口↔**exit**

· We met at the entry to the park.

我們在公園入口處碰面。

envious	*adj.* 嫉妒的 **=jealous**
[ˈɛnvɪəs]	

· She is envious of my good fortune.
她羨慕我的幸運。

---

environmental	*adj.* 環境的
[ɪn,vaɪrənˈmɛntḷ]	

★ environmental protection/pollution　環境保護／
污染

---

equality	*n.* [U] 同等 ↔ **inequality**
[ɪˈkwɑlətɪ]	

· They campaigned for racial equality.
他們為爭取種族平等而發起運動。

---

equip [ɪˈkwɪp]	*v.* 裝上配 (~ with) **=outfit**

★ equip A with B　在A裝上B

· Our car is equipped with air-conditioning.
我們的車裝有冷氣。

---

equipment	*n.* [U][C] 設備 **=gear**；必要的知
[ɪˈkwɪpmənt]	識

· You need equipment to assemble the bicycle.
你需要配備來組裝腳踏車。

---

equivalent	*adj.* 同等的 (~ to)
[ɪˈkwɪvələnt]	*n.* (sing.) 同等的事物 (the ~ of)

- His assets are equivalent to those of a small country. 他的資產等同於一個小國的價值。

| **era** [`ɪrə] | *n.* [C] 年代=**age**；紀元 |

- The new president is taking the country into a new era with reforms.

  新總統用改革帶領國家進入新紀元。

| **erase** [ɪ`res] | *v.* 抹去；除去=**remove** |

- Their names were erased from the list.

  他們的名字從名單上被刪除。

| **erect** [ɪ`rɛkt] | *v.* 建立=**build, set up**；使直立 |

- They erected a statue in memory of the great poet.

  他們建立一座雕像來紀念這位偉大的詩人。

| **errand** [`ɛrənd] | *n.* [C] 差事 |

★ <u>go on</u>/<u>run</u> errands 跑腿；辦事

- Tom was sent on an errand to the store.

  Tom被派到那家店去辦事。

| **escalator** [`ɛskə,letə] | *n.* [C] 手扶梯 |

- I'll take the escalator to the top floor.

  我會搭電扶梯到頂樓。

| **escape** [ə`skep] | *v.* 脫逃 (~ from) =**flee** |
| | *n.* [C][U] 脫逃=**getaway** |

★ have a narrow escape 死裡逃生

| · The prisoner escaped from the prison. 犯人越獄。 |

| **essay** [`ɛse] | *n.* [C] 小品文 |

· The teacher told us to write an essay on the role of
  Chiang Kai-shek in World War II.
  老師要我們寫一篇關於蔣介石在二次大戰所扮演
  角色的小品文。

essential	*adj.* 絕對必要的 (~ to, for)
[ə`sɛnʃəl]	**=indispensable**；根本的，本質的
	=fundamental, basic
	n. [C] 必需品；要素 <常-s>

· The sun is essential to life.
  太陽對於生命而言是不可或缺的。

· The book elaborates on the essentials of English
  grammar.　這本書詳述英語文法的基本要點。

| **essentially** | *adv.* 本質上；基本上 |
| [ə`sɛnʃəlɪ] | |

· Essentially, this is a book about architecture and
  interior design.
  基本上，這是一本關於建築和室內設計的書。

| **establish** | *v.* 建立=**found, set up**；證實 |
| [ə`stæblɪʃ] | |

· The store was established in 1978.
  這家店是1978年建立的。

estate [ə`stet]	*n.* [C] 地產；資產=**assets**, **property**；遺產

· He had to sell his ancestral estate.
　他不得不賣掉祖傳的地產。

estimate [`ɛstəmet]	*v.* 估計=**evaluate** *n.* [C] 估價=**evaluation**

★ a <u>conservative</u>/<u>precise</u> estimate　保守／精確估算

· They estimated the losses <u>at</u>/<u>to be</u> one million
　dollars.　他們估計損失為一百萬美元。

etc. [ɛt`sɛtərə]	*adv.* 等等 (et cetera的縮寫)

· They ate hamburgers, sandwiches, pizza, etc.
　他們吃了漢堡、三明治、披薩等等。

evaluate [ɪ`vælju‚et]	*v.* 評估=**estimate**；評價

· I have to evaluate the situation before making a
　decision.　下決定之前我必須先評估狀況。

even [`ivən]	*adj.* 平的=**flat, plane**；均一的；均等的↔**uneven**

· They are even in weight.　他們體重一樣。

eventual [ɪ`vɛntʃuəl]	*adj.* 最後的=**ultimate, final**

· Don't worry. The eventual outcome will turn out
　fine.　別擔心，最後的結局會很圓滿的。

E

eventually	*adv.* 最後，結果=**finally**
[ɪˋvɛntʃʊəlɪ]	

· Eventually, he agreed to our proposal
最後，他同意了我們的提案。

everyday	*adj.* 日常的；普通的；平常的
[ˋɛvrɪˋde]	

· Cell phones have become part of everyday life.
手機已變成日常生活的一部分。

evidence	*n.* [U] 證據=**proof**
[ˋɛvədəns]	*v.* 證明

· The attorney has strong evidence that she is
innocent.　律師有有力的證據可以證明她的清白。

evident	*adj.* 明白的=**clear**；明顯的
[ˋɛvədənt]	=**obvious** <-ly *adv.*>

· It is evident that he is satisfied with the result.
顯然他對結果滿意。

evolution	*n.* [U][C] 進化；發展
[͵ɛvəˋluʃən]	=**development**

· The evolution of computer technology in the last
fifty years has been amazing.
近五十年來電腦科技一直有驚人的發展。

evolve [ɪˋvɑlv]	*v.* 進化 (~ from/into)；(使) 發展
	(~ from/into) =**develop, grow**

· The situation has evolved into a more complex problem. 事態已發展成更複雜的問題。

| **exactly** | *adv.* 正確地=**correctly**；精確地 |
| [ɪgˋzæktlɪ] | =**precisely** |

· Tell me exactly what he said to you.
請精確地告訴我他對你說的話。

| **exaggerate** | *v.* 誇張=**overstate**↔**understate** |
| [ɪgˋzædʒəˌret] | |

· Don't exaggerate; tell me the truth.
不要誇大其詞，告訴我實情。

| **examination** | *n.* [C] 考試，測驗=**exam**；檢查 |
| [ɪgˌzæməˋneʃən] | |

· I can't go to the movie today because I have to study for the final examination.
我今天不能去看電影因為我必須準備期末考。

| **examiner** | *n.* [C] 主考官 |
| [ɪgˌzæmɪnɚ] | |

| **excellence** | *n.* [U] 優秀 |
| [ˋɛksləns] | |

· Excellence is the first requirement for being admitted to such a prestigious university.
被認為是名校的第一要素就是卓越。

| **exception** | *n.* [C][U] 例外；除外=**exclusion** |

159

[ɪk`sɛpʃən]

★ make no exception(s)　沒有例外

· I will make an exception in this case.

　這種情形我將作特例處理。

| **exceptional** | *adj.* 例外的；格外的；優異的 |
| [ɪk`sɛpʃənl] | **=outstanding** |

· The child has an exceptional ability in art. She should take some artistic classes to develop her talent.

　這孩子在美術方面有優異的能力，應該要修一些藝術課程來發展她的天份。

| **exchange** | *v.* 交換 |
| [ɪks`tʃendʒ] | *n.* [U][C] 交換 |

★ exchange sth. with sb.　和某人交換某物

　in exchange (for)...　交換…

· He gave me a pen in exchange for the book.

　他給我一枝筆來交換這本書。

| **excitedly** | *adv.* 興奮地 |
| [ɪk`saɪtɪdlɪ] | |

· She opened the gift excitedly.

　她興奮地拆開禮物。

| **excitement** | *n.* [U] 興奮 |
| [ɪk`saɪtmənt] | |

· They cried in excitement. 他們興奮地大叫。

exclaim
[ɪk`sklem]

v. 突然大叫

· "Would you please shut up," Jessica exclaimed angrily.

「拜託你閉嘴行不行！」Jessica生氣地叫了出來。

excursion
[ɪk`skɝʒən]

n. [C] 遠足；短途旅行**=trip**

· We plan to take an excursion to the mountain.
我們計畫去山上遠足。

executive
[ɪg`zɛkjutɪv]

n. [C] 主管級人員
=administrator↔subordinate
adj. 行政的**=administrative**；執行的

· The senior executive showed her resolution ot extend the business overseas.
這位資深的高級主管展現其擴展海外生意的決心。

exhaust
[ɪg`zɔst]

v. 耗盡…**=consume**；消耗體力
wear out, fatigue
n. [U][C] 排氣；排出的廢氣

· The runner tried not to exhaust himself/not to make himself feel exhausted.
這跑者努力保持自己的體力。

E

- Car exhaust is the main reason for air pollution.

  汽車廢氣是空氣污染的主因。

exhibit	v. 展示=**demonstrate**；陳列
[ɪg`zɪbɪt]	n. [C] 展示品=**display**

- They exhibited the new product at the trade fair.

  他們在商品展售會中展示新產品。

exhibition	n. [C] 展覽；展出
[ˌɛksə`bɪʃən]	

- Student paintings will be put on exhibition from
  Monday to Friday next week.

  學生的繪畫作品將在下星期一至五展出。

existence	n. [U] 生存↔**nonexistence**；存
[ɪg`zɪstəns]	在 [C] 存在方式

★ in existence　現存的

- It is believed that the universe came into existence
  about fifteen billion years ago.

  一般相信宇宙大約在一百五十億年前成形。

expand	v. 擴大=**enlarge**；膨脹
[ɪk`spænd]	

★ expand into...=develop into...　發展成…

- Metal expands when being heated.

  金屬遇熱膨脹。

expansion	n. [U][C] 擴大↔**contraction**

[ɪk`spænʃən]

· The expansion of this store means better business.
  這家店的擴張代表生意好。

---

expectation　　　　*n.* [U][C] 期望；預期

[ˌɛkspɛk`teʃən]　　　　**=anticipation**

★ live up to one's expectations　達到／完成某人的
  期望

· I have to do well in school to live up to my
  parents' expectations.
  我為了要達到我父母的期望而必須在學校表現得
  很好。

---

expense　　　　*n.* [U][C] 開支**=expenditure**；費

[ɪk`spɛns]　　　　用

★ at any expense　不惜任何代價
  at the expense of...　以…為代價，犧牲

· She pursued her career at the expense of her
  family.　她追求她的工作而犧牲了家庭。

---

experiment　　　　*v.* 實驗**=try**

[ɪk`spɛrəmənt]　　　　*n.* [C] 實驗**=test**

★ conduct/make an experiment　做實驗

· He experiments with all kinds of plants.
  他拿各種植物來實驗。

---

experimental　　　　*adj.* 實驗的

[ɪkˌspɛrəˈmɛntl̩]

· The new treatment is still in the experimental
  stage. 這種新療法還在實驗階段。

explanation　　　*n.* [C] 說明=**description**

[ˌɛkspləˈneʃən]

★ a reasonable/detailed explanation　合理／詳細的
解釋

explode　　　*v.* 爆炸=**blast, burst**；情緒爆發

[ɪkˈsplod]

· The bomb exploded.　炸彈爆炸。

exploit　　　*v.* 開發 (資源) =**use, utilize**；利用

[ɪkˈsplɔɪt]　　　=**take advantage of**；壓榨 (工人
等)

· The stingy factory owner exploits his workers
  with long hours and little wages.
  這小氣的工廠老闆用長工時、低薪資來壓榨工人。

explore　　　*v.* 探險；探究=**investigate,**

[ɪkˈsplor]　　　**research**

· We explored many parts of Africa.
  我們在非洲許多地方探險。

explorer　　　*n.* [C] 探險者，探險家

[ɪkˈsplorɚ]

explosion　　　*n.* [U][C] 爆炸；情緒爆發

| [ɪkˋsploʒən] | |

- The explosion of the building could be heard from a distance. 從遠方就可以聽到大樓的爆炸聲。

| **explosive** | *adj.* 爆炸 (性) 的 |
| [ɪkˋsplosɪv] | *n.* [U][C] 爆炸物；炸藥 |

- The suicide bomber drove a truck laden with explosives and hit the building.
  自殺炸彈客駕駛裝滿炸藥的卡車衝撞建築物。

| **expose** | *v.* 使…暴露 (~ to) ↔**cover,** |
| [ɪkˋspoz] | **conceal**；接觸 (~ to) |

★ be exposed to... 使暴露於…

- They exposed their new product to the public.
  他們向大眾展示他們的新產品。

| **exposure** | *n.* [U] 暴露 |
| [ɪkˋspoʒɚ] | |

| **expression** | *n.* [C][U] 表達，表示；表情=**look** |
| [ɪkˋsprɛʃən] | [C] 語句=**phrase** |

★ a facial expression 臉部表情

- Every language has different kinds of expressions for certain situations.
  每一種語言在某些情況之下會有不同的用語。

| **extend** | *v.* 伸開；延長=**lengthen**；擴大 |
| [ɪkˋstɛnd] | =**broaden, enlarge**↔**contract**； |

	表示 (邀請，感謝) =offer

· They decided to extend the railroad to the next
  city. 他們決定把鐵路延長到下個城市。

extension	*n.* [U] 延長；擴大；分機
[ɪk`stɛnʃən]	

· My extension number is 8879.
  我的分機號碼是8879。

extensive	*adj.* 廣大的=**extended, broad**↔
[ɪk`stɛnsɪv]	**narrow**；大量的

· Extensive reading helps you learn English well.
  大量閱讀可幫助你學好英文。

extent	*n.* [U] 程度=**degree**；廣大的地區
[ɪk`stɛnt]	(an ~)

★ to <u>some</u>/<u>a certain</u> extent 到達某種程度

· The extent of the damage is still unknown.
  損失的程度仍不清楚。

extinct	*adj.* 絕種的；(習俗) 消失的
[ɪk`stɪŋkt]	=**vanished**；(火山) 熄滅的
	↔**active**

· Many animals became extinct after their habitats
  were destroyed.
  很多動物在棲息地遭到破壞後滅種。

extraordinary	*adj.* 不平凡的=**outstanding**

[ɪk`strɔrdn̩‚ɛrɪ]

- He is a man of extraordinary strength.

  他是個具有驚人力氣的人。

extreme	*adj.* 極度的；極端的↔**moderate**
[ɪk`strim]	*n.* [C] 極端=**extremity**

★ <u>go to/be driven to</u> extremes　走極端

extreme pain　劇痛

with extreme care　極小心地

extremely	*adv.* 非常地=**exceedingly, very**
[ɪk`strimlɪ]	

- She is extremely excited when she won a new car.

  當她贏得一輛新車時，她非常地興奮。

eyebrow	*n.* [C] 眉毛
[`aɪ‚braʊ]	

- When his teacher raised her eyebrows, Tom knew

  that she didn't believe what he said.

  當老師挑眉時，Tom知道她不相信他說的話。

eyesight	*n.* [U] 視力
[`aɪ‚saɪt]	

- She has good eyesight.　她的視力良好。

F

| **fable** [ˈfebl̩] | *n.* [C] 寓言 |

· There are always moral truths in fables.
　在寓言故事中總含有道德上的真理。

| **facial** [ˈfeʃəl] | *adj.* 臉部的 |
| **facility** [fəˈsɪlətɪ] | *n.* [U][C] 容易；能力，才能；設施，設備=**equipment** |

★ public facilities　公共設備

| **factor** [ˈfæktɚ] | *n.* [C] 因素=**element** |

★ an essential factor　不可或缺的因素

· Poverty is a chief factor in crime.
　貧窮是犯罪的主要因素。

| **fade** [fed] | *v.* 褪色；衰退=**weaken** |

★ fade <u>away/out</u>=die <u>away/out</u>　漸漸地消失

· The dress faded when it was washed.
　那衣服一洗就褪色。

| **faint** [fent] | *v.* 暈倒=**pass out** |
| | *adj.* 微弱的=**slight, weak**；感覺暈眩的=**light-headed** |

· The sound is too faint to be heard clearly.
　聲音太微弱了聽不清楚。

| **fairly** [ˈferlɪ] | *adv.* 公平地=**justly**；頗=**rather** |

· The test is fairly difficult.　這考試相當難。

| **fairy** [ˈferɪ] | *n.* [C] 仙女，精靈 |

168

★ a fairy tale 神話／童話故事	
faith [feθ]	*n.* [U] 信任**=belief** [C] 信仰 (~ in)

· I don't have much faith in his ability.
  我不太信任他的能力。

faithful [`feθfəl]	*adj.* 忠貞的←→**inaccuracy**

· He is very faithful to his wife.
  他對他的老婆很忠實。

fake [fek]	*v.* 偽造**=forge**
	adj. 假造的←→**genuine**
	n. [C] 贗品**=copy**；冒充者

· He faked his wife's signature.
  他偽造妻子的簽名。

fame [fem]	*n.* [U] 名聲**=reputation**
	v. 使聞名

· He achieved fame with his latest album.
  他最新的專輯為他贏得了名聲。

familiar [fə`mɪljə·]	*adj.* 熟悉的 (~ with, to)
	=acquainted←→**unfamiliar**

· We are not familiar with the name.=The name is
  not familiar to us. 我們不熟悉這個名字。

fantasy	*n.* [C][U] 空想

F

[ˋfæntəsɪ]	=**daydream**↔**reality**；妄想

· He has a fantasy about becoming rich.
   他妄想變有錢。

---

fare [fɛr]	*n.* [C] 票價=**ticket price, fee**

★ a <u>bus/taxi</u> fare　公車票價／計程車費

· What is the train fare to Taipei ?
   去臺北的火車票是多少錢？

---

farewell	*n.* [C] 再見，告辭=**good-bye**
[ˌfɛrˋwɛl]	

★ a farewell party　惜別會

· I bid you a farewell for the evening.
   今晚就到此為止，讓我跟你說聲再見。

---

fascinate	*v.* 使著迷=**attract, charm,**
[ˋfæsn̩et]	**enchant**

· The music fascinated everyone. = Everyone was
   fascinated by the music.
   這音樂使每個人沈醉其中。

➡ fascinating [ˋfæsn̩etɪŋ] *adj.* 迷人的

➡ fascination [fæsn̩ˋeʃən] *n.* [C][U] 魅力；著迷

---

fascinated	*adj.* 著迷的
[ˋfæsn̩etɪd]	

· I am fascinated by his brilliant ideas.
   我為他絕妙的主意著迷。

170

fascinating ['fæsṇetɪŋ]　*adj.* 吸引人的

· Kenting is a fascinating place.
　墾丁是個吸引人的地方。

fashion ['fæʃən]　*n.* [U][C] 方式=**way**；流行=**fad**

★ come into fashion　開始流行
　(go) out of fashion　不流行

· He did the job in his own fashion.
　他按自己的方法做這工作。

fasten ['fæsṇ]　*v.* 固定=**attach**↔**unfasten**；繫牢
(~ to)

· He fastened the picture on the wall.
　他把照片釘在牆上。

· He fastened his seat belt.　他繫上安全帶。

fatal ['fetḷ]　*adj.* 致命的=**deadly**；嚴重的
=**serious**；左右命運的

· He died from a fatal heart attack.
　他死於一次致命的心臟病發。

· He committed a fatal mistake.
　他犯下嚴重的過失。

fate [fet]　*n.* [U][C] 命運=**destiny**

· Do you believe that fate brought us together?

171

你相信命運讓我們在一起嗎？

faulty [ˈfɔltɪ]	*adj.* 有缺點的；有過錯的

· A faulty signal caused a serious accident.

信號缺失造成嚴重事故。

favorable [ˈfevrəbl]	*adj.* 贊成的；合適的；討人喜歡的=**partial**

· That plan seems most favorable to me.

我比較贊同那個計畫。

fax [fæks]	*v.*/n. [C] 傳真

· We just received a memo by fax.

我們剛剛從傳真收到了一張備忘錄。

feast [fist]	*v.* 設宴招待；盡情享用 (~ on) *n.* [C] 節日；祭日；盛宴=**banquet**

· We feasted on roast beef.

我們盡情享用了烤牛肉。

feather [ˈfɛðɚ]	*n.* [C] 羽毛

· Birds of a feather flock together.

【諺】物以類聚。

feature [ˈfitʃɚ]	*v.* 是 (有) …的特色 =**characterize**；讓…特別演出 *n.* [C] 臉的五官之一；特色；特徵=**characteristic**

· The river is the striking feature of the town.

172

這條河是這座小城令人印象深刻的特色。

federal	*adj.* 聯邦政府的；聯邦制的
[ˋfɛdərəl]	

· The central federal government deals with matters like federal taxes.
中央聯邦政府處理像聯邦稅之類的事務。

➠ federation [ˏfɛdəˋreʃən] *n.* [C] 聯邦政府；聯邦制；聯盟

feedback	*n.* [U] 回饋
[ˋfidˏbæk]	

· The feedback we received from the audience of the new soap opera was <u>negative</u>/<u>positive</u>.
我們所接到觀眾們對這齣新連續劇的迴響是負面／正面的。

ferry [ˋfɛrɪ]	*v.* 用渡船運送人或物
	n. [C] 渡船

· We took the ferry across the bay.
我們乘渡船橫渡海灣。

fertile [ˋfɝtl]	*adj.* 肥沃的↔**barren**；多產的
	=productive；富有創造力的；受精的

· The land is fertile with oranges.
這塊土地盛產柳丁。

173

F

fertilizer [ˋfɝtḷͺaɪzɚ]	*n.* [U][C] 肥料
fetch [fɛtʃ]	*v.* (去) 拿來

· My dog fetches the newspaper for me.
我的狗會幫我拿報紙。

fiction [ˋfɪkʃən]	*n.* [U] 小說↔**non-fiction**；虛構的故事↔**fact**

· He likes to read science fiction.
他喜歡讀科幻小說。

fierce [fɪrs]	*adj.* 兇猛的**=ferocious**；激烈的**=violent** <-ly *adv.*>

· I had a fierce fight with a fierce animal.
我和一隻兇猛的野獸有一場激戰。

fighter [ˋfaɪtɚ]	*n.* [C] 戰士；戰鬥機

★ fire fighter 消防隊員

· He used to be a fighter pilot in WWII.
他過去在第二次世界大戰中擔任戰鬥機飛行員。

file [faɪl]	*v.* 歸檔；提出 *n.* [C] 文件夾；卷宗；檔案

★ a backup file 備份檔

· Please file away these documents.
請將這些文件歸檔。

finance	*v.* 提供資金給…

174

[faɪ`næns]	*n.* [U][C] 財務；財源

· Their finances are low because they bought a new car.

他們現在的財務狀況不好，因為他們買了一輛新車。

financial	*adj.* 財務的；金融的 <-ly *adv.*>
[faɪ`nænʃəl]	

· He is faced with financial difficulties.

他面臨財務上的困難。

finished	*adj.* 完成了 (~ with) =**done**；完
[`fɪnɪʃt]	蛋了 =**ruined**

· My company has gone bankrupt. I am finished.

公司破產，我完蛋了。

fireplace	*n.* [C] 壁爐
[`faɪrples]	

· Nowadays very few new homes have a fireplace.

現在很少家庭裡有壁爐了。

firework	*n.* [C] 煙火
[`faɪr,wɜ·k]	

★ <u>let</u>/<u>set</u> off fireworks　放煙火

· You can see fireworks from the riverbank on Double Tenth Day.

雙十節的時候你可以從河岸邊看見煙火。

fishing [ˈfɪʃɪŋ]	*n.* [U] 釣魚，捕魚

· He loves to go fishing with his dad.
他喜歡和他父親去釣魚

fist [fɪst]	*n.* [C] 拳，拳頭

· He punched the wall with his fist.
他一拳打向牆壁。

fit [fɪt]	*v.* 適合；適應
	adj. 適合的=**suitable**；健康的 **=healthy**
	n. [C] (情緒的) 突發；衝動

★ fit <u>in</u>/<u>into</u>...　適應…

· He is not fit <u>for</u>/<u>to do</u> the job.
他不適合做這項工作。

· He exercises to keep fit.
他為了保持健康而運動。

flame [flem]	*v.* 發出火焰地燃燒
	n. [U][C] 火焰；怒火

★ put out a flame　熄滅火焰

· The more wood we put on the fire the bigger the flames became.
我們放越多木柴到火裡，火焰就燃燒地越旺。

flash [flæʃ]	*v.* 閃光；突然浮現
	n. [C] 閃光；瞬間=**instant**

★ in a flash=very quickly　很快地

· An idea flashed through his mind.
　他腦子裡突然靈光一閃。

flatter [ˋflætə]　　*v.* 奉承；諂媚

· I feel flattered.　(您) 過獎了。

flavor [ˋflevə]　　*v.* 為…加味道；增添風味
　　　　　　　　　　　n. [C][U] 味道=**taste**；性質；趣
　　　　　　　　　　　味

· He flavored the drink with lemon.
　他在飲料中加入檸檬調味。

· His speech had an unpleasant flavor.
　他的話有種不愉快的意味。

flea [fli]　　　　*n.* [C] 跳蚤

· A flea market sells goods like old furniture and
　used clothing.
　跳蚤市場賣像舊家具和舊衣服之類的東西。

flee [fli]　　　　*v.* 逃逸=**escape**；消逝 (flee, fled,
　　　　　　　　　　fled)

· He fled from Nazi Germany.
　他逃離納粹統治下的德國。

flesh [flɛʃ]　　　*n.* [U] 人的肉；獸肉；食用肉
　　　　　　　　　　=**meat**；果肉

★ flesh and blood　親人

177

- The dog's teeth bit into my flesh.
  這隻狗的利齒咬透了我的肉。

flexible [ˋflɛksəbl]	*adj.* 可彎曲的；可變通的 ↔**stubborn**；有彈性的

- Now that I am on vacation, my schedule is pretty flexible. 既然我放假了，我的時間表很有彈性。

float [flot]	*v.* 漂浮；浮動 *n.* [C] 漂浮物；浮板

- The boat floated down the river.
  船順著小河漂流而下。

flock [flɑk]	*v.* 群集**=gather** *n.* [C] 一群 (羊、鳥等) **=group**

- Young people flock to large cities.
  年輕人湧入大城市。

flood [flʌd]	*v.* 淹水；使充滿；湧進 (~ with) *n.* [U][C] 洪水**=overflow**↔**drought**；漲潮；蜂擁而至

- Many homes were flooded due to the heavy rains.
  多戶人家因豪雨淹水。

flooding [ˋflʌdɪŋ]	*n.* [U] 淹水

- The torrential rain caused serious flooding in the valley. 暴雨在這山谷造成嚴重淹水。

F

fluent [ˈfluənt]	*adj.* 流利的，流暢的**=smooth** <-ly *adv.*>
flush [flʌʃ]	*v.* 湧流；用水沖洗；突然臉紅 **=blush** *n.* [C] 奔流；沖洗；紅暈

· Don't forget to flush the toilet.　別忘了沖馬桶。

· His pale face showed a flush of excitement.
　他蒼白的臉露出一抹興奮的紅暈。

foam [fom]	*v.* 起泡沫 *n.* [U] 泡沫

★ foam at the mouth　因生氣或生病而口吐白沫

· The waves are <u>covered</u>/<u>capped</u> with white foam.
　海浪被白色泡沫所覆蓋。

foggy [ˈfɑgɪ]	*adj.* 濃霧的；不清的**=unclear**
fold [fold]	*v.* 摺疊 *n.* [C] 摺疊；摺痕**=wrinkle**

· He folded up his shirt neatly.　他把襯衫摺整齊。

folk [fok]	*n.* [C] 人們**=people, race**；家屬 <-s> **=family, kin** *adj.* 民族的；民俗的

· Country folks don't necessarily like folk music
　and folk dance.
　鄉下人未必喜歡民俗音樂和民族舞蹈。

179

follower [ˋfaləwɚ]	*n.* [C] 追隨者;信徒;(運動等的) 狂熱愛好者=**fan**
fond [fand]	*adj.* 對…喜愛的 (~ of);有感情的=**affectionate**

· He is fond of music. 他喜歡音樂。

forbid [fɚˋbɪd]	*v.* 禁止 (forbid, forbade/forbad, forbidden) =**prohibit**↔**allow**

· My father forbade me to use his car.
我父親不准我用他的車。

forecast [ˋfor͵kæst]	*v.* 預報=**predict** (forecast, forecast/forecasted, forecast/forecasted) *n.* [C] 預報=**prediction**

· According to the weather forecast, it will be hot and sunny tomorrow.
天氣預報說明天天氣是晴朗炎熱的。

forehead [ˋfor͵hɛd]	*n.* [C] 前額

· A high forehead is regarded as a sign of intelligence. 額頭高被視為聰明的象徵。

foresee [ˋfor͵si]	*v.* 預見;預測=**predict**

· Economists have foreseen an economy recovery within ten years.

經濟學家已預測未來十年內的經濟復甦。

forever	*adv.* 永久地=**for good, always**；
[fə`ɛvə]	不斷地=**constantly**

★ forever and ever　永久地

· I will forever remember this special day.
　我會永遠記得這個特別的日子。

forgetful	*adj.* 健忘的 (~ of)；疏忽的
[fə`gɛtfəl]	=**negligent**

· He is so forgetful when it comes to remembering
　names.　對記名字這件事他總是很健忘。

formation	*n.* [U] 形成=**development**；成立
[fɔr`meʃən]	[U][C] 隊形；組成物

· He was responsible for the formation of the
　athletic society.　他負責體育協會的成立。

formula	*n.* [C] 常規；公式；配方 <pl.
[`fɔrmjələ]	formulas/formulae>

· There is no formula for success.
　成功沒有一定的法則。

· Chemical formulae are hard to remember.
　化學公式不好記。

fort [fort]	*n.* [C] 要塞=**fortress**；城堡
	=**castle**

· The enemy surrounded the fort.

敵人包圍了城堡。

forth [forθ]	*adv.* 向前；往外；外出

★ and so forth=and so on …等等

　back and forth=to and fro　來回地

· He was so nervous that he kept walking back and
　forth around.　他緊張到在房裡走來走去。

fortunate	*adj.* 好運的
[ˋfɔrtʃənɪt]	**=lucky↔unfortunate** <-ly *adv.*>

· I am fortunate to have good health.
　我很幸運有好的健康。

fortunately	*adv.* 幸運地↔**unfortunately**
[ˋfɔrtʃənɪtlɪ]	

· Fortunately for us, the weather cleared up.
　幸好天氣轉晴了。

fortune	*n.* [U] 運氣**=luck** [C] 財富
[ˋfɔrtʃən]	**=wealth**

· I had the good fortune to be chosen.
　我很幸運被選上。

· He made a large fortune.　他賺了大筆財富。

found [faʊnd]	*v.* 創立**=establish**

· The school was founded in 1950.
　這所學校於1950年建立。

foundation	*n.* [C] 地基**=groundwork, base**；

F

[faʊnˋdeʃən]	基礎=**basis** [U] 依據 [C][U] 建立=**establishment**

· They are laying the foundations of the house.
　他們正在打造房子的地基。

founder	*n.* [C] 創立者
[ˋfaʊndɚ]	

· He is the founder of this hospital.
　他是這間醫院的創辦人。

fountain	*n.* [C] 噴泉；水源=**spring**；泉源
[ˋfaʊntn̩]	

★ water/drinking fountain　噴水式飲水器
· There is a large fountain in the middle of the city.
　城市中間有個大噴泉。

fragrance	*n.* [U] 芳香 [U][C] 香水
[ˋfregrəns]	=**perfume**

· The fragrance of coffee fills the kitchen.
　廚房裡瀰漫著咖啡的香味。

frame [frem]	*v.* 用框圍住=**enclose**；設計；建造=**construct**；誣賴 *n.* [C] (建築物、機械等的) 架構；組織=**framework**

· He is framing a picture.　他正把畫裝入畫框。
· He claimed that he had been framed by the police.

183

他宣稱被警方誣陷。

freeway [ˋfri͵we]	*n.* [C] 高速公路

freeze [friz]	*v.* 結冰；凍結；感到冰冷=**chill** (freeze, froze, frozen)

· I am freezing. 我快凍僵了。

freezing [ˋfrizɪŋ]	*adj.* 凍結的；極冷的 *n.* [U] 凝固點

· It's freezing outside. 外面很冷。

frequency [ˋfrikwənsɪ]	*n.* [U] 頻繁 [C] 頻率

★ radio frequency 收音機頻率

· The frequency of his phone calls annoyed me.
  他頻頻來電，真叫我受不了。

frequent [ˋfrikwɛnt]	*adj.* 頻繁的；經常的 <-ly *adv.*> *v.* 常去 (某地)

· They make frequent trips to Europe.
  他們經常去歐洲旅行。

freshman [ˋfrɛʃmən]	*n.* [C] (大學) 一年級新生

· The university requires all freshmen to live on
  campus. 這大學要求所有大一新生住宿。

fridge [frɪdʒ]	*n.* [C] 冰箱=**refrigerator**

- Don't put more food in the fridge; it's already full.
  不要再放食物到冰箱了，它已經滿了。

---

fright [fraɪt]   *n.* [C][U] 驚嚇=**horror**

- He got/had such a fright that he lost his breath.
  他受到如此大的驚嚇而喘不過氣。

---

frightened   *adj.* 受驚的；害怕的=**afraid**
[ˋfraɪtn̩d]

★ be frightened of/that...　害怕…

- She was frightened at the sight of spiders.
  她看到那群蜘蛛而大吃一驚。

---

frightening   *adj.* 駭人的
[ˋfraɪtn̩ɪŋ]

- Ghost stories are very frightening to children.
  鬼故事對小孩來說很嚇人。

---

frost [frɔst]   *v.* 用霜蓋上；凍壞/死
　　　　　　　　　n. [U][C] 霜；寒冷

- The ground was covered with frost.
  地上覆蓋著霜。

---

frosty [ˋfrɔstɪ]   *adj.* 降霜的，結霜的，凍結的
　　　　　　　　　　　=**freezing**

- The glass is frosty.　玻璃結了霜。

---

frown [fraʊn]   *v.* 皺眉
　　　　　　　　　n. [C] 皺眉；難色；不悅/愁困

等的表情	

· The little boy frowned and then began to cry.
小男孩皺了皺眉頭然後就開始哭了。

---

frozen [ˋfrozn̩]	*adj.* 結凍的；冷凍的；極冷的 **=ice-cold**

· You can go ice skating on the lake because it is completely frozen.
你可以到湖上溜冰，因為它已經完全結凍了。

---

frustrate [ˋfrʌstret]	*v.* 使受挫；使失敗

· The manager is determined to frustrate their attempts to call a strike.
經理決心要使他們罷工的企圖失敗。

---

fuel [ˋfjuəl]	*v.* 補充燃料 (~ up)；激起 *n.* [C][U] 燃料

· Some ships are fueling up at sea.
一些船隻正在海上補充燃料

---

fulfill [fʊlˋfɪl]	*v.* 旅行=**accomplish**；完成 (目標等)，達到 (目的等) =**achieve**

· You must fulfill the promise you have made.
你一定要實踐你的諾言。

---

fully [ˋfʊlɪ]	*adv.* 完全地；徹底地

· He has not fully recovered from the operation.

他尚未從手術中完全恢復。

| **functional** | *adj.* 機能上的；官能上的；實用 |
| [ˈfʌŋkʃənl̩] | 的 **=useful** |

· The new model of airplanes should become
 functional next year.
 這種飛機的新機種明年應該可以啟用。

| **fund** [fʌnd] | *v.* 資助 (活動、組織等) **=sponsor** |
| | *n.* [C] 基金；專款 |

· The university funded my research.
 大學資助我的研究。

· The church is raising a fund for the relief of the
 poor. 教堂正在為救濟貧民而募款。

| **fundamental** | *adj.* 基礎的**=basic**；主要的 |
| [ˌfʌndəˈmɛntl̩] | **=essential** |

· The book helps you learn fundamental English.
 這本書幫助你學習基礎英文。

| **funeral** | *n.* [C] 葬禮**=burial, interment** |
| [ˈfjunərəl] | |

· The funeral of Mr. Brown will be held this
 Sunday. 布朗先生的喪禮將在本周日舉辦。

| **fur** [fɝ] | *n.* [U][C] 毛**=hair**；毛皮 |

· The cat's fur is very soft. 這隻貓的毛很軟。

| **furious** | *adj.* 狂怒的；猛烈的**=fierce,** |

| [ˈfjʊrɪəs] | **intensive** |

· The boss got furious with me at what I had done.
  上司對於我做的事非常地震怒。

· There is always a furious <u>argument</u>/<u>controversy</u>/
  <u>activity</u> in this country.
  在這個國家裡總是有激烈的辯論／爭論／活動。

| **furnish** [ˈfɜ·nɪʃ] | v. 供給 (必需品等) **=provide**；配備家具**=equip** |

· The school furnishes all the students with pencils
  for taking the exam.
  學校提供所有學生考試所需的鉛筆。

· The house is furnished with many varieties of
  chairs.　這房子擺了各式各樣的椅子當傢俱。

| **furnished** | *adj.* 附有傢俱的 |
| [ˈfɜ·nɪʃt] | |

· He decided to rent a furnished room.
  他決定租一間附有傢俱的房間。

| **furthermore** | *adv.* 而且；此外**=moreover, in** |
| [ˈfɜ·ðə·ˌmor] | **addition** |

· The book is worth reading. It is informative and
  furthermore it is interesting.
  這書值得一讀，除了可增進知識之外而且又有趣。

gallery [ˈgælərɪ]	*n.* [C] 畫廊；走廊
gallon [ˈgælən]	*n.* [C] 加侖 (液量單位；美國加侖為3.7853公升，英國加侖為4.546公升)
gamble [ˈgæmbḷ]	*v.* 下賭注 (~ on) **=bet**；賭錢 (~ on)；冒險**=take a risk** *n.* [C] 賭博；賭注；冒險

· They are gambling on horses.　他們正在賭馬。

gambler [ˈgæmbḷɚ]	*n.* [C] 賭徒

· The gambler just lost all his money.
　那賭徒剛輸光了錢。

gambling [ˈgæmbḷɪŋ]	*n.* [U] 賭博

· Macau is known for its gambling casinos.
　澳門以賭場著名。

gang [gæŋ]	*n.* [C] 一群，一夥**=band, group**；幫派組織

· He was attacked by a gang of youths in the street.
　他在街上被一群不良少年襲擊。

gangster [ˈgæŋstɚ]	*n.* [C] 幫派成員；歹徒

★ a gangster movie　警匪片

| **gap** [gæp] | *n.* [C] 隔閡 (~ between)；裂縫，縫隙=**opening** |

★ the generation gap　代溝

· She has a gap between her two front teeth.
她兩顆門牙間有縫隙。

| **gardener** [ˈgɑrdnɚ] | *n.* [C] 園丁；園藝家 |

· We have a gardener prune our trees once a year.
我們一年請園丁修剪樹木一次。

| **garlic** [ˈgɑrlɪk] | *n.* [U] 大蒜 |

| **gay** [ge] | *adj.* 男同性戀的=**homosexual**；愉快的；鮮豔的
n. [C] 男同性戀者 |

· It's not proper to conclude that gay people like to cross dress just because of drag shows.
只因為變裝秀的緣故，就認為男同性戀都喜歡穿女裝的結論是不妥的。

| **gaze** [gez] | *v.* 凝視=**stare**
n. [C] 凝視=**stare** |

★ gaze at/on/upon...　凝視…

· We gazed up at the stars.　我們抬頭凝望著星星。

| **gear** [gɪr] | *v.* 使驅動；裝上齒輪
n. [C][U] 排檔；齒輪 [U] 裝置 |

	=equipment

· He put the car in <u>high</u>/<u>low</u> gear.
　他以高／低速檔開車。

gene [dʒin]	*n.* [C] 基因

generally [`dʒɛnərəlɪ]	*adv.* 一般地**=overall**；普遍地； 大致上

★ generally speaking=speaking generally　整體而言

· The theory is generally accepted.
　這項理論廣泛為人所接受。

generosity [,dʒɛnə`rɑsətɪ]	*n.* [U] 慷慨；寬大

· He showed us great generosity.
　他對我們很慷慨／寬大。

genuine [`dʒɛnjuɪn]	*adj.* 真正的**=authentic,** **real**↔**fake, false**；真誠的 ↔**insincere** <-ly *adv.*>

· The table is a genuine antique.
　這張桌子是真正的古董。

germ [dʒɝm]	*n.* [C] 微生物；細菌**=bacteria**； 胚**=embryo**

★ 比較 virus　病毒

· Wash your hands to kill the germs.
　洗手來殺死細菌。

gifted [ˈgɪftɪd]	*adj.* 有天賦的=**talented**↔ **talentless**

· He is a gifted artist.　他是位才華洋溢的藝術家。

gigantic [dʒaɪˈgæntɪk]	*adj.* 巨大的=**huge, enormous**↔**petty**

· There is a gigantic ship in the sea.
　海上有一艘巨大的船。

giggle [ˈgɪgl̩]	*v.* 咯咯地笑

· The young girls were giggling among themselves.
　年輕女孩子們彼此竊笑著。

ginger [ˈdʒɪndʒɚ]	*n.* [U] 薑

giraffe [dʒəˈræf]	*n.* [C] 長頸鹿

· A giraffe has a very long neck and long legs.
　長頸鹿的脖子和腳都很長。

girlfriend [ˈgɝl,frɛnd]	*n.* [C] 女朋友；女性朋友

· His girlfriend is his junior by two years.
　他的女朋友小他兩歲。

glance [glæns]	*v.* 匆匆一瞥；看一眼
	n. [C] 一瞥；一眼=**glimpse**

★ take a <u>quick</u>/<u>short</u> glance at...　匆匆一瞥

- He glanced through a magazine.
  他瀏覽了一下雜誌。

---

glasses [ˋglæsɪz]　　*n.* (pl.) 眼鏡**=spectacles**

- My father put on his glasses to read the
  newspaper.　我的父親戴上眼鏡看報紙。

---

glide [glaɪd]　　　　*v.* 滑動；滑行**=slide**

　　　　　　　　　　　n. [C] 滑動；滑行

- The iceboat glided over the frozen lake.
  冰上滑艇在冰凍的湖面上滑行。

---

glimpse　　　　　　*v.* 瞥見**=spot, glance**

[glɪmps]　　　　　　　*n.* [C] (印象不深的) 一瞥

★ catch a glimpse of...　瞥見…

- I glimpsed my former teacher in the crowd.
  我在人群中瞥見了以前的老師。

---

global [ˋglobḷ]　　　*adj.* 全球的**=worldwide**

★ global warming　(溫室效應引起的) 地球暖化效應

- The terror attack will affect the global economy.
  恐怖攻擊將影響全球經濟。

---

globe [glob]　　　　*n.* [C] 球體**=ball, sphere**；地球

　　　　　　　　　　　(the ~) **=the earth**；世界

- He dreams of sailing around the globe.
  他夢想揚帆航遍全世界。

---

glorious　　　　　　*adj.* 光榮的**=honorable**；壯麗的

[ˋglorɪəs]	=magnificent

· I marveled at the glorious sunset.
  我讚嘆壯麗的日落。

glory [ˋglorɪ]	n. [U] 光榮=honor；壯麗 [C] 帶來榮耀的人／事
	v. 自豪 (~ in) =take pride

· France was in her glory during the reign of Louis
  XIV. 法國在路易十四統治時達到全盛。

glow [glo]	v. 灼熱；發光=blaze
	n. [C] 熾熱的光；光輝，光亮；幸福感 (a ~)

★ a glow of satisfaction 滿足感

· Fireflies glow in the dark. 螢火蟲在黑暗中發光。

goddess	n. [C] 女神
[ˋgɑdɪs]	

goodness	n. [U] 優良；善良；精華
[ˋgʊdnɪs]	

· He helped the old woman out of the goodness of
  his heart. 他出於善良幫助老婦人。

goods [gʊdz]	n. (pl.) 商品=merchandise

· Household goods are cheaper in this wholesale
  store. 這家大賣場的家用品價格較便宜。

gossip [ˋgɑsəp]	v. 散布流言

	n. [U][C] 閒話 [C] 喜歡閒聊的人

· The whole town is gossiping about the new lover of the old widow.

有關這位老寡婦的新歡的流言傳遍全鎮。

---

govern *v.* 支配=**rule**；管理=**manage**

[ˈɡʌvɚn]

· It's not easy to govern our impulses.

抑制自己的衝動並不容易。

· The principal governs the school wisely.

這位校長睿智地管理學校。

---

governor *n.* [C] 州長；地方首長

[ˈɡʌvɚnɚ] =**administrator**

· The superstar was elected as the governor of California. 那位超級巨星被選為加州的州長。

---

gown [ɡaʊn] *n.* [C] 禮服

· The bride wore a beautiful wedding gown.

新娘穿了件漂亮的結婚禮服。

---

grab [ɡræb] *v.* 抓住=**capture, seize**；奪取；匆匆地取用 (食物)

n. [C] 抓取

★ grab (at) the chance 把握機會

· I grabbed hold of his arm before he fell.

195

我在他跌倒之前抓住他的手臂。

| **grace** [gres] | *v.* 使…增光彩 |
| | *n.* [U][C] 優雅=**elegance**；美德；恩寵 |

· She danced <u>with grace</u>/<u>gracefully</u>. 她舞姿優雅。

| **graceful** [ˋgresfəl] | *adj.* 優雅的=**elegant** |

| **gracious** [ˋgreʃəs] | *adj.* 親切的=**kind, polite** |

· The mayor was gracious enough to attend our garden party.
市長非常親切地參與我們的園遊會。

| **gradual** [ˋgrædʒʊəl] | *adj.* 逐漸的↔**sudden** |

· The improvement has been gradual.
改良工作逐步在進行。

| **gradually** [ˋgrædʒʊəlɪ] | *adv.* 逐漸地 |

· His health is gradually improving.
他的健康狀況逐漸恢復。

graduate	
[ˋgrædʒʊ͵et]	*v.* 畢業
[ˋgrædʒʊɪt]	*n.* [C] 畢業生

G

★ a graduate school 研究所

· He graduated with honors.
他以優異的成績畢業。

| **graduation** | *n.* [U][C] 畢業 (典禮) |
| [ˌgrædʒʊˋeʃən] | **=commencement** |

· On his graduation from college, he went to
Australia. 他大學一畢業就去澳洲。

| **grain** [gren] | *n.* [U] 穀物 (集合名詞) [C] 穀 |
| | 粒;種子;細粒 |

★ a grain of <u>salt</u>/<u>sand</u> 一粒鹽／砂

· The farmers harvested the grain.
農夫們採收穀物。

| **grammar** | *n.* [U] 文法 |
| [ˋgræmɚ] | |

| **grandchild** | *n.* [C] (外) 孫子／女 <pl. -dren> |
| [ˋgræntʃaɪld] | |

| **grandparent** | *n.* [C] (外) 祖父;(外) 祖母 |
| [ˋgræn͵pɛrənt] | |

· She was raised by her grandparents.
她由祖父母帶大。

| **grant** [grænt] | *v.* 給予**=give**;承認正確 |
| | *n.* [C] 授與物;研究獎勵金 |

★ take...for granted 視…為理所當然

· The journalist was granted permission to take pictures.　這個記者獲准拍照。

· He got a research grant from the government.
他得到政府的研究補助金。

grapefruit [ˋgrep͵frut]	*n.* [C] 葡萄柚

grasp [græsp]	*v.* 抓牢**=seize, take hold of, grab at**；理解**=understand**

★ grasp at...　抓住…；把握…

· He quickly grasped the concept of the new information.
他很快地就掌握這個新資訊的概念。

grateful [ˋgretfəl]	*adj.* 感激的**=thankful**

· I am grateful for your help.　我感謝你的幫助。

gratitude [ˋgrætə͵tjud]	*n.* [U] 感謝，感激之情 **=appreciation**

· Let me express my gratitude to you for your contribution to this company.
讓我向你對這公司的貢獻表示感謝之意。

grave [grev]	*adj.* 嚴重的**=serious** *n.* [C] 墳墓，墓穴**=tomb**

★ dig one's own grave　自掘墳墓

- If you cross the broken bridge, you could put yourself in grave danger.

  如果你要過這條毀壞的橋，你將置身於極大的危險。

| **gravity** | *n.* [U] 地心引力；重力；重要性 |
| [ˋgrævətɪ] | **=importance** |

| **greasy** [ˋgrisɪ] | *adj.* 油膩的**=oily** |

- Fast food is greasy.　速食很油膩。

| **greatly** [ˋgretlɪ] | *adv.* 大大地，非常 |

- I greatly appreciate your help.

  我非常感謝你的幫忙。

| **greenhouse** | *n.* [C] 溫室**=glasshouse** |
| [ˋgrin͵haʊs] | |

★ greenhouse effect　溫室效應

| **greeting** | *n.* [C] 問候；賀辭<-s> |
| [ˋgritɪŋ] | |

- We give each other a warm greeting every morning.

  我們每天早上會給對方一個熱情的問候。

| **grief** [grif] | *n.* [U] 極度悲傷**=deep sorrow** |

- His parents are in <u>deep</u>/<u>profound</u> grief.

  他的父母悲痛欲絕。

| **grieve** [griv] | *v.* 悲痛**=mourn, lament** |

199

· The old woman grieved for her dead son.

老婦為死去的兒子悲痛。

| **grin** [grɪn] | v. 露齒一笑 |
| | n. [C] 露齒一笑 |

· Jimmy is grinning from ear to ear.

Jimmy 咧嘴大笑。

| **grind** [graɪnd] | v. 磨碎 (grind, ground, ground) |

· I love the smell of ground coffee beans.

我喜歡咖啡豆磨碎後的味道。

| **grocery** [ˋgrosərɪ] | n. [C] 雜貨店=**grocery store**；食品雜貨<-ies> |

· We got a bagful of groceries.

我們買了滿滿一袋的食品雜貨。

| **grown-up** [ˋgron͵ʌp] | adj. 成熟的，成人的 |
| | n. [C] 成人 |

· Her sister is grown-up and married.

她的姊姊已是成人並結婚了

| **guarantee** [͵gærənˋti] | v. 保證=**assure, warrant** |
| | n. [C] 保證；保證書 |

· The television is guaranteed for two years.

這電視保證期是兩年。

| **guardian** [ˋgɑrdɪən] | n. [C] 保護者；監護人 |

G

- The UN should be a guardian of world peace.
  聯合國應該是世界和平的守護者。

guidance [`gaɪdn̩s]	n. [U] 引導

- Under his guidance, I accomplished my task.
  在他的指導之下，我完成了我的工作。

guilt [gɪlt]	n. [U] 犯罪=**crime**；罪惡感
guilty [`gɪltɪ]	adj. 有罪的 (~ of) ↔**innocent**； 內疚的 (~ about)

- He was proved guilty of murder.
  他的殺人罪名成立。

gulf [gʌlf]	n. [C] 海灣=**bay**；鴻溝 (~ between) =**gap**

- There is a wide gulf between the East and the
  West.　東方與西方有很大的差異。

gum [gʌm]	n.[U][C] 橡膠；口香糖=**chewing** **gum**；牙齦<-s>

- You should floss your teeth to have strong gums.
  你應該用牙線剔牙來強化你的牙齦。

habitual   *adj.* 習慣性的

[hə`bɪtʃʊəl]

· Tom is a habitual drinker.

  Tom 是個飲酒成性的人。

hairdresser   *n.* [C] 理髮師

[`hɛr,drɛsɚ]

· I have an appointment with my hairdresser

  tonight.   我今晚和我的設計師有約。

halfway   *adv.* 在半途，半路上

[`hæf`we]   *adj.* 在半途，半路上

· When they climbed halfway up the hill, it started

  to rain suddenly.

  他們爬山爬到一半時，突然開始下雨。

hallway   *n.* [C] 走廊=**hall, corridor**

[`hɔl,we]

· The bathroom is at the end of the hallway.

  廁所在走廊的盡頭。

halt [hɔlt]   *v.* 停止

                  n. [C] 停止=**pause, end**

★ bring/come to a halt=stop   使停止

· The car came to a sudden halt.

  車子突然停下來。

handbag   *n.* [C] 手提包

[`hænd,bæg]

· She gave me a handbag as my birthday present.
  她送我一個手提包當生日禮物。

handful　　　　　*n.* [C] 少數=**few**；一撮

[`hænd,fʊl]

· Only a handful of guests came to the party.
  只有少數人來參加舞會。

handicap　　　　*v.* 處於不利狀態，妨礙=**hamper**

[`hændɪ,kæp]　　　　*n.* [C] 障礙；不利；缺陷

· Although the girl was born with a handicap, she
  showed a remarkable talent for ballet.
  雖然這女孩生來有缺陷，她仍展現卓越的芭蕾才
  華。

handicapped　　　*adj.* 殘障的

[`hændɪ,kæpt]

· You can't park here. These parking spaces are for
  the handicapped.
  你不能在這停車，這些是殘障車位。

handwriting　　　*n.* [U] 字跡

[`hænd,raɪtɪŋ]

· His handwriting is very hard to read.
  他的筆跡很難看懂。

handy [`hændɪ]　　*adj.* 便利的；靈巧的=**skilled**；手

	邊的=**at hand**

· The cook is very handy with a knife.

這廚師用刀很靈活。

happily	*adv.* 幸福地,愉快地;幸運地
[ˈhæpɪlɪ]	=**fortunately**

· Kids are playing happily in the park.

孩子在公園裡開心地玩耍。

harbor	*n.* [C] 港=**port**;避難所
[ˈhɑrbɚ]	*v.* 藏匿;懷有

· The ship dropped off goods at the harbor.

船隻在港口卸下貨物。

harden	*v.* 使變硬;使冷酷無情
[ˈhɑrdn̩]	

· He hardened his heart against those who rebelled

against him.　他硬起心腸對付反抗他的人。

hardship	*n.* [U][C] 苦難=**difficulty**
[ˈhɑrdʃɪp]	

· The old woman has gone through all kinds of

hardships.　這老婦人經歷了種種的苦難。

hardware	*n.* [U] 五金;硬體設備
[ˈhɑrdˌwɛr]	

★ software　軟體

hard-working	*adj.* 努力的,勤勉的

[ˌhɑrdˋwɝkɪŋ]

- She is the most hard-working student in the class.
  她是班上最用功的學生。

harm [hɑrm]　　　　*v.* 傷害，損害**=hurt, damage**
　　　　　　　　　　n. [U] 傷害，損害

- Smoking may cause harm to your health.
  吸菸可能會對你的健康有害。

harmful　　　　　*adj.* 有害的↔**harmless**
[hɑrmfəl]

★ do harm to...=be harmful to...　傷害到…

- The drought is harmful to the crops.
  乾旱使農作物損失慘重。

harmony　　　　　*n.* [U][C] 調和；和諧↔**discord,**
[ˋhɑrmənɪ]　　　　　　**disharmony**

- The natives live in harmony with nature.
  當地人和大自然和諧共處。

harsh [hɑrʃ]　　　　*adj.* 粗糙的**=rough**；嚴厲的
　　　　　　　　　　=severe

- I was too harsh to/with him.　我對他太嚴厲了。

harvest　　　　　*v.* 收割 (農作)；收穫
[ˋhɑrvɪst]　　　　　　*n.* [C] 收割 (農作)；成果

- The farmer harvested his crops.
  農夫收割農作物了。

205

| **hassle** [`hæsl̩] | *n.* [U][C] 激烈的爭論 |
| | *v.* 引起麻煩；(使) 造成困難 |

· Paparazzi keep hassling the actor since the rumor about him and his co-star.

那位演員因為和同劇演員的緋聞，一直受到狗仔的騷擾。

| **hasty** [`hestɪ] | *adj.* 急忙的；輕率的 |

· It was really a hasty decision.

這真是個輕率的決定。

| **hatch** [hætʃ] | *v.* 孵化 |
| | *n.* [C] 孵化 |

· Don't count your chickens before they are hatched. 【諺】勿打如意算盤。

| **hatred** [`hetrɪd] | *n.* [U][C] 憎恨，敵意 |

· He has deep hatred of his neighbors.

他對鄰居懷有深深的恨意。

| **hawk** [hɔk] | *n.* [C] 鷹 |
| | *v.* 叫賣**=peddle** |

· She hawks fruit in the street.

她在街上叫賣水果。

| **hay** [he] | *n.* [U] 乾草 |

· Make hay while the sun shines. 【諺】打鐵趁熱。

| **headline** | *n.* [C] 報紙標題 |

[ˋhɛd͵laɪn]	v. 給⋯下標題

★ hit/make the headlines　被報紙大肆報導

· The scandal hit the headlines.

　這醜聞被報紙大肆報導。

headmaster	n. [C] 校長
[ˋhɛdˋmæstɚ]	

headphones	n. (pl.) 耳機
[ˋhɛd͵fons]	

headquarters	n. (pl.) 總部
[ˋhɛdˋkwɔrtɚz]	

· IBM has its headquarters in New York.

　IBM 的總部在紐約。

headset	n. [C] (一副) 耳機
[ˋhɛd͵sɛt]	

· The pair of bluetooth headset is one of the free
accessories of the phone.

　這副藍牙耳機是這隻手機的免費配件之一。

heal [hil]	v. 治癒=**cure**↔**hurt, injure**

· Time heals wounds.　時間會治療傷痕。

heap [hip]	n. [C] 堆=**pile**；許多=**mass**
	v. 堆積

· I have a heap of homework to do.

　我有很多的作業要做。

heartbreak [`hɑrt,brek]	*n.* 傷心；極度心碎
heaven [`hɛvən]	*n.* [U][C] 天堂↔**hell**；天空<the -s>

★ for heaven's sake　看在老天的份上

· Heaven helps those who help themselves.
　【諺】天助自助者。

heavenly [`hɛvənlɪ]	*adj.* 天堂的=**divine, holy**；天空 的；極好的=**wonderful**

· This song is like a heavenly melody.
　這首歌如同天堂之樂般悅耳。

heel [hil]	*n.* [C] 腳跟

★ at one's heels　跟隨於某人之後

· The shoes hurt my heels.
　穿這鞋子會摩破我的腳跟。

hell [hɛl]	*n.* [U][C] 地獄↔**heaven**

· The prison is like a hell on earth.
　這監獄像人間地獄。

helmet [`hɛlmɪt]	*n.* [C] 安全帽；頭盔

· Never forget to wear a helmet when you are riding
　a motorcycle.　騎機車時別忘了戴安全帽。

hence [hɛns]	*adv.* 因此=**therefore, thus**；從今

以後=**from now on**

- The chorus sings beautifully; hence they got the name "Angel's Voices."

  這個合唱團的歌聲美妙，因此有「天使之音」之稱。

herd [hɜ·d]	*v.* (人、動物) 聚集=**gather**；成群移動
	n. [C] (牛、馬、人) 群；群眾 (the ~) =**crowd, group**

★ a herd of cattle　一群牛

- The guide herded us into a castle.

  嚮導把我們帶進城堡裡。

heroine	*n.* [C] 女英雄
[ˋhɛroɪn]	

- Joan of Arc is a French heroine.

  聖女貞德是法國的女英雄。

hesitate	*v.* 猶豫↔**determine**
[ˋhɛzə,tet]	

- Don't hesitate to ask if you want anything.

  如果想要什麼請直說。

hesitation	*n.* [U] 猶豫=**indecision**
[,hɛzəˋteʃən]	

- He told the truth without a moment's hesitation.

  他毫不猶豫地說出真相。

hidden [ˋhɪdn̩]   *adj.* 被隱藏的，潛在的，看不見的=**concealed, obscure**；秘密的=**secret**

· There's a hidden meaning in the story.

這個故事裡有個隱藏的涵義。

---

highly [ˋhaɪlɪ]   *adv.* 非常地；高高地；強烈地

★ speak/think highly of sb. 給予某人高度評價

· Such an occurrence is highly impossible.

這種事是非常不可能的。

---

high-rise [ˋhaɪˋraɪz]   *n.* [C] 高層建築

· Many celebrities live in that high-rise.

很多名人住在那棟高樓。

---

hijack [ˋhaɪˏdʒæk]   *v.* 劫機 (飛機等)   *n.* [C] 劫機事件

· Several terrorists hijacked an airplane which later crashed into a mountain.

幾名恐怖份子劫持一架飛機，之後飛機撞山墜毀。

---

hijacker [ˋhaɪˏdʒækɚ]   *n.* [C] 劫機犯

---

hijacking [ˋhaɪdʒækɪŋ]   *n.* [C][U] 劫機

---

hiker [ˋhaɪkɚ]   *n.* [C] 登山客

hiking [`haɪkɪŋ]	n. [U] 健行；登山

· Mt. Jade is a good place to go hiking.

玉山是很好的登山地點。

hint [hɪnt]	v. 給提示；暗示**=imply**
	n. [C] 提示**=clue**

· He gave/dropped me a hint but I didn't get it.

他給我暗示，但我不解其意。

historian	n. [C] 歷史學家
[hɪs`tɔrɪən]	

historic	adj. 歷史上有名的；歷史悠久的
[hɪs`tɔrɪk]	

★ historic sites　史蹟

· The town has many historic sites.

這城鎮有很多史蹟。

historical	adj. 歷史的
[hɪs`tɔrɪkl̩]	

· He is interested in historical novels.

他對歷史小説有興趣。

hive [haɪv]	n. [C] 蜂房**=beehive**；人群嘈雜
	之處

· The club is a hive for young people.

這俱樂部是年輕人聚集的地方。

hollow [`halo]	adj. 中空的**=empty**；不實的

211

| | n. [C] 穴，洞=hole；凹地 |

- She made many hollow promises.

  她做了許多空洞不實的承諾。

holy [ˋholɪ]   *adj.* 神聖的=divine

- A church is considered to be holy.

  教堂被認為是神聖的。

homeland   n. [C] 祖國

[ˋhom͵lænd]

- The music reminded the soldiers of their

  homeland and moved them to tears.

  這音樂讓士兵想起家鄉，掉下淚來。

honestly   *adv.* 真誠地；說真的

[ˋɑnɪstlɪ]

- Honestly, I don't like your new hairstyle.

  說真的，我不喜歡妳的新髮型。

honeymoon   n. [C] 蜜月

[ˋhʌnɪ͵mun]

- The newlyweds are on their honeymoon.

  這對新人正在度蜜月。

honor [ˋɑnɚ]   *v.* 尊敬=respect；給與榮譽

　　　　　　　 n. [C][U] 尊敬；榮譽

★ in honor of sb.=in sb.'s honor   為了向某人表示尊

　敬

H

· We felt highly honored by the presence of the
prime minister.

首相的蒞臨使我們感到非常光榮。

· He graduated with highest honors.

他以最優等的成績畢業。

honorable [ˈɑnəˌəbl]	*adj.* 值得尊敬的；隆重的

· He received honorable treatment.

他受到隆重的禮遇。

hook [hʊk]	*v.* 用勾掛住↔**unhook** *n.* [C] 掛鉤

· Hang the coat on the hook.　把大衣掛起來。

hopeful [ˈhopfəl]	*adj.* 有希望的↔**hopeless**；抱著 希望的

· He feels hopeful in getting a promotion.

他覺得他晉升有望。

hopefully [ˈhopfəlɪ]	*adv.* 有希望地

· Hopefully,we can solve the problem by the end of
this week.

希望我們可以在這星期結束前解決這問題。

horizon [həˈraɪzn̩]	*n.* [C] 地平線；視野=**view**

H

* ★ broaden one's horizons　拓展視野
* A dark cloud appeared on the horizon.
  地平線上出現了烏雲。

| **horn** [hɔrn] | *n.* [C] 角;喇叭;號角 |

* You are not allowed to honk your horn in this area.　你不可以在這區按汽車喇叭。

| **horrify** [ˋhɔrəˌfaɪ] | *v.* 使恐怖;使毛骨悚然 |

* It horrified me to think that the place had once been a cemetery.
  想到這塊地曾經是公墓就讓我毛骨悚然。

| **horror** [ˋhɔrɚ] | *n.* [U][C] 恐懼**=terror, fear, dread** |

* ★ a horror movie　恐怖電影
* To his horror, he found himself face to face with a bear.　可怕的是,他發現一頭熊在他面前

| **hose** [hoz] | *v.* 用水管澆水／清洗
n. [C] 橡皮水管 |

* ★ hose...down...　用水管澆淋…
* I use the hose to water the flowers.
  我用橡皮水管澆花。

| **hostage** [ˋhɑstɪdʒ] | *n.* [C] 人質 |

★ <u>take</u>/<u>hold</u> sb. hostage　扣留某人為人質

★ <u>exchange</u>/<u>free</u> hostages　交換／釋放人質

· The girl was <u>taken</u>/<u>held</u> hostage by the bank robber.　銀行搶匪把小女孩扣為人質。

hostel [ˋhastl̩]	*n.* [C] 招待所 (招待自助旅行者的住宿處)

· To save money, he stays at youth hostels while traveling.　為了省錢，旅行時他住青年旅館。

hostess [ˋhostɪs]	*n.* [C] 女主人

· The hostess greeted every guest with a big hug. 女主人以大擁抱迎接每個客人。

hourly [ˋaʊrlɪ]	*adj.* 每小時的
	adv. 每小時一次地

★ hourly pay/earnings/fees　時薪

household [ˋhaʊsˏhold]	*n.* [C] 家人 (集合名詞)；家庭 (單、複數)；家務
	adj. 家的；家務的

· Household chores are not just women's work. 家務事不是指屬於婦女的工作。

housekeeper [ˋhaʊsˏkipɚ]	*n.* [C] 管家

· The rich man has no time to spend with his

children so he hired a housekeeper to take care of
them for him.

這有錢人沒時間陪小孩所以僱了一個管家幫他照
顧他們。

housewife [`haʊs,waɪf]	n. [C] 家庭主婦

· My mother is a housewife.　我媽媽是家庭主婦。

housework [`haʊs,wɝk]	n. [U] 家事；家務

★ do the housework　做家事

housing [`haʊzɪŋ]	n. [U] 居住環境；居住條件

hug [hʌg]	v. 擁抱 n. [C] 緊抱

· The old woman hugged the boy tightly.
老婦人緊緊抱著這男孩。

hum [hʌm]	v. 嗡嗡作響；哼歌 n. [C][U] 嗡嗡聲；吵雜聲

· I heard bees humming.　我聽到蜜蜂嗡嗡叫。

humanity [hju`mænətɪ]	n. [C] 人類=mankind；人性 =human nature

· Nuclear weapons are a threat to all <u>humanity</u>/
<u>human beings</u>.　核子武器對全人類是一大威脅。

humidity	*n.* [C] 濕度
[hju`mɪdətɪ]	

· I hate high humidity.　我討厭濕度高 (的天氣)。

hurricane	*n.* [C] 颶風
[`hɝɪ,ken]	

· A hurricane is a destructive storm.
　颶風是具有破壞力的暴風。

hush [hʌʃ]	*v.* 使安靜=**silent, quiet**
	n. [C][U] 靜寂=**silence**

· The mother hushed the crying baby to sleep.
　這母親哄著啼哭的嬰孩入睡。

hut [hʌt]	*n.* [C] 小屋=**shack**

· The hermit lives in a hut.
　這位隱士住在一幢小屋裡。

hydrogen	*n.* [U] 氫
[`haɪdrədʒən]	

· In chemistry, water is a compound of hydrogen
　and oxygen.　就化學而言，水是氫氧化合物

H

217

iceberg [ˈaɪsˌbɝg]	*n.* [C] 冰山
icy [ˈaɪsɪ]	*adj.* 冰的;極冷的**=chilly**

· The roads became icy during the snowfall.
　下雪時,路面結冰了。

ideal [aɪˈdiəl]	*adj.* 理想的;想像的↔**real** *n.* [C] 理想**=objective**

· A utopia is an ideal society.
　烏托邦是個理想社會。

identical [aɪˈdɛntɪkl]	*adj.* 同一個的;同樣的**=exactly** **alike**↔**diverse**

★ identical twins　同卵雙胞胎

· The two cars look almost identical to each other.
　這兩部車看起來一模一樣。

identification [aɪˌdɛntəfəˈkeʃən]	*n.* [U] 辨認,確認 [C] 證明身分 之物

· The identification of the body was difficult.
　確認屍體的身分很困難。

identify [aɪˈdɛntəˌfaɪ]	*v.* 辨別**=recognize, distinguish**; 有同感

★ identify with...　與…有同感

· Can you identify the criminal from these photos?
　你可以從這些照片中認出歹徒嗎?

identity	*n.* [U][C] 身分；一致；個性
[aɪˋdɛntətɪ]	

★ identity crisis　認知危機　identity card　身分證

· He keeps his identity a secret.　他隱藏身分。

idiom [ˋɪdɪəm]	*n.* [C] 慣用語；語法

idle [ˋaɪdl]	*adj.* 遊手好閒的↔**busy**；(機器等) 閒置的；無用的
	v. 虛度時間 (~ away)；使 (機器、工作等) 停擺

· The water shortage has left many factories idle.
　缺水使許多工廠停擺。

· She idled her time away in daydreams.
　她在白日夢中虛度光陰。

idol [ˋaɪdl]	*n.* [C] 偶像=**popular figure**

ignorance	*n.* [U] 無知=**unawareness**；不知
[ˋɪgnərəns]	

· I am ashamed of my ignorance.
　我對自己的無知感到羞愧。

ignorant	*adj.* 無知的=**naive**；不知的
[ˋɪgnərənt]	

★ be ignorant of...　不知道…

· He is very ignorant of other cultures.
　他對其他文化很無知。

I

| **illegal** [ɪ`ligḷ] | *adj.* 違法的 |

· It is illegal to run the lights.　闖紅燈是違法的。

| **illness** [`ɪlnɪs] | *n.* [U][C] 疾病 |

· He has suffered from a serious illness.
他受重病之苦。

| **illustrate** [`ɪləstret] | *v.* 說明=**explain**；用例子證明 |

· Please illustrate that statement with some
examples.　請舉例說明那段文字。

| **illustration** [͵ɪləs`treʃən] | *n.* [C] 例子=**example, instance**；插圖=**picture** |

· The book has many color illustrations.
這本書有許多彩色插圖。

| **imaginable** [ɪ`mædʒɪnəbl] | *adj.* 可想到的=**conceivable, thinkable**↔**inconceivable** |

· It was the worst crime imaginable.
(我) 想不出還有什麼罪行比這更殘暴的了。

| **imaginary** [ɪ`mædʒə͵nɛrɪ] | *adj.* 虛構的，想像的=**unreal, fictitious**↔**real, actual** |

· The unicorn is an imaginary being that looks like a
horse.　獨角獸是長得像馬的虛構生物。

| **imagination** [ɪ͵mædʒə`neʃən] | *n.* [U][C] 想像力 |

- The writer really has a vivid imagination.

  這作家有生動的想像力。

---

imaginative　　*adj.* 富有創意的**=original,**

[ɪˋmædʒəˏnetɪv]　　**creative↔unimaginative**

- The imaginative boy created many good stories.

  這想像力豐富的男孩創作了許多好故事。

---

imitate　　*v.* 模仿**=mimic**

[ˋɪməˏtet]

- Children often imitate their elders.

  小孩常模仿他們的長輩。

---

imitation　　*n.* [U][C] 模仿；仿造品**=fake**

[ˏɪməˋteʃən]

- The comedian gave an imitation of the singer.

  喜劇演員模仿那位歌手。

---

immediate　　*adj.* 直接的**=direct**；立刻的

[ɪˋmidɪɪt]　　**=prompt, instant**

★ an immediate cause　直接原因

- The government's immediate concern is to free

  the hostages.

  政府當前最關心的事是人質的釋放。

---

immediately　　*adv.* 立刻；直接地

[ɪˋmidɪɪtlɪ]

- The car burst into flames immediately after the

---

accident.　事故發生後車子立刻燒了起來。

immigrant
[ˋɪməgrənt]
n. [C] 移居者=**migrant**

· There are many immigrants from Japan in Brazil.
　巴西有許多來自日本的移民。

immigration
[ˌɪməˋgreʃən]
n. [U][C] 移居=**migration**

★ emigration　移居他國

impact
[ɪmˋpækt]
[ˋɪmpækt]
v. 衝擊=**affect, influence**
n. [C][U] 衝擊

★ <u>have</u>/<u>make</u> an impact on...　對…造成衝擊
· The war will impact (on) the price of gasoline.
　這場戰爭將會對石油價格造成衝擊。

impatient
[ɪmˋpeʃənt]
adj. 不耐煩的

· He became impatient with his wife's nonstop
　nagging.　他對於太太不停的嘮叨不耐煩。

imperial
[ɪmˋpɪrɪəl]
adj. 帝國的；皇帝的

· The Imperial Palace is being renovated.
　皇宮正在修復中。

➡ imperialism [ɪmˋpɪrɪəlɪzm] *n.* [U] 帝國主義

impersonal [ɪm`pɝsn̩l]	*adj.* 非個人的；冷漠的

· The customer service staff's manner is very
impersonal.　客服人員的態度很冷淡。

implement	
[`ɪmpləmənt] [`ɪmplə,mɛnt]	*n.* [C] 工具<常-s> **=tool** *v.* 實施 (計畫等)

· You need special implements for trimming
bushes.　你需要特殊工具來修剪樹叢。

· The new educational system will be implemented
next year.　新的教育制度將在明年實施。

implication [ɪmplɪ`keʃən]	*n.* [U][C] 暗示；含義

· The proposal has far-reaching implications.
這項提案有深遠的含義。

imply [ɪm`plaɪ]	*v.* 暗示**=hint**；含有…意思 **=signify, mean**

· His frequent absences from work may imply he
does not like his job.
他經常缺席不上班可能暗示了他不喜歡他的工作。

impose [ɪm`poz]	*v.* 對…課稅；使承擔；把…強加 於人 (~ <u>on/upon</u>)

· He always imposes his opinion <u>upon/on</u> others.

223

他總是強迫別人接受他的想法。

➡ imposing [ɪm`pozɪŋ] *adj.* 宏偉的

impress	*v.* 使銘記;使有深刻印象 (~
[ɪm`prɛs]	with, by)

· The girl was impressed <u>with</u>/<u>by</u> the boy's courage.

  =The boy impressed the girl with his courage.

  這女孩對這男孩的勇氣印象深刻。

impression	*n.* [C] 印象
[ɪm`prɛʃən]	

★ under the impression that... 覺得…

· His words had a strong impression on my mind.

  他的話深深地銘刻在我心中。

· She was under the impression that they would be

  able to finish the project, but they actually failed.

  她一直覺得他們可以完成這工作,但事實上他們卻

  失敗了。

impressive	*adj.* 印象深刻的↔**unimpressive**
[ɪm`prɛsɪv]	

improvement	*n.* [U][C] 改善=**betterment**
[ɪm`pruvmənt]	

· This model is an improvement <u>on</u>/<u>over</u> the last

  one.　這一款式比上一款式進步。

inadequate	*adj.* 不充足的;不適當的

I

[ɪn`ædəkwɪt]

· He complained about the inadequate parking space in the department store.

他抱怨百貨公司的停車位太少。

incident	*n.* [C] 事件**=event**
[`ɪnsədənt]	

· The government refused to comment on the incident at the border.

政府拒絕就邊境的事件發表評論。

included	*adj.* 包括在內
[ɪn`kludɪd]	

· All the people aboard died in the plane crash, the pilot included.

機上所有乘客都在這場空難中罹難,包括機長。

incomplete	*adj.* 不完全的
[ˌɪnkəm`plit]	

· The artist's last work remains incomplete.

藝術家的最後作品沒有完成。

inconvenient	*adj.* 不方便的;引起困難的
[ɪnkən`vinjənt]	

· She called me at an inconvenient time.

她在我不方便的時候打給我。

increasingly	*adv.* 越來越⋯地

225

[ɪn`krisɪŋlɪ]

· It's increasingly difficult to borrow money from the banks. 向銀行借錢越來越困難了。

indeed [ɪn`did]　　*adv.* 確實地=**truly, actually**

· A friend in need is a friend indeed.
【諺】患難見真情。

independence　　*n.* [U] 獨立↔**dependence**
[ɪndɪ`pɛndəns]

★ declare/grant/win/lose independence 宣布／承認／贏得／失去獨立

· India achieved independence from England without war. 印度未經戰爭便脫離英國獨立。

India [`ɪndɪə]　　印度

Indian　　*n.* [C] 印度人；印第安人
[`ɪndɪən]　　*adj.* 印度的；印第安的

indication　　*n.* [U][C] 指示=**sign**；暗示
[ˌɪndə`keʃən]

· I gave her some flowers as an indication of my gratitude. 我給她花表示我的感激。

indoor　　*adj.* 室內的↔**outdoor**
[`ɪnˌdor]

· Ping-pong is an indoor game.
乒乓球是室內運動。

indoors [`ɪn`dorz]　　*adv.* 室內地 ↔ **outdoors**

· We have to stay indoors today because it is raining.

因為今天下雨，所以我們必須待在室內。

industrial [ɪn`dʌstrɪəl]　　*adj.* 工業的

· Without good industrial relations, industry cannot develop.　沒有好的勞資關係，工業無法發展。

industrialize [ɪn`dʌstrɪəlaɪz]　　*v.* (使) 工業化

· As a country industrializes, energy consumption rises and pollution increases.

國家一旦工業化，能源消耗量和人口就會增加。

inevitable [ɪn`ɛvətəbl]　　*adj.* 無可避免的
=unavoidable ↔ **avoidable**；慣例的

· It is inevitable that all living creatures will die.

對一切生物來説死亡是無可避免的。

➡ inevitably [ɪn`ɛvətəblɪ] *adv.* 無可避免地，必然地

infant [`ɪnfənt]　　*n.* [C] 嬰孩 **=baby, newborn**

· The mother is holding her infant in her arms.

這母親把小孩抱在懷裡。

227

I

infect [ɪn`fɛkt]	*v.* 感染 (~ with) =**contaminate**

· The inhabitants were infected with malaria.

居民染上瘧疾。

infection [ɪn`fɛkʃən]	*n.* [U] 感染=**contagion** [C] 傳染病=**contagiousness**

· Some insects are causes of infection.

某些昆蟲是傳染病的病源。

infer [ɪn`fɝ]	*v.* 推論 (~ from) =**deduce**

· I inferred from his statement that he was not

satisfied with his present situation.

我從他的話推論他對現況不滿。

inference [`ɪnfərəns]	*n.* [U][C] 推論=**conclusion**

★ <u>draw</u>/<u>make</u> an inference from... 由…推論

inferior [ɪn`fɪrɪɚ]	*adj.* 下級的↔**superior**；次等的 =**secondary** *n.* [C] 部下

★ be inferior to... 比…低劣的

· His position is inferior to mine.

他的地位比我低。

inflation [ɪn`fleʃən]	*n.* [U] 通貨膨脹↔**deflation**

· The government is trying to <u>reduce</u>/<u>bring down</u>

the rate of inflation.

政府正試圖使通貨膨脹率下降。

influential

[ˌɪnfluˈɛnʃəl]

adj. 有影響力的

· He is an influential politician.

他是個有影響力的政治家。

inform

[ɪnˈfɔrm]

v. 通知，告知 (~ of) **=notify**

· Keep me informed of the changes in the stock

prices. 隨時通知我股價的變化。

informal

[ɪnˈfɔrml]

adj. 非正式的；不拘禮節的

· In our school, we are allowed to wear informal

clothes on Fridays. 我們學校星期五可以穿便服。

informative

[ɪnˈfɔrmətɪv]

adj. 給與知識的 **=instructive**

· He gave an informative lecture.

他發表了一場具知識性的演說。

informed

[ɪnˈfɔrmd]

adj. 得到消息的；有知識的

· He watch TV news to keep himself informed

about what is happening around the world.

他看電視讓自己瞭解時事。

ingredient	n. [C] 材料;成分=**component**
[ɪn`gridɪənt]	

· I bought all the ingredients for making cookies.
  我買了做餅乾所需的全部材料。

inhabitant	n. [C] 居民;棲息的動物
[ɪn`hæbətənt]	

· Wild birds are the only inhabitants of that small
  island.　野鳥是那座小島唯一的棲息動物。

inherit	v. 繼承;遺傳
[ɪn`hɛrɪt]	

· She inherited a million dollars from her father.
  她從父親那裡繼承了一百萬元。

➡ inherent [ɪn`hɪrənt] adj. 天生的;固有的 (~ in)

➡ inherently [ɪn`hɪrəntlɪ] adv. 天生地;本來地

➡ inheritance [ɪn`hɛrətəns] n. [C][U] 繼承的財產;遺
  傳

initial [ɪ`nɪʃəl]	adj. 最初的=**first,**
	beginning↔**final**

· My initial thought of her changed after I had
  known her better.
  我對她最初的想法在我更進一步認識她之後就改
  變了。

inject [ɪn`dʒɛkt]	v. 注射;引進 (新要素等) (~

	into) **=introduce**

· The doctor injected the patient with antibiotics.

醫生為病人注射抗生素。

injection	*n.* [C][U] 注射**=shot** [C] 注射液
[ɪn`dʒɛkʃən]	

· The baby was given an injection for smallpox.

嬰兒接受天花預防針注射。

injure [`ɪndʒɚ]	*v.* 損害**=damage, harm**；受傷
	=hurt

· He injured his foot while playing basketball.

他打籃球時腳受傷了。

injured	*adj.* 受傷的
[`ɪndʒɚd]	*n.* [U] 傷患 (the ~) (集合名詞)

inn [ɪn]	*n.* [C] 旅店**=lodge, hotel**

· An inn is a small hotel.　旅店指的是小型的旅館。

inner [`ɪnɚ]	*adj.* 內部的**=inward↔outer**

· You should listen to your inner voice.

你應傾聽自己內心的聲音。

innocence	*n.* [U] 無罪，清白
[`ɪnəsn̩s]	**=guiltlessness↔guilt**

· He tried to prove his innocence.

他試著證明自己的清白。

innocent	*adj.* 無罪的 (~ of) ↔**guilty**；天

[ˋɪnəsn̩t]	真的=**naive**

· He is innocent of the crime.

  這項罪行他是無辜的。

input [ˋɪn‚pʊt]	v. 輸入↔**output**
	n. [U][C] 輸入↔**output**

· My job is to input data into computer.

  我的工作是輸入資料到電腦。

inquire	v. 詢問，查詢 (~ about) =**ask**；調
[ɪnˋkwaɪr]	查 (~ into) =**investigate**

★ inquire after... 向…問安

★ inquire into...= make an inquiry into... 調查…

· The tourist inquired about the opening hours of
  the museum.

  那位觀光客詢問博物館的開放時間。

inquiry	n. [C][U] 詢問，查詢；調查
[ɪnˋkwaɪrɪ]	

· The government made an inquiry into the air
  crash. 政府調查飛機失事的原因。

insert [ɪnˋsɝt]	v. 插入 (~ in, into, between)
	=**put in**

· He inserted the key in the lock.

  他把鑰匙插入鎖中。

inspect	v. 檢查=**examine**

[ɪnˋspɛkt]	
· He inspected the <u>building</u>/<u>construction</u> site. 他詳細檢查建築工地。	
inspector [ɪnˋspɛktɚ]	*n.* [C] 檢查者=**examiner**
inspiration [ˏɪnspəˋreʃən]	*n.* [U] 鼓舞；靈感=**stimulus**[C] 給與靈感的人／物
· An artist often draws his inspiration from natural beauty. 藝術家常從自然的美當中獲取靈感。	
install [ɪnˋstɔl]	*v.* 安裝↔**remove, uninstall**；安 頓；使就任
· They installed new software in the computer. 他們在電腦裡安裝了新軟體。	
instead [ɪnˋstɛd]	*adv.* 取而代之，反而
★ instead of... 代替…，而不是…	
· He didn't go to the movies; he went to a play instead.=Instead of going to the movies, he went to a play. 他沒去看電影，反而去看了戲劇。	
instinct [ˋɪnstɪŋkt]	*n.* [U][C] 直覺=**intuition**；天份 =**gift, genius**；本能
· A lot of animals such as tigers act on instinct. 很多動物，如老虎，都靠本能反應行動。	

institute	n. [C] 學會;研究機構
[`ɪnstə,tjut]	v. 設立 (學會等);制定 (規則,法令)

· The legislators have instituted a number of measures to stop drunk-driving.

　立法委員已制定了若干法令來制止酒後駕車。

institution	n. [C] 機構 =organization;慣例
[,ɪnstə`tjuʃən]	=custom [U] 設立

· The charitable institution is raising a fund for the homeless.

　這間慈善機構正為無家可歸的人們募款。

instruct	v. 教導=teach, educate;命令,
[ɪn`strʌkt]	指示=order, command

· The general instructed the soldiers to attack.

　將軍命令士兵們攻擊。

instruction	n. [U] 教導=education [C] 指示
[ɪn`strʌkʃən]	=direction, guideline

★ an instruction book　說明書

· He referred to the instruction to see how to use the camera.

　他翻了說明書看看如何使用這臺照相機。

instructor	n. [C] 指導者,教練
[ɪn`strʌktə]	

234

| **insult** [`ɪnsʌlt] | *v.* 侮辱=**offend, humiliate** |
| | *n.* [C] 侮辱=**offence** |

★ add insult to injury　雪上加霜

· He insulted me by calling me a fool.
　他叫我傻瓜來侮辱我。

| **insurance** [ɪn`ʃʊrəns] | *n.* [U] 保險 |

· He took out (an) insurance on his life.
　他投保壽險。

| **intellectual** [ˌɪntl`ɛktʃʊəl] | *adj.* 有智能的=**brainy** |
| | *n.*[C] 知識份子=**intellect** |

· To have more intellectual powers/facilities, you
　must read more.　要有知識，就一定要多讀書。

| **intelligence** [ɪn`tɛlədʒəns] | *n.* [U] 智能=**intellect, wisdom** |

· A dolphin is a mammal with high intelligence.
　海豚是智力很高的哺乳動物。

| **intend** [ɪn`tɛnd] | *v.* 意圖，打算 (~ to V.) =**mean,** **plan** |

· I intended to finish the job tonight.
　我打算今晚完成工作。

| **intense** [ɪn`tɛns] | *adj.* 強烈的=**powerful**；激烈的 |
| | ↔**mild, moderate** |

I

- There is intense competition to enter this university. 進入這所大學的競爭十分激烈。

intensify	*v.* 變強烈 **=increase,**
[ɪnˋtɛnsəˌfaɪ]	**magnify ↔ reduce**

- Pressure intensified with the coming of the finals. 隨著期末考的到來，壓力變大了。

intensive	*adj.* 強烈的；激烈的，猛烈的；
[ɪnˋtɛnsɪv]	集中的；強化的

- She enrolled on an intensive course in Japanese during her summer vacation.
  她在暑假報名了日文加強班。

intention	*n.* [U][C] 意圖 **=purpose**
[ɪnˋtɛnʃən]	

- He has no intention to get a job. 他沒有想要找份工作的意願。

interact	*v.* 互動
[ˌɪntəˋækt]	

★ interact with...=act together with... 和…相互作用；影響

- The boy really likes to interact with other children. 這男孩喜歡和其他孩子溝通。

interesting	*adj.* 有趣的；令人感興趣的
[ˋɪntərɪstɪŋ]	

- I saw an interesting movie last night; it was really funny.　我昨天看了一部有趣的電影，真的很好笑。

interfere	*v.* 妨礙 (~ with) **=hinder**；干涉
[ˌɪntə`fɪr]	(~ in) **=meddle**

- He interfered in my private affairs.
  他干涉我的私事。

interference	*n.* [U] 妨礙**=hindrance**；干涉
[ˌɪntə`fɪrəns]	**=intervention**

intermediate	*adj.* 中級程度的；中間的
[ˌɪntə`midɪt]	**=middle**

- I am taking the intermediate course in English.
  我在上中級英語課程。

internal	*adj.* 內部的**=interior, inner,**
[ɪn`tɝnl̩]	**inside↔external**

★ internal affairs　(國家，公司等) 內部事務

- His internal organs were badly damaged in the car accident.　在車禍中他的內臟嚴重受傷。

interpret	*v.* 解釋**=explain, clarify**；口譯，
[ɪn`tɝprɪt]	翻譯**=translate**

- How do you interpret this sentence?
  你怎麼解釋這個句子？

interpretation	*n.* [U][C] 說明；口譯
[ɪnˌtɝprɪ`teʃən]	

· She made her own interpretation of the novel.
她對這小説做了自己的詮釋。

| **interpreter** | *n.* [C] 口譯者 |
| [ɪn`tɝ·prɪtɚ] | |

· She was the interpreter when we were in Poland.
我們在波蘭時由她擔任口譯員。

| **interval** | *n.* [C] (時間，空間的) 間隔 |
| [`ɪntɚ·vl] | **=period, gap**；休息時間**=break** |

· He returned to the stage after an interval of seven
years. 隔了七年後他重返舞台。

| **intimate** | *adj* 親密的↔**distant**；精通的 |
| [`ɪntəmɪt] | **=expert**；私下的**=private** |

· He has an intimate knowledge of Chinese history.
他精通中國史。

| **introduction** | *n.* [U][C] 介紹 [C] 導論，前言 |
| [ˌɪntrə`dʌkʃən] | **=foreword, preface** |

· My wife made the introductions at the company
gathering.
我的妻子在公司聚會裡幫大家做介紹。

| **intrude** | *v.* 侵入 (~ on/into) **=invade**；(把 |
| [ɪn`trud] | 意見) 加強… (~ on) **=impose** |

· They intruded on our property.
他們侵犯了我的財產。

intruder	*n.*[C] 入侵者=**invader**
[ɪnˋtrudɚ]	

---

invade [ɪnˋved]	*v.* 侵略，侵犯=**intrude**

· In 1939 Germany invaded Poland.
 德國在1939年入侵波蘭。

---

invasion	*n.* [U][C] 侵略，侵犯=**intrusion**
[ɪnˋveʒən]	

· I can't bear his invasion of my privacy.
 我不能忍受他侵犯我的隱私權。

---

invention	*n.* [C][U] 發明=**creation**
[ɪnˋvɛnʃən]	

· The invention of car made traveling easier.
 車子的發明讓旅行更容易。

---

inventor	*n.* [C] 發明家
[ɪnˋvɛntɚ]	

---

invest [ɪnˋvɛst]	*v.* 投資 (~ in)；授予 (~ with)
	=**endow, enable**

★ invest (time, money) in...　投入 (時間、金錢) 到…

· My sister invested all her savings in stocks.
 我的妹妹把錢全投資在股票上。

---

investment	*n.* [U][C] 投資
[ɪnˋvɛstmənt]	

· Education is an investment for the future.

教育是對未來的投資。

investor   *n.* [C] 投資者
[ɪnˋvɛstɚ]

---

invisible   *adj.* 看不見的；無形的
[ɪnˋvɪzəbḷ]

· The witch puts on a special cloak which makes her invisible. 女巫披上特殊的披風，把自己變不見。

---

involve   *v.* 把⋯捲入⋯**=mix up**；包含
[ɪnˋvɑlv]   **=contain**；意味；熱中

★ be/get involved with... 和⋯有關係
   be/get involved in... 熱中於⋯；捲入⋯

· A total of 30 players got involved in a mass fight. 共三十名運動員捲入打群架事件。

---

involved   *adj.* 捲入⋯之中的
[ɪnˋvɑlvd]

★ be involved with 與⋯有瓜葛；與⋯結緣

· Fathers are encouraged to be more involved with their family. 父親受鼓勵多與家人相處。

---

irregular   *adj.* 不規律的
[ɪˋrɛgjələ]

· Irregular lifestyle gradually damages his health. 不規律的生活逐漸損害他的健康。

---

isolate [ˋaɪsḷˏet]   *v.* 使孤立，使隔離

	=segreagate↔join

★ isolate A from B　使 A 和 B 分隔開

· The man with an infectious disease was isolated.
　那個患傳染病的男子被隔離了。

| **isolation** | *n.* [U][C] 孤立=solitude；隔離 |
| [ˌaɪsḷˋeʃən] | =segregation |

issue [ˋɪʃju]	*n.* [U][C] 發行 (物)；論點
	v. 發行；發佈 (聲明等)；配給 (~
	with)；冒出 (~ from)

· What are the issues of today's meeting?
　今天會議的議題是什麼？

· The magazine is issued weekly.
　這本雜誌每週出刊。

| **itch** [ɪtʃ] | *v.* 癢；渴望=yearn, desire |
| | *n.* 癢；渴望=yearning |

★ itch for...=have an itch for...　渴望…

· I itched all over. =I felt itchy all over.
　我全身發癢。

| **ivory** [ˋaɪvərɪ] | *adj.* 象牙色的；象牙做的 |
| | *n.* [U] 象牙；象牙雕刻<-ies> |

★ ivory tower　象牙塔，比喻脫離現實的地方、狀態

· My father has some ornaments made of ivory.
　父親有些象牙製的飾品。

| **jail** [dʒel] | v. 拘留，關進監獄**=imprison** |
| | n. [C] 監獄**=prison**；拘留所 |

★ be put in jail=be sent to jail　關入監獄

· He was jailed for robbery.　他因搶劫入獄。

| **jam** [dʒæm] | n. [C] 擁擠 (得無法動彈)；果醬 |
| | v. 壓緊；擠進 |

· We got stuck in a traffic jam for one hour.
我們塞車塞了一小時。

| **jar** [dʒɑr] | n. [C] 瓶子，罐子；刺耳聲 |
| | v. 發出刺耳的聲音 |

· He bought a jar of honey.　他買了一罐蜂蜜。

| **jaw** [dʒɔ] | n. [C] 顎 |
| | v. 閒聊；嘮叨 |

★ the lower/upper jaw　下／上顎

| **jealousy** | n. [U] 嫉妒；猜忌 |
| [`dʒɛləsɪ] | |

★ be jealous of...=show jealousy of...
嫉妒…；猜忌…

· He showed his jealousy of my success.
他對我的成功表現出嫉妒。

| **jelly** [`dʒɛlɪ] | n. [U][C] 果凍 |

★ peanut butter and jelly sandwich　花生果醬三明治

| **jet** [dʒɛt] | n. [C] 噴出；噴出物；噴射飛機 |

| | **=jet plane** |
| | *v.* 噴出；噴射 |

★ jet lag 時差

· The fountain sent up a jet of water.
  噴泉噴出水來。

| **jewel** [`dʒuəl] | *n.* [C] 寶石**=stone, gem**；寶石首飾；寶貝的人或物 |

· We found the jewel in a chest.
  我們在一個箱子裡找到這顆寶石。

| **jewellery** [`dʒuəlrɪ] | *n.* [U] 珠寶 (集合名詞)；首飾 |

★ a/two/more piece(s)/item(s) of jewellery 一／兩／多件珠寶／首飾

| **journal** [`dʒɜ·nl] | *n.* [C] 日記，日誌**=diary**；定期刊物**=periodical** |

★ a monthly journal 月刊

· He kept a journal of his journey to the South Pole.
  他為他的南極之旅記下日誌。

| **journey** [`dʒɜ·nɪ] | *n.* [C] 旅行**=trip, tour**；行程 |
| | *v.* 旅行 |

· He has set out on his journey. 他已經去旅行了。

| **joyful** [`dʒɔɪfəl] | *adj.* 喜悅的**=delightful** |

· The bride has a joyful look in her eyes.

243

新娘眼中流露著喜悅之情。

judgment [ˋdʒʌdʒmənt]	n. [U][C] 判決；判斷力

· Never make hasty judgments.
不要倉促地下判斷。

juicy [ˋdʒusɪ]	adj. 多汁的=watery↔dry

· I like juicy oranges.　我喜歡多汁的柳橙。

jungle [ˋdʒʌŋgḷ]	n. [C] 叢林 (the ~) =forest, woods

· It is the law of the jungle.
這是叢林法則 (弱肉強食)。

junior [ˋdʒunjɚ]	adj. 年少的=younger；下級的 =minor, lower n. [C] 年幼者↔elder；大學三年 級學生

· He is two years junior to me. =He is junior to me
by two years.　他比我小兩歲。

junk [dʒʌŋk]	n. [U] 廢棄物=garbage

★ junk food　垃圾食品　junk mail　垃圾郵件

jury [ˋdʒurɪ]	n. [C] 陪審團；評審團 (集合名 詞) =panel

· The jury convicted him of murder.
陪審團判定他的謀殺罪名成立。

justice	*n.* [U] 正義；公正
[ˋdʒʌstɪs]	**=righteousness, fairness↔injustice**

★ do justice to...=do...justice　公平地評判…

· I hope the police officers bring the criminals to justice.　我希望警察能將罪犯繩之以法。

keen [kin]	*adj.* 銳利的=**sharp**；激烈的；熱心的=**enthusiastic, eager**；敏銳的 <-ly *adv.*>

★ be keen on... 熱中於

keen competition 激烈的競爭

· The knife has a keen edge. 這把刀的刀刃鋒利。

keeper [`kipɚ]	*n.* [C] 看守人；飼養員；管理人

· The zoo keeper feeds the tigers six times every day. 動物園的飼養員每天餵老虎六次。

kettle [`kɛtl̩]	*n.* [C] 水壺

· The kettle is boiling. 水壺裡的水滾了。

keyboard [`ki͵bord]	*v.* 操作鍵盤；鍵入資料
	n. [C] 鍵盤

· He keyboarded his report into the computer.
他把報告鍵入電腦內。

kidnap [`kɪdnæp]	*v.* 綁架=**abduct**

· Three young men kidnapped an elementary school student on his way home.
三名年輕男子綁架了一名在回家路上的國小學生。

➽ kidnapper [`kɪdnæpɚ] *n.* [C] 綁架者

➽ kidnapping [`kɪdnæpɪŋ] *n.* [U][C] 綁架

kidney [`kɪdnɪ]	*n.* [C] 腎臟

★ transplant a kidney　做腎臟移植

kindly
[`kaɪndlɪ]
adj. 友好的；和藹的；仁慈的
=generously
adv. 和藹地

· Her kindly smile made us feel warm in heart.
　她和藹的笑容讓我們心裡感到溫暖。

kindness
[`kaɪndnɪs]
n. [U] 仁慈，親切 [C] 親切的行為

· They did it out of sheer kindness.
　他們這樣做完全出於好意。

kit [kɪt]　*n.* [C] 成套用具

· In case of injury, you should have a first-aid kit with you on the trip.
　為了應付萬一受傷，你應該要在旅途中帶著急救箱。

kneel [nil]
v. 跪下 (kneel, knelt/kneeled, knelt/kneeled)

· Everyone knelt down in prayer.
　每個人都跪下祈禱。

knight [naɪt]
v. 授與…爵位
n. [C] 爵士；騎士

· He was knighted for his services to the nation.
　他為國立功而被封為爵士。

K

knit [nɪt]
v. 編織=**weave**

n. [C] 編織物

· Grandma is knitting a sweater out of wool.

=Grandma is knitting wool into a sweater.

祖母正在用毛線織毛衣。

---

knob [nɑb]
n. [C] 圓形的門把

· I turned the knob and opened the door.

我轉動門把，把門打開。

---

knot [nɑt]
n. [C] 結

v. 打結↔**untie**

· She tied the ribbon into a beautiful knot.

她把絲帶綁成一個美麗的結。

---

knowledgeable [`nɑlɪdʒəbl]
adj. 知識豐富的 (~ about)

· He is a great baseball fan and is very

knowledgeable about the players and the game.

他是十足的棒球迷，對於球員和賽事都十分瞭解。

➡ knowledge [`nɑlɪdʒ] *n.* [U] 知識

| **label** [`lebl̩] | n. [C] 標籤=**tag** |
| | v. 貼上標籤；歸類=**classify** |

· The label on the product tells you what ingredients are included.

產品上的標籤告訴你裡面有什麼成分。

· I don't want to be labeled as a lazy student.

我不想被歸類為懶惰的學生。

| **labor** [`lebɚ] | n. [U] 勞動；勞力 |
| | v. 辛勞工作=**toil** |

★ Labor Day　勞工節

· It takes much labor to build a house.

蓋房子需要很多勞力。

| **laboratory** | n. [C] 實驗室 = (lab [læb]) |
| [`læbrə,tori] | |

· There are two language laboratories in our school.

我們學校有兩間視聽教室。

| **lace** [les] | n. [C] (鞋) 帶 [U] 花邊 |
| | v. 用緞帶裝飾，鑲花邊於 |

· Young girls like to wear skirts with beautiful lace.

小女生喜歡穿有漂亮花邊的裙子。

| **ladder** [`lædɚ] | n. [C] 梯子 |

· Walking under a ladder is considered bad luck.

從梯子底下走過被認為是不吉利的。

249

L

ladybug [ˈledɪˌbʌg]	*n.* [C]【美】瓢蟲(【英】ladybird)
lag [læg]	*n.* [C] 延遲=**delay**；落後 *v.* 落後

· After two hours' walking, he began to lag behind
   us. 走了兩小時後，他開始落在我們後面。

landlady [ˈlændledɪ]	*n.* [C] 女房東；女地主
landlord [ˈlændlɔrd]	*n.* [C] 房東；地主↔**tenant**
landmark [ˈlædˌmɑrk]	*n.* [C] 地標

· The old temple is a landmark in this town.
   這座古老的寺廟是這鎮的地標。

landscape [ˈlænskep]	*n.* [C] 風景，景色 *v.* (把土地) 庭園化

· He climbed up to the top of the hill to view the
   beautiful landscape.
   他登上山頂俯瞰美麗的風景。

landslide [ˈlændˌslɑɪd]	*n.* [C] 山崩；土崩

· The pouring rain triggered the serious landslide.
   傾盆大雨引發山崩。

lane [len]	*n.* [C] 小路=**path**；巷=**alley**；車道=**driveway**

· A lane leads up the hill. 一條小路通往山丘上。

lantern [ˋlæntɚn]	*n.* [C] 燈籠

· They carried a lantern through the woods so they could see in the dark.

他們帶著一個燈籠穿過森林，使他們在黑暗中看得見。

lap [læp]	*n.* [C] 坐著時膝部及大腿部分

★ 比較 knee 膝蓋 leg 腿 foot 足

· The baby was sleeping on its mother's lap.
寶寶在媽媽的腿上睡著了。

largely [ˋlɑrdʒlɪ]	*adv.* 大部分地=**mostly**

· His failure is largely due to his laziness.
他的失敗大部分是因為懶惰。

laser [ˋlezɚ]	*n.* [C] 雷射

★ laser printer 雷射印表機
laser surgery 雷射手術

last [læst]	*adj.* 最後的=**final**↔**first**；上一個的；最近的
	adv. 最終地

251

	pron. 最後的人／事／物
	v. 持續=**continue**

★ at last=finally　最後，終於

last but not least　最後還有一件重要的事

· Thanksgiving falls on the last Thursday of November.

感恩節在十一月的最後一個星期四。

· He was the last man that I wanted to see.

他是我最不願意見到的人。

lately [ˋletlɪ]	*adv.* 近來，最近=**recently**

· How have you been doing lately?　你最近好嗎？

latitude [ˋlætətjud]	*n.* [U] 緯度↔**longitude**；自由；(pl.) 某緯度地區<-s>

★ the north/south latitude　北／南緯

★ high/low latitudes　高／低緯地區

· The students in this school enjoy great latitude in choosing courses.

這所學校的學生享有高度的選課自由權。

latter [ˋlætɚ]	*adj.* (時間上) 後面的；後者的 (the ~) ↔**former**

· The film will be released in the latter half of the year.　這部電影將在下半年上映。

laughter	*n.* [U] 笑；笑聲

[ˋlæftɚ]

· Laughter is the best medicine. 笑是最佳良藥。

launch [lɔntʃ]   *n.* [C] 下水；發射

                     v. 使…下水；發射…

· The spaceship exploded right after the launch.
太空船一發射就爆炸了。

laundry   *n.* [C] 洗衣店 [U] 待洗衣物

[ˋlɔndrɪ]

· Who is going to do the laundry? 誰要洗衣服？

lavatory   *n.* [C] 廁所，洗手間，盥洗室

[ˋlævəˏtori]

· Do not smoke in the lavatory.
請勿在廁所內吸煙。

lawful [ˋlɔfəl]   *adj.* 合法的**=legal**

· It's not lawful to park in front of a hydrant.
在消防栓前停車是違法的。

lawn [lɔn]   *n.* [C] 草地，草坪

· They are having a picnic on the lawn.
他們正在草地上野餐。

layer [ˋleɚ]   *n.* [C] 層；階層**=level**

                  v. 把…分層

· A layer of dust covered his desk.
一層灰覆蓋在他的書桌上。

· He layered the cake with cream and fresh fruit.
他用鮮奶油和新鮮水果把蛋糕做成數層。

| **lead** [lid] | v. 領導；引導=**guide**；領先=**excel** |
| | n. [C] 領先；主角 |

★ lead to...　通往…

· The waiter led us to the reserved seats.
侍者帶我們到預訂的座位。

· My horse had the lead in the race from the start.
我的馬從比賽一開始就領先。

| **leading** [`lidɪŋ] | *adj.* 領先的；主演的 |

· Who is the leading actor?　誰是男主角？

| **leaflet** [`liflɪt] | *n.* [C] 傳單 |

· Some part-timers are distributing leaflets at the
corner.　有些工讀生在街角發傳單。

| **league** [lig] | *n.* [C] 聯盟；體育聯盟 |
| | *v.* 結盟；聯合 (~ together) =**unite** |

★ major/minor league　美國職棒大／小聯盟

★ in league with...　與…勾結

· Several women's groups leagued together against
sex discrimination.
幾個婦女團體聯合起來對抗性別歧視。

| **leak** [lik] | *v.* 漏；洩漏=**disclose, reveal** |
| | *n.* [C] 漏洞；漏出量 |

- The roof leaks when it rains.
  下雨的時候屋頂會漏水。
- The boat has a bad leak.
  這艘船有一處嚴重滲水。

| **lean** [lin] | v. 倚，靠 (在…) =**rest**；依賴 (~ on, upon) |
| | adj. 瘦的=**thin**；無脂肪的 |

- He leaned a ladder on the wall.
  他把梯子靠在牆上。
- There is a healthy trend to use lean meat for hamburgers.
  有一種健康的趨勢就是用瘦肉來做漢堡。

| **leap** [lip] | v. 跳躍 (leap, leaped/leapt, leaped/leapt) =**jump** |
| | n. [C] 跳躍 |

★ leap year 閏年
- Look before you leap. 【諺】三思而後行。

| **learned** [`lɝnd] | adj. 有學問的；精通的 (~ in) |

- We enjoyed listening to the learned professor.
  我們喜歡聽這位學識淵博的教授說話。

| **learner** [lɝnɚ] | n. [C] 學習者 |

- The dictionary is chose by most language learners.
  大多數的語言學習者選擇這本字典。

learning [`lɝnɪŋ]	*n.* [U] 學習；(透過學習得到的) 知識

leather [`lɛðə]	*n.* [U] 皮革

· My shoes are made of leather.
我的鞋是皮製的。

lecture [`lɛktʃə]	*n.* [C] 演講；講課；教訓 *v.* 演講；講課；教訓

· He lectures on literature at the university.
他在大學教授文學。

lecturer [`lɛktʃərə]	*n.* [C] 演講者；講師

legend [`lɛdʒənd]	*n.* [C] 傳說**=story, myth**；傳奇人物

★ Legend has it that....　傳說…
· There are many old Indian legends.
有很多古印度傳說。

legendary [`lɛdʒəndˌɛrɪ]	*adj.* 傳說的；有名的**=famous**

· His deeds became legendary throughout the
country.　他的事蹟聞名全國。

leisure [`liʒə]	*n.* [U] 閒暇**=free time** *adj.* 空閒的

· Please respond at your leisure.　你有空時請回覆。

leisurely	*adj.* 悠閒的=**relaxed**；從容的
[ˋliʒɚlɪ]	=**unhurried**
	adv. 悠閒地；從容地

· They enjoyed a leisurely lunch at home.
他們在家悠閒地吃午餐。

lemonade	*n.* [U] 檸檬汁
[lɛmənˋed]	

lengthen	*v.* 加長，使變長
[ˋlɛŋθən]	

· I'll ask the tailor to lengthen the skirt.
我會請裁縫師把裙子加長。

lens [lɛnz]	*n.* [C] 透鏡

★ contact lenses 隱形眼鏡

· That shop sells various kinds of lenses.
那家店販售各種鏡片。

leopard	*n.* [C] 豹
[ˋlɛpɚd]	

· A leopard cannot change its spots.
【諺】本性難移。

liar [ˋlaɪɚ]	*n.* [C] 說謊的人，騙子

· He is the biggest liar that I have ever met.
他是我見過最會撒謊的人。

liberal [ˋlɪbərəl]	*adj.* 自由的；無偏見的

	=open-minded
	n. [C] 自由主義者

· He has a liberal attitude toward children's education.

他對孩子的教育抱持著自由開放的態度。

liberate	*v.* 使自由=**free**；解放 (~ from)
[ˋlɪbəret]	=**release**

· The prisoner of war was liberated from the camp.

這名戰俘自營中被釋放了。

liberty [ˋlɪbɚtɪ]	*n.* [U] 自由=**freedom**

★ at liberty 被釋放的；可以自由地做…

· People in democratic countries enjoy the liberty of free speech.　民主國家的人民享受言論自由。

librarian	*n.* [C] 圖書館管理員
[laɪˋbrɛrɪən]	

license/licence	*n.* [C] 執照，許可證=**permit**
[ˋlaɪsn̩s]	*v.* 批准=**authorize**

· You cannot drive without a driver's license.

沒有駕照不能開車。

lifetime	*n.* [C] 一生，終身
[ˋlaɪf͵taɪm]	

· Society has changed greatly during my lifetime.

在我的一生中，社會經歷了很大的變化。

lighten [ˋlaɪtn̩]	v. 減輕 =**ease, reduce**

· Computers have lightened our workload.

電腦減輕了我們的工作量。

lighthouse [ˋlaɪt͵haʊs]	n. [C] 燈塔

· A lighthouse shows ships the way into the port.

燈塔指引船隻進港的路。

lily [ˋlɪlɪ]	n. [C] 百合花

limb [lɪm]	n. [C] 手腳 (的一肢)

· He stretched his tired limbs.　他伸展疲憊的四肢。

limitation [͵lɪməˋteʃən]	n. [U][C] 限制 =**control, restraint**

· There are severe limitations on the use of nuclear

power in that country.

那個國家對核能的使用有很嚴格的限制。

linen [ˋlɪnɪn]	n. [U] 亞麻，亞麻布

lipstick [ˋlɪp͵stɪk]	n. [U][C] 口紅

★ <u>apply</u>/<u>wear</u> lipstick　擦口紅

liquor [ˋlɪkɚ]	n. [U][C] 烈酒 =**alcohol**

· Whiskey and brandy are liquors.

威士忌和白蘭地是烈酒。

listener [ˋlɪsn̩ɚ]	n. [C] 聽者；聽眾

L

* * *

· A good listener always pays attention to the speaker. 好聽眾會對講者全神貫注。	
literary [ˋlɪtəˏrɛrɪ]	*adj.* 文學的
literature [ˋlɪtərətʃʊr]	*n.* [U] 文學
litter [ˋlɪtə]	*n.* [U] 垃圾**=garbage, trash**；一胎所生之動物 *v.* 亂扔；把…弄亂
· The street was littered with bottles and cans after the parade. 遊行過後，街上都是亂丟的瓶瓶罐罐。	
live [laɪv]	*adj.* 活的**=living↔dead**；通電的；現場播出的
★ live on... 吃…維生 make a living 謀生	
· Where do you live? 你住在哪裡？	
· How long does a turtle usually live? 烏龜通常可以活多久？	
lively [ˋlaɪvlɪ]	*adj.* 活潑的**=active, vigorous**；輕快的；愉快的
· The poet has a lively imagination. 這位詩人有活潑的想像力。	
liver [ˋlɪvə]	*n.* [C] 肝臟
load [lod]	*n.* [C] 裝載的物品；負荷

	v. 把貨物裝上…↔**unload**;裝子彈

★ download 下載　upload 上傳

· They loaded the truck with furniture.
他們把家具裝到卡車上。

loan [lon]	*n.* [C] 借貸;貸款
	v. 借貸**=lend**

★ on loan 出借　a loan shark 放高利貸者

· I had to ask for a loan to buy my house.
我必須借錢買房子。

lobby [ˋlabɪ]	*n.* [C] 旅館的大廳
lobster [ˋlabstɚ]	*n.* [C] 龍蝦
locate [ˋloket]	*v.* 找到…的地點**=find**;設置 **=situate**

· The police finally located the missing boy.
警察終於找到失蹤的男孩。

location [loˋkeʃən]	*n.* [C] 位置**=position, site**

· That busy corner is a good location for a restaurant.　那個繁忙的角落是開餐廳的好地點。

locker [ˋlakɚ]	*n.* [C] (可上鎖的) 儲物櫃

· I usually keep my books in my locker at school.

L

我通常把書放在學校的儲物櫃裡。

| **log** [lɔg] | *n.* [C] 原木，木材=**timber** |
| | *v.* 把…記入航海／飛行日誌 |

· Let's put another log on the fire.
我們再放一塊木頭進火裡吧。

| **logic** [ˋlɑdʒɪk] | *n.* [U] 邏輯=**reason, sense** |

· There is no logic behind his statement.
他說的話沒有邏輯。

| **logical** [ˋlɑdʒɪkl] | *adj.* 合理的，合乎邏輯的 |
| | =**reasonable**↔**illogical** |

· To be persuasive, you have to give logical
arguments.　你必須提出合理的論點才能說服人。

| **loneliness** [ˋlonlɪnɪs] | *n.* [U] 寂寞 |

· It is hard to describe the loneliness of living in a
foreign country.　生活在異國的孤寂難以形容。

long [lɔŋ]	*v.* 渴望=**yearn**，企盼 (~ for)
	adj. 長的↔**short**；長時間的
	=**lengthy**
	adv. 長久地

★ as long as... 只要…　no longer 不再

· How long is the pole? It's thirty feet in length.
這根竿子有多長？三十英尺長。

262

- How long will you stay here?
  你要在這裡待多久？

long-term	*adj.* 長期的
[`lɔŋ͵tɝm]	

- Her company gave him a long-term contract.
  她的公司提供她長期合約。

loop [lup]	*v.* (使) 成圈；用圈圍住**=circle,**
	wind around
	n. [C] 環，圈**=circle, ring**

- The man looped a tie around his neck.
  那男人在脖子上套上領帶。

★ knock/throw sb. for a loop　使某人驚愕

- His sudden appearance really knocked us for a
  loop.　他的突然出現讓我們大吃一驚。

loose [lus]	*adj.* 鬆的**=slack↔tight**

- You should wear loose clothes when you exercise.
  你運動時應該穿寬鬆的衣服。

loosen [`lusṇ]	*v.* 放鬆**=slacken↔tighten**

- You can loosen the screw by turning it to the left.
  將螺絲向左轉就會鬆了。

lord [lɔrd]	*n.* [C] 主人**=master'**；貴族

★ the Lord=God　上帝

lorry [`lɔrɪ]	*n.* [C] 卡車

L

| **lotion** [ˈloʃən] | *n.* [U] 化妝水；乳液 |

- She applied some lotion on her body after bath.
  洗完澡後，她在身上擦些乳液。

| **loudspeaker** [ˈlaʊdˈspikə] | *n.* [C] 擴音器 |

- The students listened to the principal's speech over the school's loudspeaker.
  學生透過學校的擴音器聽校長的演講。

| **lousy** [ˈlaʊzɪ] | *adj.* (口語) 討厭的**=unpleasant**；情況極壞的 |

- I feel lousy today.　我今天很不舒服。

| **lower** [ˈloə] | *adj.* 下方的↔**upper** |
| | *v.* 降低**=decrease** |

- She bit her lower lip.　她咬住下唇。
- He lowered his voice.　他降低音量。

| **loyal** [ˈlɔɪəl] | *adj.* 忠實的，忠誠的 **=faithful**↔**disloyal** <-ly *adv.*> |

- He is a loyal friend of mine.　他是我忠實的朋友。

| **loyalty** [ˈlɔɪəltɪ] | *n.* [U] 忠實 |

- His loyalty to his country has never been doubted.
  他對國家的忠誠從來都無庸置疑。

| **luck** [lʌk] | *n.* [U] 運氣**=fortune** |

★ try one's luck　碰運氣

- Some people believe the number 13 means bad luck. 有些人相信數字十三代表惡運。

luckily [ˋlʌkɪlɪ]　　*adv.* 幸運地 =**fortunately**

- Luckily, the rain stopped before we started our game. 幸運地，在我們比賽開始前雨就停了。

luggage　　*n.* [U]【英】行李 =【美】**baggage**
[ˋlʌgɪdʒ]

- Don't carry too much luggage with you when you travel. 旅行時不要帶太多行李。

lullaby　　*n.* [C] 催眠曲，搖籃曲
[ˋlʌləˏbaɪ]　　*v.* 唱搖籃曲

lunar [ˋlunɚ]　　*adj.* 月球的

★ solar 太陽的

- It is a Chinese tradition to celebrate the lunar New Year. 慶祝農曆新年是中國的傳統。

lung [lʌŋ]　　*n.* [C] 肺

luxurious　　*adj.* 豪華的
[lʌgˋʒʊrɪəs]

- That rich man lives in a luxurious mansion.
那個有錢人住在豪華的宅第裡。

luxury　　*n.* [U] 奢侈 =**extravagance** [C]
[ˋlʌkʃərɪ]　　奢侈品

- Taking a taxi is a luxury for me.

L

搭計程車對我來説是奢侈的。

---

lychee [ˋlaɪtʃi]　　*n.* [C] 荔枝

· Peel the lychees before you eat them.

吃荔枝前先剝皮。

machinery [mə`ʃinərɪ]	*n.* [U] 機器

· They are going to install some new machinery in
the factory.　他們將在工廠安裝一些新的機器。

madam [`mædəm]	*n.* [C] 太太；小姐；女士 (對女性 的尊稱)

magical [`mædʒɪkḷ]	*adj.* 像魔法般的=**marvelous**

· Mr. Brown has a magical way with children.
布朗先生對付小孩很有一套。

magnet [`mægnɪt]	*n.* [C] 磁鐵；磁石

· The magnet attracts bits of iron.
磁鐵會吸小鐵片。

magnetic [mæg`nɛtɪk]	*adj.* 帶有磁性的；具有吸引力的 =**attractive**

· She has a magnetic personality.
她有吸引人的個性。

magnificent [mæg`nɪfəsṇt]	*adj.* 壯觀的=**splendid**；極佳的 <-ly *adv.*>

· They sat on the beach, enjoying the magnificent
sunset.　他們坐在沙灘上欣賞壯麗的日落。

maid [med]	*n.* [C] 女僕；少女=**maiden**

267

· The maid comes twice a week to clean our house.
  女僕一星期來打掃兩次。

| **mainland** | *n.* (the ~) (國土的) 本土部分 |
| [ˋmenˏlænd] | *adj.* 大陸的；本土的 |

· "Mainland China," a geopolitical term
  synonymous with the People's Republic of China,
  is widely used in Taiwan.
  「中國大陸」，一個等同表示中華人民共和國的地
  理詞彙，在台灣被廣泛使用。

| **mainly** [ˋmenlɪ] | *adv.* 主要地，大部分地**=chiefly,** |
| | **mostly** |

· The audience mainly consists of students.
  觀眾主要由學生組成。

| **majority** | *n.* [U] 大多數；大部分 |
| [məˋdʒɔrətɪ] | ↔**minority** |

· The majority of the students will take part in the
  activity.　大部分的學生會參加這項活動。

| **maker** [ˋmekɚ] | *n.* [C] 製造廠商；製造者 |

· He works as an engineer in a computer maker.
  他是一家電腦製造商的工程師。

| **make-up** | *n.* [U] 化妝品**=cosmetics** |
| [ˋmekˏʌp] | |

· She likes to wear heavy make-up.

她喜歡濃妝艷抹。

manage
[ˋmænɪdʒ]
v. 經營=**run**；管理=**control**；設法做到 (~ to)

· They managed to finish the work on time.
他們總算準時完成工作。

manageable
[ˋmænɪdʒəbl]
adj. 可控制的；易管理的

· The number of children is not manageable.
這個數量的小孩不好控制。

management
[ˋmænɪdʒmənt]
n. [U] 經營；管理
=**administration**

· The business failed due to poor management.
該企業因經營不善而倒閉。

mankind
[mænˋkaɪnd]
n. [U] 人類=**human**

· Neil Armstrong said, "That's one small step for man, one giant leap for mankind."
尼爾・阿姆斯壯說:「這是個人的一小步,卻是人類的一大步。」

man-made
[ˋmænˏmed]
adj. 人造的

· Lake Kenyir in Malaysia is the biggest man-made lake in Asia.

馬來西亞的肯逸湖是亞洲最大的人造湖。

| **mansion** | *n.* [C] 大宅邸 |
| `[ˋmænʃən]` | |

| **manual** | *adj.* 手工做的 |
| `[ˋmænjʊəl]` | *n.* [C] 手冊 |

- A farmer has to do manual work.
  農夫要做勞力的工作。
- Before you use the new machine, you must read the manual thoroughly.
  使用新機器前必須仔細閱讀使用手冊。

| **manufacture** | *n.* [U] 製造 |
| `[͵mænjəˋfæktʃɚ]` | *v.* 製造＝**produce** |

- The company manufactures electrical appliances.
  這家公司製造電氣產品。

| **manufacturer** | *n.* [C] 製造商 |
| `[͵mænjəˋfæktʃərɚ]` | |

- They are the biggest automobile manufacturer in the country.　他們是該國內最大的汽車製造廠。

| **marathon** | *n.* [C] 馬拉松賽跑 |
| `[ˋmærə͵θɑn]` | |

| **marble** | *n.* [U] 大理石 [C] 彈珠 |
| `[ˋmɑrbl̩]` | |

- The bathtub is made of marble.

* *

M

這浴缸是用大理石做的。

| **march** [mɑrtʃ] | *v.* 遊行；列隊行進 |
| | *n.* [C] 遊行**=parade**；進行曲 |

· The troops are marching along the street.
  軍隊沿街行進。
· They held a march for freedom.
  他們為爭取自由而舉行遊行。

| **margin** ['mɑrdʒɪn] | *n.* [C] (書頁的) 空白處 |

· Please write your comments in the margin.
  請你將意見寫在頁邊的空白處。

| **masterpiece** ['mæstɚ,pis] | *n.* [C] 傑作**=classic, masterwork** |

· Van Gogh's *The Sunflowers* is considered a
  masterpiece of Impressionist art.
  梵谷的「向日葵」被視為印象派藝術的傑作。

| **mate** [met] | *n.* [C] 配偶**=spouse**；朋友**=friend** |
| | *v.* 使⋯交配 |

★ classmate　同班同學
　schoolmate　同校同學
　roommate　室友
· We have been mates since we were young.
  我們從小就是朋友。

271

mathematical [ˌmæθəˈmætɪkl̩]	*adj.* 數學的

· He is a mathematical genius.　他是數學天才。

mature [məˈtjʊr]	*adj.* 成熟的=**full-grown** *v.* 長成=**grow**；成熟

· He has matured a lot since he left home.
　他離家後成熟很多。

maturity [məˈtjʊrətɪ]	*n.* [U] 成熟

· How long does it take for a chicken to grow into maturity?　小雞長大需要多久？

mayor [ˈmeɚ]	*n.* [C] 市長；鎮長

meadow [ˈmɛdo]	*n.* [U][C] 牧草地=**pasture, grassland**

· Sheep are grazing in the meadow.
　羊群在草地上吃草。

mean [min]	*adj.* 卑鄙的=**disgraceful**；吝嗇的 ↔**generous**；兇惡的=**malicious** *v.* 意思是；有意=**intend**

· It's mean of you to speak badly of her.
　你說她的壞話很卑鄙。

· Don't get too close. That dog looks mean.
　不要太靠近，那隻狗看起來很兇。

meaningful	*adj.* 有意義的 ↔ **meaningless**
[ˈminɪŋfəl]	<-ly *adv.*>

· You can make your life more meaningful by
  helping others.
  你可以藉著幫助別人讓生活更有意義。

meantime	*adv.* 在…期間 = **meanwhile**
[ˈminˌtaɪm]	*n.* [U] 期間

★ in the meantime　在…期間

· My car is under repair; in the meantime, I take the
  bus to work.　我的車送修，這期間我搭公車上班。

meanwhile	*adv.* 同時；目前
[ˈminˌhwaɪl]	

· John is going to take a big exam in July.
  Meanwhile, he is preparing for it.
  John在七月將有大考試，目前，他正在準備這個考
  試。

measurable	*adj.* 重大的；可預測的，可測量
[ˈmɛʒrəbl̩]	的

· There is a measurable improvement in the
  patient's health condition.
  病人的健康狀況大有進步。

mechanical	*adj.* 機械的；機械化的
[məˈkænɪkl̩]	<-ly *adv.*>

273

* * *

M

- The plane crash was caused by a mechanical problem. 那架飛機墜毀是起因於機械問題。

medal [ˈmɛdl̩]   *n.* [C] 獎章 **=trophy**

- He won the championship and received a gold medal. 他得了冠軍，獲頒金牌。

medical [ˈmɛdɪkl̩]   *adj.* 醫學的；醫藥的

- Medical care has been greatly improved. 醫療已大有進步。

melody [ˈmɛlədɪ]   *n.* [C] 曲調 **=tune**；旋律

- The melody is familiar, but I can't remember this song's lyrics. 旋律很熟悉，但是我記不得這首歌的歌詞了。

melt [mɛlt]   *v.* 融化 **=dissolve**

- The snow melted in the bright sunlight. 雪在強烈的陽光下融化了。

membership [ˈmɛmbɚˌʃɪp]   *n.* [U] 會員資格

- If you don't pay the annual fee, you will lose your membership in the club. 如果你不付年費，就會喪失俱樂部的會員資格。

memorable   *adj.* 令人難忘的 **=unforgettable**；

274

[ˋmɛmərəbl̩]	值得紀念的 <-ly *adv.*>

· We spent a memorable week camping by the
  river. 我們在河邊露營，度過難忘的一星期。

memorandum	*n.* [C] 備忘錄 <pl.
[ˌmɛməˋrændəm]	memoranda/memorandums>

· He gave me a memorandum reminding me about
  the interview. 他給我一張備忘錄提醒我要面試。

memorial	*adj.* 紀念的；追悼的
[məˋmorɪəl]	*n.* [C] 紀念物；紀念碑
	=monument

· The statue was built as a memorial to the soldiers
  killed in the war.
  這個紀念碑是為了戰死的軍人而建。

memorize	*v.* 熟記
[ˋmɛməˌraɪz]	

· The teacher told us to memorize all the new words
  in the lesson. 老師叫我們把整課的生字背起來。

mend [mɛnd]	*v.* 修補**=fix, repair**；改正
	=correct

· How long will it take to mend the roof?
  修理屋頂要多久？

mental [ˋmɛntl̩]	*adj.* 精神的↔**physical, bodily**；
	智力的 <-ly *adv.*>

275

· She has serious mental problems.

她有嚴重的精神問題。

| **mention** | *n.* [U][C] 提及，説起 |
| [ˋmɛnʃən] | *v.* 提及，提到=**speak of** |

★ Don't mention it.　不客氣。

　not to mention...　更不必説…

· She mentioned you in the letter.

她在信中提到你。

| **merchant** | *n.* [C] 商人=**salesman** |
| [ˋmɝtʃənt] | |

· A merchant buys and sells products in large

amount.　商人大量買賣貨物。

| **mercy** [ˋmɝsɪ] | *n.* [U] 慈悲=**kindness**；憐憫 |
| | =**sympathy** |

★ at the mercy of...　任由…擺布

· The killer showed no mercy for the people he

killed.　那個殺人兇手對他殺的人毫不憐憫。

| **mere** [mɪr] | *adj.* 僅僅的=**only** |

· Mere words will be of no use to us now.

現在對我們而言光説也沒有用。

| **merit** [ˋmɛrɪt] | *n.* [C] 優點↔**fault** |

· There is no merit in that proposal.

那項提案一點優點也沒有。

merry [ˋmɛrɪ]	*adj.* 快樂的=**happy** <-rily *adv.*>

· He is a merry old man.　他是個快樂的老人。

mess [mɛs]	*n.* [U] 紊亂，雜亂=**disorder** [C] 困難，窘境
	v. 弄髒；弄亂

★ in a mess　亂七八糟

　mess up...　弄亂…；使…泡湯

· They left the room in a mess.
　他們任憑這房間亂七八糟。

messenger [ˋmɛsṇdʒɚ]	*n.* [C] 信差=**deliverer, carrier**

· The messenger delivered this document.
　信差遞送了這份文件。

messy [ˋmɛsɪ]	*adj.* 凌亂的↔**neat, tidy**；棘手 的，麻煩的

· I hate messy kitchens.　我討厭廚房髒亂。

meter [ˋmitɚ]	*n.* [C] 公尺；(電、瓦斯、自來水 等的) 計量器
	v. 用儀表測量

· The man from the electricity company came to our house to read the meter.
　電力公司的人來我們家讀取電表。

metro [ˋmɛtro]	*n.* [C] 地鐵

- They decided to take metro to the theme park.
  他們決定搭地鐵到主題樂園。

microphone [ˈmaɪkrəˌfon]	*n.* [C] 麥克風 (=mike [maɪk])

microscope [ˈmaɪkrəˌskop]	*n.* [C] 顯微鏡

midday [ˈmɪdˌde]	*n.* [U] 中午，正午

- He woke up around midday.　他中午左右起床。

might [maɪt]	*n.* [U] 力量=**power**

- He pulled the rope with all his might.
  他用全力拉繩子。

mighty [ˈmaɪtɪ]	*adj.* 強有力的，強大的=**strong, powerful**↔**weak**

- The pen is mightier than the sword.
  【諺】言論勝過武力。

mild [maɪld]	*adj.* 溫和的=**gentle, calm**↔**violent, wild** <-ly *adv.*>

- Taiwan has a mild climate.　台灣氣候溫和。

milkshake [ˌmɪlkˈʃek]	*n.* [C] 奶昔

- Chocolate milkshake is her favorite drink.
  巧克力奶昔是她最愛的飲料。

mill [mɪl]	*n.* [C] 磨坊;麵粉廠;工廠
	v. 磨成粉=**grind**

★ a windmill　風車

· He works at a flour mill.　他在麵粉廠工作。

mine [maɪn]	*n.* [C] 礦;礦坑=**pit**
	v. 挖礦=**excavate**
	pron. 我的

· A gold mine was discovered.　發現了金礦。

· That umbrella is mine.　那把傘是我的。

miner [ˋmaɪnɚ]	*n.* [C] 礦工
mineral	*n.* [C] 礦物
[ˋmɪnərəl]	*adj.* 礦物的

★ mineral water　礦泉水

minimum	*n.* [C] 最小限度;最小值
[ˋmɪnəməm]	↔**maximum**
	adj. 最小的

· The project will take a minimum of ten days.
　這件工作至少要花十天。

minister	*n.* [C] 部長;牧師
[ˋmɪnɪstɚ]	

★ the prime minister　首相;行政院院長

ministry	*n.* [C] (內閣的) 部 <M->
[ˋmɪnɪstrɪ]	

M

★ the Ministry of Education 教育部	
minority [məˋnɔrətɪ]	n. [C] 少數↔**majority**；少數民族

· Only a minority of students passed the difficult test. 僅少數學生通過這個困難的考試。

minute [ˋmɪnɪt]	n. [C] 分 (時間的單位) adj. 微小的

★ at the last minute 在最後關頭，即將…之時

miracle [ˋmɪrəkl̩]	n. [C] 奇蹟

· It was a miracle that he wasn't hurt in the car crash. 他在車禍中沒受傷真是奇蹟。

mischief [ˋmɪstʃɪf]	n. [U] 惡作劇，淘氣 **=naughtiness**

★ be up to mischief 耍胡鬧、搗蛋

· The teacher will not allow any mischief in her class.

這個老師不允許她課堂上發生任何惡作劇的行為。

miserable [ˋmɪzrəbl̩]	adj. 悲慘的**=wretched**；不幸的，可憐的**=unfortunate** <-ly adv.>

· He felt miserable from hunger and the cold. 他飢寒交迫痛苦不堪。

misery [ˋmɪzrɪ]	n. [U][C] 悲慘，不幸**=sorrow,**

- The old man lived a life of misery after his wife died. 老先生自從喪妻之後就過著悲慘的生活。

| **misfortune** [mɪsˋfɔrtʃən] | *n.* [U][C] 厄運，不幸=**bad luck**；變故，災難=**hardship** |

★ <u>have</u>/<u>suffer</u> (a) misfortune 遭遇不幸

- He had the misfortune to lose his parents at a young age. 他不幸年少就失去雙親。

| **mislead** [mɪsˋlid] | *v.* 誤導 (mislead, misled, misled) =**misguide, misdirect** |

- The criminal tried to mislead the police with the story he concocted.
  這個罪犯試著用他編造的故事來誤導警方。

| **misleading** [mɪsˋlidɪŋ] | *adj.* 易招致誤解的；引入歧途的 |

- Many advertisements give misleading information to consumers.
  很多廣告給消費者容易誤導的資訊。

| **missile** [ˋmɪsl̩] | *n.* [C] 飛彈 |

- The soldiers are going to launch a missile.
  士兵們將要發射飛彈。

| **mission** [ˋmɪʃən] | *n.* [C] 使命，任務=**task, assignment** |

M

★ <u>carry out</u>/<u>undertake</u> a mission　執行任務

· The general sent the soldier on a difficult mission.
　將軍派給這個士兵一項艱難的任務。

| **mist** [mɪst] | *n.* [U][C] 霧**=fog** |
| | *v.* 使蒙上薄霧 |

· The cottage was veiled in mist.
　小屋籠罩在霧裡。

mister [ˋmɪstɚ]	*n.* 先生**=Mr.**
mistress [ˋmɪstrɪs]	*n.* [C] 女主人；情婦
misunderstand [ˌmɪsʌndɚˋstænd]	*v.* 誤解，誤會↔**understand**

· Don't misunderstand me.　不要誤會我。

| **mixture** [ˋmɪkstʃɚ] | *n.* [U][C] 混合物**=combination**；交錯 |

· He waited with a mixture of joy and anxiety.
　他以喜悅和不安交織的心情等待著。

| **mob** [mɑb] | *n.* [C] 暴民；烏合之眾 (集合用法) **=crowd** |
| | *v.* 成群圍住 |

· There was an angry mob of young people at the station.　車站聚集著一群憤怒的年輕人。

| **mobile** [ˋmobl̩] | *adj.* 可以移動的 |

* *

	=moveable↔stationary

★ mobile phone　行動電話

· Bob won't be mobile until the wound in his leg heals.　在腳傷痊癒之前，Bob不能走動。

moderate	*adj.* 中等的，適度的=**average,**
[`mɑdərɪt]	**modest**；普通的=**ordinary**；溫和
	的=**gentle**

· She is an easygoing person of moderate views.
　她是個隨和而且觀念不偏頗的人。

modest	*adj.* 樸素的=**simple**；謙虛的
[`mɑdɪst]	=**humble**；端莊的；適度的
	=**moderate** <-ly *adv.*>

· Tom was modest about winning the prize.
　Tom對獲獎一事很謙虛。

modesty	*n.* [U] 謙虛；端莊；適度
[`mɑdəstɪ]	=**moderation**

· Her natural modesty prevented her from being arrogant for her success.
　她天性謙虛使她不會因為成功而傲慢。

moist [mɔɪst]	*adj.* 潮濕的=**damp, humid**

· He used a moist towel to clean his hands.
　他用濕毛巾清理雙手。

moisture	*n.* [U] 濕氣；水分

283

[`mɔɪstʃə`]

· Trees use their roots to absorb moisture from the soil.　樹木用根部來吸取土壤中的水分。

| **monitor** | *n.* [C] 監視器；螢幕**=screen** |
| [`mɑnətə`] | *v.* 監督**=supervise** |

· He bought a 17-inch monitor.
他買了一個十七吋的螢幕。

· The doctor monitored the patient's heartbeat and blood pressure.　醫生監看病人的心跳和血壓。

| **monk** [mʌŋk] | *n.* [C] 修道士；僧侶 |

| **monument** | *n.* [C] 紀念碑**=memorial**；紀念 |
| [`mɑnjəmənt`] | 物；遺跡 |

· We will visit the Washington Monument this summer.　我們這個暑假會去參觀華盛頓紀念塔。

| **mood** [mud] | *n.* [C] 心情**=spirit (s)** |

★ be in no mood for...　沒有心情做…

· She is in a bad mood.　她心情不好。

| **moonlight** | *n.* [U] 月光 |
| [`mun,laɪt`] | |

· The lake looks beautiful in the moonlight.
月光下的湖看起來很漂亮。

| **moral** [`mɔrəl`] | *adj.* 道德的↔**immoral** |
| | <-ly *adv.*> |

	n. [C] 寓意

- A fable usually gives a moral lesson at the end of the story. 寓言的結尾通常都有一個道德的教訓。

moreover	*adv.* 而且=**besides, also,**
[mor`ovə]	**furthermore**

- The day was cold, and moreover, it was raining. 那天很冷,而且還下著雨。

mortgage	*n.* [C] (房屋) 貸款;抵押
[`mɔrgɪdʒ]	*v.* 抵押

- I have a twenty-year mortgage on my home. 我的家有二十年期房屋貸款。

mostly	*adv.* 主要地=**chiefly**;大半
[`mostlɪ]	=**largely**

- Mostly women shop in that store. 那家店大部分都是女性在購物。

motel [mo`tɛl]	*n.* [C] 汽車旅館

★ 比較 hotel　旅館;飯店

moth [mɔθ]	*n.* [C] 蛾

motivate	*v.* 引起動機=**stimulate, prompt**
[`motə͵vet]	

- Teachers must know how to motivate children to learn. 老師必須要知道如何引起孩子學習的動機。

motivation   *n.* [U][C] 動機，誘因=**causation**

[ˌmotəˈveʃən]

· She doesn't have enough motivation to become a successful salesperson.

　她沒有足夠的動機可以成為成功的銷售員。

motor [ˈmotɚ]   *n.* [C] 馬達；發動機

· The washing machine needs a new motor.

　這臺洗衣機需要新的馬達。

mountainous   *adj.* 多山的

[ˈmauntṇəs]

· The central part of Taiwan is mountainous.

　臺灣中部多山。

moustache   *n.* [C] 鬍子 (長在上唇上方) =

[ˈmʌstæʃ]   【美】 **mustache**

★ 比較 beard 鬍子 (長在下巴上)

· He has a bushy mustache.　他留著濃密的鬍子。

movable   *adj.* 可以移動的↔**inmovable**

[ˈmuvəbḷ]

· The doll has movable arms and legs.

　這洋娃娃的手腳可以活動。

mow [mo]   *v.* 割草

· I often help Dad mow the grass on Sundays.

　我通常星期天時幫爸爸除草。

muddy [`mʌdɪ]	*adj.* 泥濘的
· The road became muddy after the rain. 雨後道路變得泥濘不堪。	

mug [mʌg]	*n.* [C] 馬克杯;一大杯之量 *v.* 攻擊並搶劫某人
· He drank a mug of beer. 他喝了一大杯啤酒。	

multiple [`mʌltəpl]	*adj.* 多樣的**=various**;多數的 **=many**
★ multiple-choice 多重選擇的	
· We made multiple copies of the report. 我們把報告印了好幾份。	

multiply [`mʌltə‚plaɪ]	*v.* 乘;增加**=increase**
· Population continues to multiply in that country. 那個國家的人口持續增加。	

murder [`mɝdɚ]	*n.* [U] 殺人**=killing**;謀殺 [C] 兇 殺案 *v.* 殺害**=kill**
· A murder happened in the neighborhood last night. 昨晚這附近發生一起兇殺案。	
· An old lady was murdered in her apartment. 一個老婦人在公寓中被殺。	

murderer	*n.* [C] 殺人犯

287

M

murmur	*n.* [C] 低語聲；低聲的抱怨
[`mɝmɚ]	*v.* 低語=**whisper**

· I didn't understand what he was murmuring.
  我不知道他在喃喃自語什麼。

muscle [`mʌsl̩]	*n.* [U][C] 肌肉

· He builds his muscles by lifting weights.
  他以舉重來鍛鍊肌肉。

mushroom	*n.* [C][U] 蘑菇；蕈
[`mʌʃrum]	*v.* 如雨後春筍般增長=**increase**

· High-rise buildings have mushroomed along the
  riverside.
  高樓大廈如雨後春筍般地沿著河岸蓋起來。

musical	*adj.* 音樂的
[`mjuzɪkl̩]	*n.* [C] 音樂劇

· How many musical instruments can you play?
  你會演奏幾種樂器？

mutual	*adj.* 互相的=**shared** <-ly *adv.*>
[`mjutʃʊəl]	

· Friendship should be based on mutual
  understanding and trust.
  友誼應以彼此的瞭解和信任為基礎。

mysterious	*adj.* 神祕的=**unknown**；原因不

[mɪs`tɪrɪəs]	明的 <-ly *adv.*>
· She died of a mysterious disease. 她死於一種怪病。	
mystery [`mɪstrɪ]	*n.* [U][C] 神祕；奧祕**=puzzle, secret**
· He is interested in the mysteries of nature. 他對自然界的奧祕很感興趣。	

naked [`nekɪd]	*adj.* 赤裸的**=undressed**；無遮蓋的↔**covered**

★ naked eye　肉眼

· That is a painting of a naked woman and her children.　那幅畫畫的是一個裸女與她的小孩。

namely [`nemlɪ]	*adv.* 即；換言之

· There is a reason that restaurant is so popular, namely good food and low prices.
那家餐廳受歡迎是有原因的，即在於美食與低價。

nap [næp]	*n.* [C] 小睡，打盹
	v. 小睡，打盹**=doze**

· I usually take a nap after lunch.
我通常午餐後會小睡片刻。

nasty [`næstɪ]	*adj.* 骯髒的**=dirty**；不愉快的 **=unpleasant**；惡意的**=vicious**

· She really has a nasty temper.　她脾氣暴躁。

nationality [ˌnæʃənˈælətɪ]	*n.* [U][C] 國籍

native [`netɪv]	*adj.* 本地的↔**foreign**；原產的；天生的**=inborn, innate**
	n. [C] (當地的) 居民；(當地的) 產物

★ native language　母語

　native speaker　説⋯當母語的人

· Corn is native to America.

　玉米的原產地是美洲。

| **naturalist** [ˈnætʃərəlɪst] | n. [C] 博物學家;自然主義者 |

| **naturally** [ˈnætʃərəlɪ] | adv. 自然地;輕鬆地 |

· It is not easy to speak naturally on the radio.

　在廣播中要輕鬆談話並不容易。

| **naval** [ˈnevl] | adj. 海軍的 |

★ a naval officer　海軍軍官

| **navy** [ˈnevɪ] | n. [C] 海軍 |

| **nearby** [ˈnɪrˌbaɪ] | adj. 附近的**=neighboring** adv. 在附近 |

· He sent for help in a nearby village.

　他派人去附近的村落求助。

| **neat** [nit] | adj. 整齊的**=tidy**↔**untidy**;(口語) 很棒的**=great** |

· You have to keep your room neat.

　你必須把房間保持整潔。

| **necessarily** [ˈnɛsəˌsɛrəlɪ] | adv. 必定地 |

291

· The rich are not necessarily happy.
  有錢人不一定快樂。

| **necessity** | *n.* [U][C] 需要；必需品 |
| [nə`sɛsətɪ] | <常-ies>=**requirement** |

· Food is a necessity of life.　食物是生活必需品。

| **needy** [`nidɪ] | *adj.* 貧窮的=**poor**↔**wealthy** |

· Let's give our extra clothes to needy families in
  the area.
  讓我們將多餘的衣服給這個地區的貧窮人家。

| **neglect** | *v.* 忽視=**ignore, overlook**；疏忽 |
| [nɪ`glɛkt] | *n.* [U] 疏忽↔**attention** |

★ 比較 ignore指對於明顯的事物予以忽視；overlook
指由於不注意或因寬大的胸懷而忽略他人過
錯；neglect則指對於被期待或被要求的事不注
意、怠慢或故意不實行。

· He neglected his health for several years.
  他疏忽自己的健康好幾年了。

| **negotiate** | *v.* 談判；協商 |
| [nɪ`goʃɪ,et] | |

· We have to negotiate a new contract.
  我們必須協商一個新契約。

| **negotiation** | *n.* [U][C] 商議=**discussion**；談判 |
| [nɪ,goʃɪ`eʃən] | |

N

· The proposal is still under negotiation.

　　這個提案仍然正在協商中。

neighborhood	n. [C] 附近地區
[ˋnebɚˌhʊd]	

· We live in a quiet neighborhood.

　　我們住的地區很安靜。

nerve [nɝv]	n. [C] 神經 [U] 勇氣**=courage**
	v. 鼓勵

· He is all nerves before the test.

　　他考試之前非常緊張。

net [nɛt]	n. [C] 網
	v. 用網捕
	adj. 淨值的

★ net weight　淨重

· The fisherman cast a net to try to catch some fish.

　　漁夫試著撒網捕魚。

network	n. [C] 網狀組織
[ˋnɛtˌwɝk]	v. 聯播

· That country has an excellent network of
  railroads.　那個國家有良好的鐵路網。

nevertheless	adv. 可是，仍然**=however,**
[ˌnɛvɚðəˋlɛs]	**nonetheless**

· It was raining; nevertheless, Joe insisted on going

293

on the picnic. 儘管在下雨，Joe還是堅持去野餐。

newcomer	*n.* [C] 新來者；新手
[ˋnju͵kʌmɚ]	

· I'm just a newcomer to the field.
  我只是這領域的新手。

newscaster	*n.* [C] 新聞廣播員
[ˋnjuz͵kæstɚ]	

nickname	*n.* [C] 綽號，別名；暱稱
[ˋnɪk͵nem]	*v.* 取綽號

· Bill is the nickname of William.
  Bill是William的暱稱。

nightmare	*n.* [C] 惡夢，夢魘
[ˋnaɪt͵mɛr]	

· Our trip to Rome turned into a nightmare after our
  passports were stolen.
  我們的羅馬之旅在我們的護照被偷之後變成一場
  惡夢。

noble [ˋnobḷ]	*adj.* 高貴的；高尚**=moral**；貴族
	的**=aristocratic**
	n. [C] 貴族**=aristocrat**

· The mayor praised the man's noble deeds.
  市長讚揚這男子高尚的行為。

nonetheless	*adv.* 可是，仍然**=nevertheless**

[nʌnðə`les]	
nonsense	*n.* [U] 廢話；無用的東西=**trash,**
[`nɑnsɛns]	**rubbish**
· What he said was complete nonsense.	
他說的全是廢話。	
non-stop	*adj.* 不停的；不斷的
[`nɑn`stɑp]	*adv.* 不停地；不斷地
★ non-stop flight 直飛班機	
· He sang two hours non-stop.	
他兩個小時不停地唱。	
normal	*adj.* 正常的↔**abnormal**
[`nɔrml̩]	
· A human's normal body temperature is 37°C.	
正常人體溫度是攝氏三十七度。	
normally	*adv.* 正常地；通常=**usually,**
[`nɔrml̩ɪ]	**ordinarily**
· Normally, she is not so late.	
她通常不會那麼晚到。	
north-east	*n.* 東北
[‚nɔrθ`ist]	*adj.* 東方的；(風) 來自東北的
	adv. 向東北地
north-west	*n.* 西北
[‚nɔrθ`wɛst]	*adj.* 西北方的；(風) 來自西北的

N

295

	adv. 向西北地
noun [naʊn]	*n.* [C] (文法) 名詞
nourish [ˋnɝɪʃ]	*v.* 養育=**feed, foster**；懷有

· The mother nourishes her baby with milk.
  母親用牛奶餵養嬰兒。

novelist [ˋnɑvlɪst]	*n.* [C] 小說家
nowadays [ˋnaʊəˏdez]	*adv.* 現在；現今

· Nowadays, it seems that more and more people
  cannot live without cell phones.
  現在似乎越來越多人不能生活沒有手機。

| **nowhere** [ˋnoˏ(h)wɛr] | *adv.* 任何地方都沒…
n. [U] 無處；不知名的地方；無名的狀態 |
|---|---|

★ in the middle of nowhere　荒郊野外

· Such a good secretary is nowhere to be found.
  這麼好的秘書無處可找。

· The poor child has nowhere to go.
  這個可憐的孩子沒地方可去。

| **nuclear** [ˋnjuklɪɚ] | *adj.* 核子的；核子武器的
=**atomic** |
|---|---|

★ nuclear family　小家庭

nuclear power plant 核能發電廠

nuclear weapon 核子武器

· We hope there will never be a nuclear war.

我們希望永遠不要發生核子戰爭。

N

numerous	*adj.* 許多的**=many, plentiful**
[ˈnjumərəs]	

· Our office gets numerous phone calls every day.

我們辦公室每天接到無數電話。

nun [nʌn]	*n.* [C] 修女；尼姑

★ 比較 monk 修道士；和尚

nursery	*n.* [C] 托兒所；育嬰室；苗圃
[ˈnɝsərɪ]	

★ nursery rhyme 童謠

· We have turned the spare bedroom into a nursery.

我們把多餘的房間改裝成育嬰室。

nursing	*n.* [U] 護理工作
[ˈnɝsɪŋ]	*adj.* 哺乳的

· My sister chose nursing as her career.

我姊姊選擇以護理工作為職業。

nut [nʌt]	*n.* [C] 堅果

· I like to eat roasted nuts when I watch TV.

我看電視時喜歡吃烤堅果。

nutrient	*n.* [C] 營養品，營養物

N

[`njutrɪənt]	*adj.* 營養的=**nourishing**

· Vegetables and fruits provide the nutrients
  necessary for good health.
  蔬果提供健康必需的營養。

· A person on a strict diet may suffer from a
  nutrient deficiency.
  一個嚴格控制飲食的人可能營養不良。

nutrition　　　　*n.* [U] 營養=**nourishment**
[nju`trɪʃən]

· Good nutrition is essential to a child's growth and
  development.
  良好的營養對孩子的成長與發育是必要的。

nylon [`naɪlɑn]　　*n.* [U] 尼龍 (pl.) 尼龍襪 <-s>

oak [ok]	n. [C] 橡樹
obedient · [ə`bidɪənt]	adj. 聽話的=**obliging**；服從的 <-ly adv.>

· The students are supposed to be obedient to their teachers.　學生應該服從師長。

objection [əb`dʒɛkʃən]	n. [U][C] 反對 (~ to) =**disapproval**↔**approval**

· They had no objection to giving a party.
他們不反對舉行宴會。

objective [əb`dʒɛktɪv]	adj. 客觀的↔**subjective** n. [C] 目標=**aim, goal**

· Being a reporter, you should take an objective view of the situation.
身為記者，你應該對情勢抱持客觀的看法。

observation [,ɑbzɚ`veʃən]	n. [U] 觀察；觀察力 [C] 觀測報告；評論 (~ on, about)

★ make an observation on/about...　觀察…；評述…

· He has a keen power of observation.
他有敏銳的觀察力。

observe [əb`zɝv]	v. 觀察=**watch**；遵守=**obey, follow**；評論 (~ that子句, on)

· All citizens are required to observe the laws of their country.

O

所有市民都必須遵守他們國家的法律。

obstacle	*n.* [C] 阻礙 (~ to) **=difficulty,**
[`ɑbstəkḷ]	**hindrance**

· He had overcome many obstacles to reach his
  present position.

  他必須克服許多阻礙才達到今天的地位。

obtain [əb`ten]	*v.* 獲得**=attain, gain**

· She tried to obtain a ticket to the concert.

  她想辦法要拿到音樂會的票。

obvious	*adj.* 明顯的**=apparent, plain**
[`ɑbvɪəs]	

· The solution to this riddle is obvious.

  這個謎語的解答很明顯。

obviously	*adv.* 顯然**=apparently, evidently**
[`ɑbvɪəslɪ]	

· Obviously, we are lost.   很顯然地，我們迷路了。

occasion	*n.* [C] (特殊的) 時候，場合**=case,**
[ə`keʒən]	**event**；特殊的大事；機會 (~ for
	V-ing)

· I have helped her on several occasions.

  我曾多次幫過她的忙。

occasional	*adj.* 偶爾的**=on occasion, once**
[ə`keʒənḷ]	**in a while**

· The weather forecast says it will be cloudy with occasional showers.

氣象預報説，天氣是多雲偶陣雨。

| **occupation** [ˌɑkjəˈpeʃən] | *n.* [C] 職業=**profession**；消遣 =**pastime** |

· Please write your occupation next to your name on this piece of paper.

請在這張紙上，把你的職業寫在你的名字旁邊。

| **occupy** [ˈɑkjəˌpaɪ] | *v.* 占據=**take over**；占用=**take up**；擁有；使專心於⋯ (~ in, with) =**engage** |

· The army finally occupied the hill after a long battle.

一次長久戰役之後，軍隊終於占領了那座小山。

| **odd** [ɑd] | *adj.* 奇怪的=**strange, queer, peculiar**；奇數的；偶爾的 |

· Beth is an odd girl who likes snakes.

Beth是個喜歡蛇的怪女孩。

| **offend** [əˈfɛnd] | *v.* 激怒=**annoy, irritate**；冒犯 =**insult** |

· I am sorry if I have offended you.

如有冒犯之處，還請見諒。

| **offense** [əˈfɛns] | *n.* [U][C] 冒犯 [C] 違反；犯罪 |

	[U] 攻擊↔**defense**

- Some people think the most effective defense is good offense.
  有人認為最有效的防衛就是好的攻擊。

offensive	*adj.* 攻擊的=**aggressive**;無禮
[ə`fɛnsɪv]	的;令人不愉快的=**displeasing**
	<-ly *adv.*>
	n. [C] 進攻

- She was angry at his offensive remarks.
  她對他無禮的言詞感到生氣。

oh [o]	*interj.* 哦,喔,哎喲

- "Do you know Jenny?" "Oh, she is a friend of mine." 「你認識Jenny嗎?」「喔,她是我的朋友。」

Olympic	*adj.* 奧林匹克的
[o`lɪmpɪk]	

- The athlete won eight Olympic medals at a single Olympics.
  這運動員在單屆奧運會中得到八面奧運獎牌。

oneself	*pron.* 自己,自身
[wʌn`sɛlf]	

★ by oneself　單獨地,獨自地

one-sided	*adj.* 片面的,不公平的;一面倒
[`wʌn`saɪdɪd]	的;實力懸殊的

- It's hard for his one-sided view of the issue to convince us.

  他對議題片面的看法很難說服我們。

---

onto [`ɑntu]　　　　*prep.* 到⋯上

- Suddenly, a man jumped onto the stage.

  突然有個人跳到舞臺上。

---

opener　　　　　*n.* [C] 開啟的工具

[`opənə]

★ can opener　開罐器

　bottle opener　開瓶器

---

opening　　　　　*n.* [C] 開始，開幕式；孔，空隙

[`opənɪŋ]　　　　　*adj.* 開始的

- The spectacular Beijing Olympics opening ceremony impressed every participants on the scene and every TV viewer at home and abroad.

  北京奧運壯觀的開幕式讓每一位與會者及國內外電視機前的觀眾留下深刻印象。

---

opera [`ɑpərə]　　　*n.* [U][C] 歌劇

★ Chinese opera　平劇　Taiwanese opera　歌仔戲

operator　　　　　*n.* [C] 接線生

[`ɑpə,retə]

- An operator will help you make a long-distance phone call.　接線生會幫你接通長途電話。

| **opponent** | *n.* [C] 敵手，對手=**enemy** |
| [ə`ponənt] | *adj.* 對立的；(位置) 相反的 |

| **oppose** [ə`poz] | *v.* 反對=**object**↔**agree** |

★ be opposed to... 反對…

· John opposed my suggestion strongly.
  John強烈反對我的建議。

opposite	*adj.* 相反的；對面的
[`apəzɪt]	*n.* [C] 相反的人或事物
	adv. 在…對面

· They live on the opposite side of the street.
  他們住在對街。

| **opposition** | *n.* [U] 反對=**disapproval**；(sing.) |
| [ˌapə`zɪʃən] | 反對黨 (the ~) |

· Thousands of people held a demonstration in
  opposition to the new taxes.
  數以千計的人們舉行示威遊行以反對新稅制。

➡ oppose [ə`poz] *v.* 反對

| **option** [`apʃən] | *n.* [C] 選擇=**choice, alternative** |

· He had no option but to leave.
  他除了離去別無選擇。

| **oral** [`orəl] | *adj.* 口頭的；口語的 |
| | *n.* [C] 口說測驗=**oral exam** |

· Her English oral grade is poor.

她的英文口說測驗成績很差。

O

| **orbit** [`ɔrbɪt] | *n.* [C] 軌道=**path** |
| | *v.* 沿軌道運行=**circle** |

· The satellite is in orbit around the earth.
這顆衛星正繞著地球的軌道運行。

| **orchestra** [`ɔrkɪstrə] | *n.* [C] 管弦樂團 |

| **orderly** [`ɔrdɚlɪ] | *adj.* 有規律的=**regular**↔**chaotic** |
| | *n.* [C] 傳令兵;(醫院的) 勤務員 |

· He lives a simple and orderly life.
他過著簡單規律的生活。

| **organ** [`ɔrgən] | *n.* [C] 器官 |

· The stomach is a digestive organ.
胃是消化器官。

| **organic** [ɔr`gænɪk] | *adj.* 有機的 <- ally *adv.*> |

· He has an organic farm in the south.
他在南部有個有機農場。

| **origin** [`ɔrədʒɪn] | *n.* [U][C] 起源,源頭=**beginning, start, source** |

· We have to find out the origin of the virus.
我們必須找出病毒的起源。

| **original** | *adj.* 原來的;最初的=**initial** |

| [ə`rɪdʒən!] | n. [C] 原作↔**copy** |

· The original painting of Van Gogh's *The Starry Night* is in the Museum of Modern Art in New York City.

梵谷的「星空」原畫收藏在紐約的現代美術館。

orphan [`ɔrfən]　　n. [C] 孤兒

· A rich man adopted the poor orphan.

一個有錢人領養了這個可憐的孤兒。

orphanage　　　n. [C] 孤兒院

[`ɔrfənɪdʒ]

· He grew up in an orphanage.　他在孤兒院長大。

otherwise　　　*adv.* 否則**=or**

[`ʌðɚˌwaɪz]

★ or otherwise　或相反

· Study hard; otherwise, you'll regret it.

用功讀書，否則你會後悔。

ought [ɔt]　　　*aux.* 應該**=should, be obliged to**

· You ought to give up your bad habits.

你應該戒掉壞習慣。

ounce [aʊns]　　n. [C] 盎司 (略作 oz.)

★ an ounce of...　少量…

· An ounce of practice is worth a pound of theory.

【諺】實踐勝於理論。

ourselves	*pron.* 我們自己
[aur`sɛlvz]	

· We threw a party ourselves.
  我們自己辦了個派對。

outcome	*n.* [C] 結果=**consequence, result**
[`aut,kʌm]	

· The outcome of the race disappointed me.
  賽跑的結果令我失望。

outdoor	*adj.* 戶外的↔**indoor**
[`aut,dor]	

· They are going to build an outdoor swimming
  pool. 他們要蓋一座室外游泳池。

outdoors	*adv.* 在戶外↔**indoors**
[aut,dorz]	

· The concert was held outdoors.
  這場音樂會在戶外舉行。

outer [`autɚ]	*adj.* 外面的=**outside**↔**inner**；遠離的=**distant**

· It is my dream to travel to outer space someday.
  我的夢想是有天到外太空去旅行。

outline	*n.* [C] 輪廓，外形；大綱
[`aut,laɪn]	*v.* 畫輪廓；寫大綱

★ to <u>draw up</u>/<u>make</u>/<u>sketch</u> an outline 畫出輪廓

· I am going to write an outline for my speech.
我要寫演講的大綱。

output	*n.* [U][C] 生產量；產品；輸出
[ˋaʊt,pʊt]	*v.* (電腦) 輸出↔**input**；顯示出
	(output, output, output)

· It is estimated that the factory will increase its
output by 20% next year.
據估計，這間工廠明年將增加百分之二十的產量。

| **outstanding** | *adj.* 傑出的，顯著的**=notable,** |
| [ˋaʊtˋstændɪŋ] | **famous** |

· He is an outstanding musician.
他是傑出的音樂家。

| **outward** | *adj.* 外表的；向外的↔**inward** |
| [ˋaʊtwɚd] | *adv.* 向外地 (=outwards) |

· The window opens outward.　這扇窗戶向外開。
➡ outwardly [ˋaʊtwɚdlɪ] *adv.* 表面上

| **oval** [ˋovḷ] | *adj.* 橢圓形的，卵形的 |
| | *n.* [C] 橢圓 |

| **overall** [ovɚˋɔl] | *adj.* 整體的**=general** |
| | *adv.* 整體上**=generally** |

· The overall situation is depressing.
整體狀況令人沮喪。

· Overall, I am satisfied with your accomplishment.

整體而言，我對你的表現感到滿意。

➡ overalls [ˋovɚˏɔlz] *n.* (pl.) 連身工作褲

| **overcoat** | *n.* [C] 大衣 |
| [ˋovɚˏkot] | |

| **overcome** | *v.* 克服；打敗，征服**=defeat,** |
| [ˏovɚˋkʌm] | **conquer** |

· You should try to overcome that difficulty.
  你應該想辦法克服那個困難。

overflow	*v.* 溢出，氾濫**=flow over**；充滿
[ˏovɚˋflo]	(~ with) **=be filled with**
[ˋovɚˏflo]	*n.* [U] 溢出，氾濫；(sing.) 過剩
	=excess [C] 溢口

★ an overflow of population　人口過剩

· The water overflowed because you didn't turn the
  tap off.　因為你沒關掉水龍頭，水溢出來了。
· The overflow of crops caused the prices to drop.
  農作物生產過剩造成價格下跌。

overhead	*adj.* 頭頂上的
[ˋovɚˏhɛd]	*n.* (sing.)【美】經常性支出 (=【
	英】 **overheads**)
[ˋovɚˋhɛd]	*adv.* 在頭頂上

· A flock of seagulls flew overhead.
  一群海鷗從頭頂上飛過。

309

overlook	*v.* 忽略=**ignore, neglect**；漏看；
[͵ovɚˋlʊk]	俯瞰=**look over, command**

· You should not overlook any important detail.
  你不該忽略任何重要的細節。

· Their apartment overlooks the park.
  他們的公寓可以俯瞰公園。

overnight	*adv.* 一整夜；一夕之間，忽然
[ˋovɚˋnaɪt]	=**suddenly**
	adj. 整晚的

★ an overnight millionaire　暴發戶

· I stayed at the motel overnight.
  我在汽車旅館過夜。

overtake	*v.* 追上並超過；(災難等) 突然襲
[͵ovɚˋtek]	擊=**strike**

· The family was overtaken by tragedy last year.
  這一家人去年遭遇了悲劇。

overthrow	*v.* 推翻=**topple, bring down**；廢
[͵ovɚˋθro]	除=**abolish**
[ˋovɚ͵θro]	*n.* [U] 推翻

· The rebels wanted to overthrow the communist
  government.　這群反叛者想推翻共產政體。

overweight	*adj.* 過重的
[ˋovɚˋwet]	

· She is overweight. It's hard for her to find clothes that fit.　她體重過重，很難找得到合適的衣服。

---

owe [o]　　　　　　*v.* 欠；歸功於 (~ to)

★ owing to... = due to... = because of...　因為，由於…

· I owe my success to a good education.
我的成功歸功於好的教育。

· Owing to the bad weather, all the flights were canceled.　因為天氣不好，所有班機都被取消。

---

owl [aul]　　　　　　*n.* [C] 貓頭鷹

---

ownership　　　　　　*n.* [U] 所有權=**proprietorship**
[`onɚˌʃɪp]

· The ownership of the restaurant has changed.
這家餐廳換老闆了。

---

oxygen　　　　　　*n.* [U] 氧氣
[`ɑksədʒən]

P

| **pace** [pes] | *n.* [C] 步伐，步調=**step**；運動速度=**speed** |
| | *v.* 踱步=**stride** |

· The old man walks at a slow and steady pace.
  那老人以緩慢而平穩的步伐行走。
· He was so nervous that he paced up and down in the hall.　他緊張得在大廳裡走來走去。

| **Pacific** [pə`sɪfɪk] | *adj.* 和平的=**peaceful**；太平洋的 |
| | *n.* [U] 太平洋 <the P-> |

· He sailed across the Pacific (Ocean).
  他駕船橫渡太平洋。

| **packet** [`pækɪt] | *n.* [C] 小包=**pack** |

| **pad** [pæd] | *n.* [C] 襯墊；便條本子 |
| | *v.* 填塞=**stuff** |

· He is wearing pads to protect his knees.
  他穿著襯墊／護膝以保護膝蓋。
· The seats are padded with foam rubber.
  座椅填塞了泡沫乳膠。

| **pal** [pæl] | *n.* [C] (口語) 朋友，夥伴 |

★ pen pal　筆友　key pal　網友

| **palace** [`pælɪs] | *n.* [C] 皇宮，宮殿 |

★ The National Palace Museum　故宮博物院

| **palm** [pɑm] | *n.* [C] 手掌；棕櫚樹=**palm tree** |

	v. (變魔術時) 把…藏在手中

· The fortune-teller read her palm.
  算命先生幫她看過手相。

pancake [ˋpæn͵kek]	n. [C] 薄煎餅

panel [ˋpænl̩]	n. [C] 嵌板;討論小組 **=discussion group**

· A panel of experts were asked their opinions about
  the problem.
  一組專家被問及他們對這問題的看法。

panic [ˋpænɪk]	n. [U][C] 恐慌**=anxiety** v. 驚慌失措 (panic, panicked, panicked) **=fear, scare**

★ <u>cause</u>/<u>create</u> panic 引起恐慌

· It is important not to panic during an earthquake.
  地震時,重要的是不要慌張。

papa [ˋpɑpə]	n. 爸爸**=father**

parachute [ˋpærə͵ʃut]	n. [C] 降落傘 v. 跳傘

· He landed by parachute. 他用降落傘降落。

parade [pəˋred]	n. [C] 遊行**=march** v. 遊行;誇耀**=show off**

· Many cities in America usually have parades on

Independence Day/the Fourth of July.

很多美國城市通常在獨立紀念日 (七月四日) 會有
遊行。

---

paradise　　　　　　*n.* [U] 天堂=**heaven**↔**hell** [C]
[ˋpærə͵daɪs]　　　　　　樂園

· Hong Kong used to be a shopper's paradise.
　香港過去曾是購物者的天堂。

---

paragraph　　　　　　*n.* [C] 段落
[ˋpærə͵græf]

· The teacher told me that my essay should have
　three paragraphs.
　老師告訴我，我的散文應該要有三個段落。

---

parallel　　　　　　*adj.* 平行的 (~ with/to)；同等的
[ˋpærə͵lɛl]　　　　　　(~ to) =**equivalent**；類似的
　　　　　　　　　　　n. [C] 平行線；同等的事物
　　　　　　　　　　　=**equivalence**；類似之處
　　　　　　　　　　　v. 與…平行；與…對應

★ in parallel with...　與…平行；與…同時

· The road runs parallel with/to the stream.
　這條路與河流平行。

· Draw a parallel to the first line.
　畫一條與第一條平行的線。

· His theories parallel those of the professor.

他的理論與那位教授的相對應。	
parcel [ˈpɑrsḷ]	*n.* [C] 包裹=**package** *v.* 分裝
parking [ˈpɑrkɪŋ]	*n.* [U] 停車
★ parking fine　停車罰單	
parliament [ˈpɑrləmənt]	*n.* [C] 國會
➠ parliamentary [pɑrləˈmɛntərɪ] *adj.* 國會的	
part [pɑrt]	*n.* [C] 部分=**portion**；角色=**role** *v.* 分開=**separate**；使分離
★ take part in...　參加… 　　play an important part 　　扮演重要角色；占有重要的地位 ・Mother divided the cake into four parts. 　媽媽把蛋糕分成四份。 ・He is going to play the part of Hamlet. 　他將扮演哈姆雷特的角色。	
partial [ˈpɑrʃəl]	*adj.* 部分的；偏心的↔**impartial**
・I've always been partial to chocolate. 　我一向偏愛巧克力。	
participant	*n.* [C] 參加者 (~ in)

315

[pə`tɪsəpənt]

· All the participants in the game are under the age of 20. 所有參賽者的年齡都在二十歲以下。

participate　　　　*v.* 參加 (~ in) =**take part in**
[par`tɪsə,pet]

· He is not going to participate in the race.
他不會參加賽跑。

participle　　　　*n.* [C] (文法) 分詞
[`partəsəpl̩]

particularly　　　　*adv.* 尤其=**especially**
[pə`tɪkjələ·lɪ]

· This is a nice place to live, particularly in the summer. 這裡很適合居住，尤其是夏天。

partnership　　　　*n.* [U] 合作=**cooperation** [C] 合
[`partnə·,ʃɪp]　　　　夥關係；合夥公司

· She has gone into partnership with a friend and started a restaurant.
她和老朋友合夥開了一家餐廳。

passage　　　　*n.* [C] 一段 (文章)；通路=**way**；
[`pæsɪdʒ]　　　　通過

· Read the passage carefully and answer the questions. 仔細閱讀文章並回答問題。

passion　　　　*n.* [U][C] 熱情=**enthusiasm**；熱

| [ˋpæʃən] | 愛 (~ for) |

★ passion fruit 百香果

· She has a passion for folk music.
  她熱衷於民俗音樂。

| **passive** [ˋpæsɪv] | *adj.* 被動的；消極的 |

· The teachers complained that the students were
  too passive. 老師們抱怨學生們太被動了。

| **passport** [ˋpæs‚port] | *n.* [C] 護照 |

| **pasta** [ˋpɑstə] | *n.* [U] (義大利式的) 麵食 |

| **pat** [pæt] | *n.* [C] 輕拍 |
| | *v.* 輕輕地拍 |

· He gave me a pat on the shoulder. = He patted me
  on the shoulder. 他拍拍我的肩膀。

| **patience** [ˋpeʃəns] | *n.* [U] 耐心；忍耐力 =**endurance** |

· It takes great patience to take care of small
  children. 照顧小孩需要很大的耐心。

| **patriotic** [petrɪˋɑtɪk] | *adj.* 愛國的 |

| **pave** [pev] | *v.* 鋪路 |

· Several workers are paving the road with asphalt.
  有幾個工人正在用柏油鋪路。

P

| **paw** [pɔ] | n. [C] (狗、貓的) 腳掌 |
| | v. 用前爪抓 |

· The cat pawed at the dead bird.
  那隻貓用爪子撥弄死鳥。

| **payment** | n. [U] 支付 [C] 支付金額 |
| [ˋpemənt] | |

· They require fifty percent of the payment in
  advance.　他們要求先付百分之五十的錢。

pea [pi]	n. [C] 豌豆
peak [pik]	n. [C] 山頂；頂點**=top**
	adj. 最高的
	v. 達到頂點

· After a long climb, they finally reached the
  snow-capped peak.
  攀爬許久後，他們終於到達白雪皚皚的山頂。

peanut [ˋpinət]	n. [C] 花生
pearl [pɝl]	n. [C] 珍珠
peasant	n. [C] 農民；鄉巴佬
[ˋpɛznt]	
pebble [ˋpɛbl̩]	n. [C] 小石子**=stone**

· The little girl is picking up pebbles at the beach.
  小女孩在海灘撿小石頭。

| **peculiar** | adj. 奇怪的**=strange, odd**；獨特 |

[prˋkjuljɚ]	的 (~ to) =**unique** <-ly *adv.*>

· There is something peculiar about his behavior today. 他今天的行為有點奇怪。

pedal [ˋpɛdl̩]	*n.* [C] (腳踏車的) 踏板
	v. 踩踏板

· They had to pedal their bikes hard up the hill.
他們得用力地踩著腳踏車上坡。

peel [pil]	*n.* [U][C] (蔬、果的) 外皮
	v. 削皮

· She slipped on a banana peel.
她踩在香蕉皮上滑倒了。

· She is peeling some potatoes. 她正在削馬鈴薯。

peep [pip]	*v.* 偷看=**peek**;瞥見=**glimpse**
	n. [C] 偷看;瞥見

★ Peeping Tom 偷窺狂
· The boy is peeping through a hole in the fence.
男孩正從圍牆的小洞窺視。

peer [pɪr]	*n.* [C] 同儕
	v. 仔細看 (~ at, into) =**gaze,**
	stare;隱約出現=**emerge, appear**

· The writer was respected by his peers.
這位作家很受同儕的尊重。

penalty	*n.* [C] 刑罰,處罰=**punishment**;

[ˈpɛnḷtɪ]	不利之處

· The penalty for murder is death.
  謀殺罪的刑罰是死刑。

penguin
[ˈpɛngwɪn]
n. [C] 企鵝

· Penguins are native to the Antarctic.
  企鵝原產於南極。

penny [ˈpɛnɪ]
n. [C] 一分錢

· A penny saved is a penny earned.
  【諺】省一文錢便賺一文錢。

per [pɚ]
prep. 每=for each

· The speed limit here is sixty-five miles per hour.
  這裡的速限是六十五英里。

percent
[pɚˈsɛnt]
n. [C] 百分之…

· Only thirty percent of the students passed the
  exam.　只有百分之三十的學生通過考試。

percentage
[pɚˈsɛntɪdʒ]
n. [C] 百分比

· A large percentage of young people have access to
  the Internet.　大多數的年輕人都能上網。

perfection
[pɚˈfɛkʃən]
n. [U] 完美

· The dress was made to perfection. 這件洋裝做得非常完美。	
perfectly ['pɝfɪktlɪ]	*adv.* 完美地；極佳地；非常地 **=quite, very**
· I'm perfectly satisfied with the result. 我對這個結果十分滿意。	
perform [pɚ`fɔrm]	*v.* 執行**=carry out**；表演**=present**
· The doctor is performing an operation now. 醫生現在正在動手術。	
performance [pɚ`fɔrməns]	*n.* [C] 表演**=presentation** [U] (工作) 表現；執行
· The famous rock group will give three performances in Taiwan. 這個聞名的搖滾樂團在臺灣將有三場表演。	
performer [pɚ`fɔrmɚ]	*n.* [C] 表演者；執行者
perfume ['pɝfjum] [pɚ`fjum]	*n.* [U][C] 香水；(花的) 香味 **=fragrance** *v.* 使充滿香氣；灑香水於…
permanent ['pɝmənənt]	*adj.* 永久的 **=endless↔temporary** <-ly *adv.*>

	v./n. [C] 燙髮 (=perm)

- There is little chance of permanent peace in the world. 世界上不太可能有永久的和平。
- The accident left him permanently disabled.
  那場意外造成他終身殘障。

---

permission　　　　*n.* [U] 許可 [C] 准許證，許可證
[pə`mɪʃən]

- You must get the teacher's permission before you can leave the classroom.
  你離開教室前必須先徵求老師的同意。

---

permit　　　　*n.* [C] 許可證=**license**
[`pɝmɪt]
[pə`mɪt]　　　　*v.* 准許=**allow**

★ weather permitting = if (the) weather permits
　如果天氣允許
- We'll have a picnic in the woods, weather permitting. 如果天氣允許，我們將在林子裡野餐。
- You must get a permit to fish here.
  你必須有許可證才能在這裡釣魚。

---

persist [pə`sɪst]　　　　*v.* 堅持，固執 (~ in) =**persevere**；
　　　　　　　　　　　　　　持續=**continue**

- Bill persisted in his opinion. Bill堅持己見。
➡ persistent [pə`sɪstənt] *adj.* 堅持的，固執的；持續

➡ persistently [pɚ`sɪstəntlɪ] *adv.* 堅持地，固執地；不斷地

➡ persistence [pɚ`sɪstəns] *n.* [U] 堅持，固執；持續

---

personality [ˌpɝsn̩`ælətɪ]   *n.* [U][C] 個性；人格=**character**

· He has a strong personality. 他的個性很強。

---

persuade [pɚ`swed]   *v.* 說服；使確信=**convince**

· They tried to persuade him to give up.
他們試著勸他放棄。

---

persuasion [pɚ`sweʒən]   *n.* [U] 說服

---

persuasive [pɚ`swesɪv]   *adj.* 有說服力的=**convincing, influential** <-ly *adv.*>

· Your excuses are not very persuasive.
你的藉口沒什麼說服力。

---

pessimistic [ˌpɛsə`mɪstɪk]   *adj.* 悲觀的 (~ about) ↔**optimistic**

· We are pessimistic about the economic situation.
我們對經濟情勢感到悲觀。

---

pest [pɛst]   *n.* [C] 害蟲；令人討厭的人

· Flies and mosquitoes are pests.

蒼蠅和蚊子是害蟲。

---

petal [`pɛtl]   *n.* [C] 花瓣

---

petrol [`pɛtrəl]   *n.* 汽油=gas,【美】**gasoline**

· They filled their car up with petrol before taking a
  long drive. 他們在開長途車之前把油加滿。

---

phenomenon   *n.* [C] 現象 <pl. phenomena>

[fə`namə,nan]

· A rainbow is a beautiful natural phenomenon.
  彩虹是美麗的自然現象。

---

philosopher   *n.* [C] 哲學家

[fə`lasəfə]

---

philosophical   *adj.* 哲學的;豁達的

[,fɪlə`safɪkl]

---

philosophy   *n.* [U] 哲學 [C] 哲學 (體系);人

[fə`lasəfɪ]   生觀

★ philosophy of life 人生觀

· The artist's paintings reflect his philosophy that
  life is beautiful.
  這個藝術家的畫作反映出他覺得人生美妙的人生
  觀。

---

photographic   *adj.* 攝影的

[fotə`græfɪk]

· Photographic images can be stored on a CD.

攝影圖像可以儲存在光碟上。

photography [fə`tɑgrəfɪ]	*n.* [U] 攝影
phrase [frez]	*n.* [C] 片語 *v.* 表明=**express**,闡述

· He tried to phrase his answer carefully.
  他試著字斟句酌地作答。

physical [`fɪzɪk!]	*adj.* 身體的↔**spiritual, mental** <-ly *adv.*> *n.* [C] 身體檢查=**physical examination**

· Physical exercise is good for the body.
  體能運動對身體很好。

physician [fə`zɪʃən]	*n.* [C] 醫生=**doctor**;內科醫生 ↔**surgeon**

· The physician gave him a physical checkup.
  醫生為他做身體檢查。

physicist [`fɪzəsɪst]	*n.* [C] 物理學家
pianist [pɪ`ænɪst]	*n.* [C] 鋼琴家
pilgrim [`pɪlgrɪm]	*n.* [C] 朝聖者;進香客

325

· Some pilgrims make a long journey to Mecca
every year.
有些朝聖者每年長途跋涉去回教聖地麥加。

---

pill [pɪl]   *n.* [C] 藥丸**=tablet**

★ sleeping pills   安眠藥

· I have to take pills to control my blood pressure.
我必須服用藥丸來控制我的血壓。

---

pilot [ˋpaɪlət]   *n.* [C] 飛行員;領航員
                      v. 駕飛機;引導**=lead, guide**

---

pine [paɪn]   *n.* [C] 松樹
                 v. 渴望;(因悲傷而) 憔悴

---

ping-pong   *n.* [U] 乒乓球**=table tennis**

[ˋpɪŋ͵pɑŋ]

· Table tennis is the official name for ping-pong.
桌球是乒乓球的正式名稱。

---

pint [paɪnt]   *n.* [C] 品脫 (=0.55公升)

---

pioneer   *n.* [C] 拓荒者;先驅

[͵paɪəˋnɪr]   *v.* 成為先驅

· The Wright brothers pioneered the development
of airplanes.   萊特兄弟是發展飛機的先驅。

---

pirate [ˋpaɪrət]   *n.* [C] 海盜;剽竊者
                   v. 從事海盜行為;盜版**=poach,**

                   copy

- It is illegal to pirate videos.
  盜版錄影帶是違法的。

| **pit** [pɪt] | *n.* [C] 坑洞=**hole**；果核 |
| | *v.* 挖坑於；除去…的核=**stone** |

- He fell into a pit.　他掉到洞裡。

| **pitch** [pɪtʃ] | *n.* [U][C] 音調=**tone**；投球 |
| | *v.* 投擲=**toss, throw** |

- The singer raised her voice to a higher pitch.
  歌手提高她的聲音到更高的音調。

| **pity** [ˋpɪtɪ] | *n.* [U] 遺憾；同情；憐憫；令人惋惜的事 (a ~) |
| | *v.* 可憐，同情 |

- It's a pity that you can't come with us.
  可惜你不能和我們一起來。

| **plastic** [ˋplæstɪk] | *adj.* 塑膠的 |
| | *n.* [U] 塑膠 [C] 塑膠製品 |

- We should not use so many plastic bags.
  我們不應該用這麼多塑膠袋。

| **plentiful** [ˋplɛntɪfəl] | *adj.* 豐富的，充足的=**abundant** |

- We have a plentiful food supply.
  我們的食物供應充足。

| **plenty** [ˋplɛntɪ] | *n.* [U] 大量，許多=**lots** |

	adv. 充分地；的確
· There are plenty of books in the library. 圖書館有豐富的藏書。	
plot [plɑt]	*n.* [C] (故事的) 情節；陰謀 **=conspiracy** *v.* 圖謀**=conspire**；標出位置
· The criminals formed a plot to rob the bank. 罪犯計畫搶劫銀行。	
· Some people were plotting to overthrow the government. 有些人圖謀推翻政府。	
plug [plʌg]	*n.* [C] 插頭；塞子；栓 *v.* 插插頭；堵住，塞住
· You must plug the hairdryer into the outlet in order to use it. 你必須把吹風機的插頭插入插座才能使用它。	
plum [plʌm]	*n.* [C] 李子 *adj.* (工作) 好的，值得擁有的
plumber [ˋplʌmɚ]	*n.* [C] 水管工人
· I'm going to have a plumber fix the toilet. 我要找個水管工人來修馬桶。	
plural [ˋplʊrəl]	*adj.* 複數的↔**singular** *n.* [C] 複數

poet [`poɪt]	n. [C] 詩人

· The poet did not become famous until after his death 這詩人死後才出名。

poetry [`poɪtrɪ]	n. [U] 詩集 (集合名詞) =poems

· I like poetry. 我喜歡詩。

poisonous [`pɔɪznəs]	adj. 有毒的=toxic；充滿惡意的 =vicious

· Some plants are poisonous. 有些植物有毒。

pole [pol]	n. [C] 棒，柱，竿；極

★ the North/South Pole 北／南極

polish [`palɪʃ]	v. 擦亮=brighten n. [U] 光澤 [U][C] 亮光劑

★ shoe polish 鞋油　nail polish 指甲油

· You should polish your shoes. 你該擦亮鞋子。

political [pə`lɪtɪkl]	adj. 政治的 <-ly adv.>

· We have several political parties in our country.
我們國家有好幾個政黨。

politician [ˌpalə`tɪʃən]	n. [C] 政客；從政者

· Many people think politicians cannot be trusted.
很多人認為政客不能信任。

politics	n. [U] 政治；政治學

329

P

[`palə,tɪks]

poll [pol]	n. [C] 投票；民意調查
	v. (在選舉中) 得票；進行民調
	=survey

· Most recent polls show that support for the
  government is declining.
  最近的民調顯示政府的支持率降低。

pony [`ponɪ]	n. [C] 小型馬
pop [pɑp]	n. [C] 啪的一聲 [U] 流行音樂
	v. 砰地裂開；突然做…

★ pop songs　流行歌

· He opened the champagne bottle with a pop.
  他啪的一聲把那瓶香檳打開。

port [port]	n. [C] 港，港口**=harbor**

★ in port　在港口，停泊中的

· All the ships in port were destroyed by the
  bombing.　港內的船隻都被炸毀了。

portable	adj. 手提式的，可攜帶的
[`portəbl̩]	n. 攜帶式的

· She is carrying a portable computer.
  她拿著一臺手提電腦。

porter [`portɚ]	n. [C] 搬運工**=carrier**
portion	n. [C] 一部分；(食物的) 一份

[ˋporʃən]	=serving；分得的份

· He took away a large portion of the profits.
　他拿走一大部分的利潤。

portrait	*n.* [C] 肖像
[ˋportret]	

· There is a portrait of the president on the wall.
　牆上有一幅總統的肖像。

portray	*v.* 描繪=depict
[porˋtre]	

· The writer is good at portraying life in the
　country.　這位作家擅長描寫鄉村生活。

pose [poz]	*n.* [C] 姿勢=posture
	v. 擺姿勢 (~ for)；提出 (問題)
	=raise；產生 (問題) =cause

· He is sitting in a relaxed pose.
　他以輕鬆的姿勢坐著。

· The model posed for a photo.
　模特兒擺好姿勢照相。

possess [pəˋzɛs]	*v.* 擁有=own

· He possesses great wealth.　他擁有許多財富。

possession	*n.* [U] 擁有
[pəˋzɛʃən]	

★ in possession of...　擁有…

take possession of... 持有…

· He came into possession of a large fortune.
他獲得了一大筆財產。

possibility	*n.* [U][C] 可能性
[ˌpɑsə`bɪlətɪ]	

· There is little possibility of survival after the plane crash. 墜機後生還的可能性很小。

possibly	*adv.* 或許，也許=**probably,**
[`pɑsəblɪ]	**maybe**

· You may possibly be right about that.
關於那件事你可能是對的。

post [post]	*n.* [U] 郵件=**mail**；郵政 [C] 柱子；桿=**pole**；職位=**position**；(士兵的) 崗位
	v. 郵寄=**mail**；張貼；委派，調任

★ postcard 明信片　telegraph post 電線桿

· Please check if the post/mail has come yet.
請看看信來了沒。

· They posted a notice on the bulletin board.
他們把公告貼在告示板上。

postage	*n.* [U] 郵資
[`postɪdʒ]	

· How much postage should I pay for this parcel?

這包裹需要付多少郵資？

postal [postl]	*adj.* 郵政的；郵寄的

★ postal service　郵政業務

poster [ˋpostɚ]	*n.* [C] 海報
postman [ˋpostmən]	*n.* [C] 郵差
postpone [postˋpon]	*v.* 延期=**put off, delay, defer**

· The game has been postponed until next Tuesday.
　球賽延到下星期二。

potential [pəˋtɛnʃəl]	*adj.* 潛在的；有可能的 *n.* [U] 潛力；可能性 (~ for)

· They introduced the latest model of the car to the
　potential customers.
　他們將最新的車款介紹給有潛力的客戶。

· Parents should encourage children to develop their
　potential.　父母親應該鼓勵孩子發展潛力。

➠ potentially [pəˋtɛnʃəlɪ] adv.　潛在地；有可能地

pottery [ˋpatɚɪ]	*n.* [U] 陶器類
poultry [ˋpoltrɪ]	*n.* (pl.) 家禽 [U] 家禽的肉
pound [paʊnd]	*n.* [C] (重量單位) 磅；(英國幣

	制) 英鎊
	v. 猛烈敲擊

· Butter is sold by the pound. 奶油是論磅來賣的。

pour [por]	*v.* 倒 (水)；(人群) 湧入；(雨) 傾盆而下

· The crowd poured into the square to celebrate the victory. 群眾不斷地湧入廣場來慶祝勝利。

· It was pouring last night.
昨天晚上下著傾盆大雨。

poverty	*n.* [U] 貧窮
[ˋpɑvɚtɪ]	

· After her husband died, the old woman lived in poverty. 這老太太在先生去世後生活貧困。

powerless	*adj.* 無力的；無能的
[ˋpaʊɚlɪs]	

· The little girl was powerless and couldn't lift the small chair. 小女孩無力舉起小椅子。

practical	*adj.* 實際的；實用的
[ˋpræktɪkl]	**=useful↔impractical**
	n. [C] 實地測驗；實習

· Your plan is not very practical. I am afraid you won't be able to put it into practice.
你的計畫不大實際，恐怕將不能實行。

practise	*v.* 練習;實行
[ˋpræktɪs]	

· He practises playing the piano every day.
  他每天練習彈鋼琴。

prayer [prɛr]	*n.* [U] 禱告 [C] 禱文

· The child said a prayer before going to bed.
  這個小孩在睡前禱告。

precise	*adj.* 精確的=**exact, accurate**
[prɪˋsaɪs]	<-ly *adv.*>

· The language of science is usually very precise.
  科學用語通常都相當精確。

predict	*v.* 預測=**forecast, foresee,**
[prɪˋdɪkt]	**foretell**

· It is still impossible to predict earthquakes
  accurately.　我們仍無法準確地預測地震。

prediction	*n.* [U][C] 預測=**forecast**
[prɪˋdɪkʃən]	

· The experts made a prediction that the economy
  will improve next year.
  專家預測明年經濟會好轉。

preferable	*adj.* 更令人喜歡的 (~ to);更好
[ˋprɛfrəb!]	的 (~ to)

· Health is preferable to wealth.　健康比財富更好。

pregnancy	*n.* [U][C] 懷孕
[ˋprɛgnənsɪ]	

· Many women have morning sickness during the first stage of pregnancy.
很多女人在懷孕初期會害喜。

pregnant	*adj.* 懷孕的
[ˋprɛgnənt]	

· My wife is five months pregnant.
我太太懷了五個月的身孕。

preparation	*n.* [U][C] 準備 (~ for)
[ˌprɛpəˋreʃən]	

★ make preparations for...　準備…
· Steven studied all night in preparation for the exam.　Steven整晚唸書準備考試。

prepared	*adj.* 準備好的
[prɪˋpɛrd]	=ready↔unprepared

· I am prepared to face any possible difficulty.
我已經準備好面對任何可能的困難。

presence	*n.* [U][C] 存在↔absence；出席
[ˋprɛzn̩s]	=attendance

★ in the presence of sb.　在某人的面前
· The police have detected the presence of alcohol in his blood.　警察查出他的血液中含有酒精。

presentation [ˌprɛznˋteʃən]	*n.* [U][C] 贈送；演出；發表

· The content of the book is good, but the
  presentation is lacking.
  這本書的內容很好，但是表現方式不佳。

presently [ˋprɛzn̩tlɪ]	*adv.* 一會兒，立刻**=soon, before long**

· I'll do it presently, after I have finished reading
  the novel.　等我讀完這本小說之後就會立刻去做。

preserve [prɪˋzɝv]	*v.* 維持**=maintain**；保護 **=protect**；保存 (食品等) *n.* [C] 保護區

★ a wildlife preserve　野生動物保護區

· The leaders hope to preserve the peace in the area.
  領導者們希望能維持這個地區的和平。

presidential [ˌprɛzəˋdɛnʃəl]	*adj.* 總統的

★ presidential election/candidate　總統大選／候選人

pressure [ˋprɛʃɚ]	*n.* [U][C] 壓力**=stress** *v.* 給…施加壓力

★ blood pressure　血壓

· Many students suffer great pressure preparing for

exams. 很多學生為了準備考試承受極大的壓力。

pretend
[prɪ`tɛnd]
v. 假裝 (~ to V., that子句)
=make believe

· He pretended to be sick so he wouldn't have to go to work. 他假裝生病就可以不用去上班。

prevent
[prɪ`vɛnt]
v. 阻止，使…不能 (~ from)
=stop；預防

· The heavy rain prevented me from going out.
大雨阻止我外出。

prevention
[prɪ`vɛnʃən]
n. [U] 預防**=avoidance**；阻止
[C] 預防措施

· An ounce of prevention is worth a pound of cure.
【諺】預防勝於治療。

preview
[pri`vju]
[`pri,vju]
v. 預習↔**review**；看試映
n. [C] 試映；預告片

· You should preview the lesson before the class.
你在上課前應先預習功課。

· Critics are invited to attend the preview of the film. 影評人受邀參加該片的試映會。

previous
[`privɪəs]
adj. 先前的**=former,**
prior↔**later**；預先的

★ previous to... = before 在…之前

- Do you have any previous teaching experience?
  你以前有沒有教書的經驗？

| **pride** [praɪd] | *n.* [U] 自尊心**=self-respect**；驕傲 **=arrogance**，自負 |
| | *v.* 對⋯自豪，以⋯為傲 |

★ take pride in... 對⋯感到驕傲

pride oneself upon... 對⋯感到自豪

- You have hurt his pride by pointing out his mistake. 你指出他的錯誤而傷了他的自尊。

| **primary** [ˈpraɪ͵mɛrɪ] | *adj.* 最重要的**=chief**；最初的 **=first** |

★ primary school 小學

- Her health is my primary concern.
  她的健康是我最關心的事。

prime [praɪm]	*adj.* 首要的**=primary**；最好的，一流的**=best**；質數的
	n. 全盛，最盛期
	v. 準備；準備好做⋯

★ prime minister 首相

- I enjoy watching prime time TV shows.
  我喜歡看黃金時段的電視節目。

| **primitive** [ˈprɪmətɪv] | *adj.* 原始的**=ancient, prehistorical**；初期的 |

· Primitive tools have been found underground.
有些原始的工具在地底下被發現。

privacy [ˈpraɪvəsɪ]	*n.* [U] 隱私；私下，祕密

· I don't want my privacy to be disturbed.
我不願隱私被侵犯。

privilege [ˈprɪvlɪdʒ]	*n.* [C][U] 特權**=right**；特殊榮幸，特惠**=honor** *v.* 給…特權

★ <u>enjoy/exercise/have</u> a privilege 享受／行使／擁有特權

· It is a privilege to work with such a great scientist.
和這麼偉大的科學家一起工作真是榮幸。

probable [ˈprɑbəbl̩]	*adj.* 有可能的 **=possible↔improbable**；有希望的

· It is highly probable that he will quit his job.
他很可能會辭職。

procedure [prəˈsidʒɚ]	*n.* [C] 手續；程序；步驟；(事情的) 進行**=process**

· You must follow certain procedures to set up a printer.　你必須遵循一定的步驟來裝設印表機。

proceed	*v.* (暫停後) 繼續進行**=progress**；

[prə`sid]	開始著手進行

· Please proceed with your story.
　請繼續説你的故事。

process	*n.* [C] 過程=**course**；方法，製作
[`prɑsɛs]	法=**method, procedure**
	v. 加工處理

· Foods are processed so that they can last longer.
　食品經過加工才能保存久一點。

producer	*n.* 生產者；(電影、戲劇等) 製作
[prə`djusɚ]	人

· Brazil is the leading coffee producer in the world.
　巴西是世界最大的咖啡出產國。

productive	*adj.* 有生產力的
[prə`dʌktɪv]	↔**unproductive**；多產的

· He is a productive writer; he has written three
　books in the past six months.
　他是多產的作家，過去六個月他寫了三本書。

profession	*n.* [C][U] 職業=**occupation,**
[prə`fɛʃən]	**vocation**；專業=**specialty**

★ by profession　以…為職業

· It's never too late to change your profession.
　要改變你的職業永遠不嫌晚。

professional	*n.* [C] 專業人員↔**amateur**；職

[prə`fɛʃənl̩]	業選手
	adj. 職業的**=occupational,**
	vocational

· He is a professional photographer.
他是職業攝影師。

profit [`prɑfɪt]	*n.* [C][U] 收益，利潤**=benefit,**
	gain↔loss；益處
	v. 獲利

★ profit <u>by/from</u>... 從⋯獲益

· He made a large profit from selling computers.
他賣電腦賺很多錢。

| **profitable** | *adj.* 賺錢的**=money-making**；有 |
| [`prɑfɪtəbl̩] | 利可圖的**=beneficial** |

· The publishing business is not very profitable.
出版業不怎麼賺錢。

progressive	*adj.* 進步的**=advanced**；漸進的
[prə`grɛsɪv]	**=gradual**
	n. [C] 進步論者

· People are pressing for a more progressive social
policy. 人民要求更進步的社會政策。

| **prohibit** | *v.* 禁止 (~ from) **=forbid**；阻止 |
| [pro`hɪbɪt] | (~ from) **=prevent, hinder** |

· Smoking is strictly prohibited in this area.

P

這個區域嚴禁吸煙。	
prominent [`pramənənt]	*adj.* 突出的；顯著的=**obvious**； 著名的=**well-known, prestigious** <-ly *adv.*>

· We ask that the new product be displayed in a
  prominent position.
  我們要求新產品要放在顯眼的位置。

promising [`pramısıŋ]	*adj.* 有前途的=**favorable,** **hopeful**↔**unpromising**

· He is a promising young man.
  他是個有前途的年輕人。

promote [prə`mot]	*v.* 促銷；促進 (成長、進步)；提 升 (地位、層級)

· They gave away free samples to promote the new
  product. 他們贈送免費樣品以促銷新產品。

promotion [prə`moʃən]	*n.* [U] 促銷；促進 =**improvement**；提升

· They are making efforts for the promotion of
  world peace. 他們為促進世界和平努力。

prompt [prampt]	*adj.* 迅速的=**quick, instant**；立即 交付的 <-ly *adv.*> *v.* 促使=**propel, drive, motivate** *n.* [C] (戲劇) 在暗處提詞

343

P

- We need a prompt solution to the problem.
  我們需要一個迅速的解決之道。

| **pronunciation** | *n.* [U][C] 發音 |
| [prə͵nʌnsɪ`eʃən] | |

- We need a prompt solution to the problem.
  我們需要一個迅速的解決之道。

proof [pruf]	*n.* [U] 證據=**evidence** [C] 證物
	adj. 耐…的;不透 (水、子彈等)
	的

★ in proof of...　作為…的證據

- We have a lot of proof against him.
  我們有很多不利於他的證據。

proper	*adj.* 適當的
[`prapɚ]	=**appropriate**↔**improper**;正當
	的,正確的

- We are looking for a proper place for the meeting.
  我們在找適當的地方開會。

| **properly** | *adv.* 適當地;正當地,正確地 |
| [`prapɚlɪ] | |

- You have to behave properly.　你必須行為正當。

| **property** | *n.* [C] 性質,屬性 <常-ies> [U] |
| [`prapɚtɪ] | 財產=**possessions** |

- He divided his property among his three sons.

他把財產分給三個兒子。

P

proportion	*n.* [C] 部分**=part, portion**；比例
[prə`porʃən]	(~ of A to B) **=ratio**
	v. 成比例 (~ A to B)

★ in proportion to...　與…成比例；按…的比例

★ out of proportion to...　與…不成比例

· A large proportion of the trainees drop out in the first month.　大部分的受訓者第一個月就退出了。

· The furniture is well proportioned to the room. 家具與房間很相稱。

| **proposal** | *n.* [C] 提議**=suggestion** |
| [prə`pozl̩] | |

★ <u>make/put forward</u> a proposal　提議

· His proposal was turned down. 他的提議被否決。

---

prospect	*n.* [C][U] (瞭望的) 景色；希望；
[`prɑspɛkt]	指望；(pl.) 前途 <-s>
	v. 探勘 (~ for) **=seek, explore**

★ <u>career/job/business</u> prospects　生涯／工作／商務前景

★ in prospect　即將到來的

· The house commands a fine prospect of the valley.　從這房子可以眺望山谷的美景。

345

- They are prospecting for oil.　他們在探勘石油。

➠ prospective [prə`spɛktɪv] *adj.* 即將到來的；有希望的

---

prosper	*v.* 繁榮，興盛=**thrive**
[`prɑspɚ]	

- His business is prospering.　他的生意興隆。

---

prosperity	*n.* [U] 繁榮=**affluence**；昌盛
[prɑs`pɛrətɪ]	

- The prosperity of a country depends on the quality
  of its education.

  一個國家的興衰決定於教育的品質。

---

prosperous	*adj.* 繁榮的=**affluent, thriving**；
[`prɑspərəs]	順利的

- Her father is a prosperous merchant.

  她的父親是富裕的商人。

---

protective	*adj.* 防護的；保護的 <-ly *adv.*>
[prə`tɛktɪv]	

★ be protective of/towards...　對…保護的

- You should apply some protective cream to your
  skin.　你應該在皮膚上擦些防護乳霜。

---

protein	*n.* [U] 蛋白質 (集合名詞)
[`protin]	

---

protest	*v.* 抗議，反對 (~ against)

[prə`tɛst]	=object↔agree
[`protɛst]	*n.* [U][C] 抗議

· Some people are protesting against the new law.
  有些人反對新的法律。

proverb	*n.* [C] 諺語=saying, maxim
[`prɑvɝb]	

· "Haste makes waste" is a proverb.
  「欲速則不達」是句諺語。

province	*n.* [C] 省
[`prɑvɪns]	

· Sichuan is a province of the Republic of China.
  四川是中國的一個省。

➠ provincial [prə`vɪnʃəl] *adj.* 省的；地方的，鄉下的

psychological	*adj.* 心理上的
[ˌsaɪkə`lɑdʒɪkl̩]	

· That young man has psychological problems.
  那個年輕人有心理上的問題。

psychologist	*n.* [C] 心理學家
[saɪ`kɑlədʒɪst]	
psychology	*n.* [U] 心理學
[saɪ`kɑlədʒɪ]	
pub [pʌb]	*n.* [C]【英】酒館=【美】bar
publication	*n.* [U] 出版；公布 [C] 刊物

[ˌpʌblɪ`keʃən]

publicity [pʌb`lɪsətɪ]	n. [U] 公開 (性)，出名；宣傳

· The women's movement has received a good deal of publicity in recent years.

女權運動近年來聲名大噪。

publish [`pʌblɪʃ]	v. 出版=**print, issue**；發表

· I was excited to have my first book published.

我很興奮能出版我第一本書。

publisher [`pʌblɪʃə]	n. [C] 出版商=**press, publishing house**

pudding [`pʊdɪŋ]	n. [C][U] 布丁

· She made a pudding for the Christmas dinner.

她為聖誕節晚餐做了一個布丁。

punch [pʌntʃ]	n. [C] 一拳 (~ in, on) =**blow, hit** v. 用拳猛擊=**box**；打孔

★ punching bag   (拳擊用) 沙包

· The boxer gave his opponent a punch in the stomach.   拳擊手一拳打在對手的肚子上。

punctual [`pʌŋktʃʊəl]	adj. 準時的=**on time**↔**late** <-ly adv.>

P

- He is always punctual for appointments.
  他約會總是準時到達。

---

pupil [ˋpjupl]　　*n.* [C] 學生**=student**

- He is a third-grade pupil.
  他是小學三年級的學生。

---

puppet [ˋpʌpɪt]　　*n.* [C] 木偶；傀儡

★ a puppet government　傀儡政權

- The boss treats his employees as puppets, controlling their every move.
  這老闆把員工當成傀儡對待，掌握他們每一舉動。

---

pure [pjur]　　*adj.* 純淨的**↔impure**；純粹的；完全的 <-ly *adv.*>

- We need pure water to drink.
  我們需要純淨的水來飲用。

---

pursue [pɚˋsu]　　*v.* 追趕**=chase**；追求**=seek, go after**

- Many people pursue wealth and fame.
  很多人追求名利。

---

pursuit [pɚˋsut]　　*n.* [U] 追趕；追求

- The pursuit of fame and wealth blinds human conscience.
  對名利和錢財的追求讓人失去了良知。

349

qualification	*n.* [C][U] 資格=**requirement**；資
[kwɑləfə`keʃən]	格證明=**certification**；條件

★ meet the qualification　符合資格

· He has no qualifications as a pilot.

　他沒有資格做飛行員。

qualified	*adj.* 有資格的 (~ <u>for N.</u>/<u>to V.</u>)；
[`kwɑlə,faɪd]	能勝任的；有條件的

· He is now qualified to drive since he has passed
　the driving test.

　他現在有開車資格，因為他通過了路考。

qualify	*v.* (使) 有資格 (~ <u>for N.</u>/<u>to V.</u>/
[`kwɑləfaɪ]	<u>as</u>) =**certified, licensed**

· I didn't qualify for the finals.

　我沒有取得參加決賽的資格。

quantity	*n.* [U] 量 [C] (特定的) 量、額
[`kwɑntətɪ]	=**amount**

· You should drink a large quantity of water when
　you have a cold.　感冒的時候你應該喝大量的水。

quarrel	*n.* [C] 吵架=**argument**
[`kwɔrəl]	*v.* 吵架=**argue**

· They often quarrel over money matters.

　他們常因錢的問題吵架。

queue [kju]	*n.* [C] 行列，隊伍=**line**

Q

	v. 排隊

· Please queue up, starting form this yellow line.
請從這條黃線開始排隊。

quilt [kwɪlt]	*n.* [C] 棉被
quote [kwot]	*v.* 引述=**cite**;引用;估價
	n. [C] 引用的文句

· She quoted a passage from Shakespeare.
她引用了一段莎士比亞的話。

351

R

racial [ˈreʃəl]	*adj.* 種族的 **=ethnic**

★ racial discrimination　種族歧視

· The city has some racial problems.
　這城市有種族問題。

radar [ˈredɑr]	*n.* [U][C] 雷達 (裝置)

· They are going to set a radar system on top of the
　mountain.　他們將在山頂架設雷達裝置。

radiation [ˌredɪˈeʃən]	*n.* [U] 幅射；發光／熱

· The radiation from the nuclear power plant will
　harm the people living nearby.
　核電廠的幅射會傷害附近的居民。

radical [ˈrædɪkl̩]	*adj.* 根本的，徹底的；激進的 *n.* [C] 激進份子 ↔ **conservative**

· He has very radical ideas about social reforms.
　他對社會改革抱持激進的看法。

➡ radically [ˈrædɪklɪ] *adv.* 根本地，徹底地

rage [redʒ]	*n.* [U][C] 憤怒 **=anger**；激烈 *v.* 生氣 **=anger**；肆虐

· He flew into a rage.　他勃然大怒。

· The typhoon raged across the southern part of the
　island.　颱風橫掃島嶼的南部。

railway	*n.* [C] 鐵路 = 【美】**railroad**

['rel,we]

· Leave the railway right now; the train is coming.

馬上離開鐵路，火車就要來了。

raincoat ['ren,kot]	n. [C] 雨衣
rainfall ['ren,fɔl]	n. [U][C] 降雨 [U] 雨量

· Keelung has a very high rainfall.

基隆的降雨量很高。

raisin ['rezn̩]	n. [C] 葡萄乾

· My favorite ice cream flavor is rum raisin.

我最喜歡的冰淇淋口味是藍姆葡萄乾。

rank [ræŋk]	n. [U][C] 等級=**class, status** v. 評定等級=**rate**；名列於

· She was ranked as one of the best tennis players in the league.

她被評為聯盟最傑出的網球選手之一。

rarely ['rɛrlɪ]	adv. 很少=**scarcely, seldom**

· He rarely arrives at work on time.

他通常很少準時上班。

rate [ret]	n. [C] 比率；速度=**speed**；等級 =**class**；價格 v. 評價=**rank**；認為⋯是⋯

★ at any rate 　無論如何

· The birth rate in that country is falling.
那個國家的出生率正在下降。

raw [rɔ]	*adj.* 生的=**uncooked**；原始的；無經驗的↔**experienced**

· You will probably get sick if you eat raw meat.
如果吃生肉你大概會生病。

ray [re]	*n.* [C] (一道) 光線=**beam**；(希望等的) 閃現；曙光

★ a ray of hope 　一絲希望

· A ray of sunlight came through the crack of the roof. 　一道陽光從屋頂裂縫透進來。

razor [`rezɚ]	*n.* [C] 刮鬍刀；剃刀

react [rɪ`ækt]	*v.* 反應=**respond**

· How did he react when you told him the news?
當你告訴他這個消息時，他的反應如何？

reaction [rɪ`ækʃən]	*n.* [C][U] 反應=**response**

· I like to observe people's reactions during an emergency.
我喜歡觀察人們在緊急狀況時的反應。

reader [`ridɚ]	*n.* [C] 讀者；讀本

· We must learn to be good readers.

我們必須學做好讀者。

- That book is a reader for elementary school students. 那本書是小學生的讀本。

readily [ˈrɛdɪlɪ]	*adv.* 很快地↔**slowly**；樂意地 ↔**unwillingly**

- She readily agreed to help me.
  她樂意地同意要幫助我。

reading [ˈridɪŋ]	*n.* [U] 讀書；朗讀；讀物

realistic [ˌrɪəˈlɪstɪk]	*adj.* 現實的；實際的

- You must be more realistic in your thinking.
  你的想法必須實際些。

reality [rɪˈæləti]	*n.* [U][C] 現實；事實=**fact**

★ in reality = in fact 事實上

- The dream of sending a man to the moon has become a reality.
  把人送上月球的夢想已經成為事實。

rear [rɪr]	*n.* [U] 後面
	adj. 後面的=**back**↔**front**
	v. 撫養=**raise**；舉起

★ in/at the rear of... 在⋯的後面

- The parking lot is at the rear of the restaurant.

停車場在餐廳的後方。

· The rear part of the car was badly damaged.
車子的後部損壞嚴重。

reasonable [ˋriznəbl]	*adj.* 合理的=**rational, logical**↔**unreasonable**；(價格) 適當／公道的 <-ly *adv.*>

· That price is not reasonable.　那價格不合理。

rebel [ˋrɛbl]	*n.* [C] 叛逆者；反抗者
[rɪˋbɛl]	*v.* 反抗；反叛

· The rebels tried to overthrow the government.
反叛者試著要推翻政府。

· The people rebelled against their ruler.
人民反抗他們的統治者。

rebuild [riˋbɪld]	*v.* 再建，重建；恢復 (希望、信心等)

· It took a long time for him to rebuilt his
confidence after that embarrassing experience.
那次尷尬的經驗之後，他花了好久時間才重建信
心。

recall [rɪˋkɔl]	*v.* 想起=**remember, recollect**；召回；收回
[rɪˋkɔl]	*n.* [U] 記憶；想起

· I cannot recall where I left my key.

我想不起來我把鑰匙丟在哪裡了。

R

receipt [rɪ`sit]	n. [C] 收據

· The store should give you a receipt after you make a purchase.

買了東西之後，店家應該要給你收據。

receiver [rɪ`sivɚ]	n. [C] (電話) 聽筒；收件人 ↔**sender**

· He picked up the receiver and dialed the number.

他拿起聽筒撥號。

reception [rɪ`sɛpʃən]	n. [C] 接收；接待；招待會

· She gave her guests a hearty reception.

她熱誠地招待客人。

recession [rɪ`sɛʃən]	n. [C] 經濟蕭條=**slump, depression**↔**boom**

· The country is now in a deep recession.

這國家正經歷嚴重的經濟蕭條。

recipe [`rɛsəpɪ]	n. [C] 食譜

recite [rɪ`saɪt]	v. 背誦；朗誦；詳細講述

· Mary recited the poem from memory.

Mary背誦了那首詩。

recognition [,rɛkəg`nɪʃən]	n. [U][C] 辨認=**identification**；承認

· Our country is hoping to win recognition from the
international community.

我國希望得到國際社會的承認。

recognize	*v.* 認出**=identify**；承認；肯定
[ˋrɛkəɡ͵naɪz]	

· He has changed so much that I can't recognize
him any longer.

他改變得太多以致於我根本認不出他來。

recommend	*v.* 推薦 (~ <u>sth. to sb.</u>/<u>sth. for</u>
[͵rɛkəˋmɛnd]	<u>sb.</u>)；建議 (~ <u>V-ing</u>/<u>that</u>)

· Could you recommend a good book to me?

你能不能推薦一本好書給我？

➡ recommendation [rɛkəmɛnˋdeʃən] *n.* [U][C] 推薦；
建議

recorder	*n.* [C] 錄音機；錄影機
[rɪˋkɔrdɚ]	

· I don't know how to operate the <u>video cassette</u>
<u>recorder</u>/<u>VCR</u>.　我不會操作這臺錄放影機。

recovery	*n.* [U] 取回；康復
[rɪˋkʌvrɪ]	

· I wish you a speedy recovery.　祝你早日康復。

recreation	*n.* [U][C] 娛樂，消遣
[͵rɛkrɪˋeʃən]	**=entertainment, amusement**

- What do you like to do for recreation?

  你喜歡作什麼娛樂？

---

reduce [rɪ`djus]　　*v.* 減少=**decrease**↔**increase**；縮
　　　　　　　　　　　　小

- I bought the coat at the reduced price when the

  boutique was having a bargain sale.

  我在那家精品服飾店減價大拍賣時買了這件外套。

---

reduction　　　　*n.* [U][C] 減少；折扣=**discount**

[rɪ`dʌkʃən]

- I bought the dress at a reduction of ten percent of

  the original price.

  我以原價的九折買了這件洋裝。

---

refer [rɪ`fɝ]　　　*v.* 派遣=**assign**；委託；談及 (~ to)
　　　　　　　　　　=**mention**

- My doctor referred me to a heart specialist.

  我的醫生將我轉診給一位心臟科專家。

---

reference　　　　*n.* [U][C] 證明文件；推薦函；參

[`rɛfrəns]　　　　　考 (文獻)

★ reference book　參考用書 (如辭典、百科全書等)

- He asked me to write a reference for him.

  他請我為他寫推薦函。

---

reflect [rɪ`flɛkt]　*v.* 反射；反映=**mirror**；反省；仔
　　　　　　　　　　細思索=**deliberate**

359

R

- The snow on the ground reflected the sunlight.
  地上的雪反射日光。
- He reflected on his mistakes.
  他反省自己的錯誤。

| **reflection** | n. [U] 反射 [C] 映像=**image**；感 |
| [rɪ`flɛkʃən] | 想 <常-s> |

- I have a few reflections to offer after seeing that movie. 看完那部電影我要提出幾點感想。

reform	v. 改革；修正=**correct, improve**；
[rɪ`fɔrm]	悔改
	n. [U][C] 改革；修正

- Some people hope to reform the country's social system. 有些人希望改革國家的社會制度。
- We hope the government will carry out some social reforms. 我們希望政府進行社會改革。

| **refresh** [rɪ`frɛʃ] | v. 使…再度精力充沛；使恢復活 |
| | 力；喚起記憶=**recall** |

- He felt refreshed after the bath.
  他洗過澡後精神為之一振。

| **refugee** | n. [C] 難民 |
| [ˌrɛfjʊ`dʒi] | |

| **refusal** | n. [U][C] 拒絕 |
| [rɪ`fjuzl̩] | |

· She gave him a flat refusal.　她斷然拒絕了他。

---

refuse [rɛ`fjuz]　　*n.* 拒絕＝**reject**

· She refused his offer to help her.

她拒絕他要幫忙她的提議。

---

regarding　　*prep.* 關於＝**concerning, about**
[rɪ`gɑrdɪŋ]

· Regarding your question, I cannot give you an

answer now.　關於你的問題，我目前無法答覆。

---

regardless　　*adj.* 不注意的 (~ of)
[rɪ`gɑrdlɪs]　　*adv.* 不顧一切地

★ regardless of…　不管…；無論…

· He will do anything, regardless of the

consequences.　他不顧後果，什麼事都做得出來。

---

regional　　*adj.* 地區性的
[`ridʒənḷ]

· The local people here speak a regional dialect.

這裡當地人說地方性的方言。

---

register　　*v.* 註冊＝**record, enroll**；登記
[`rɛdʒɪstɚ]　　*n.* [C] 記錄簿

★ registered letter　掛號信

· The house is registered in my name.

這間房子登記在我的名下。

---

registration　　*n.* [U] 登記；註冊

361

[ˌrɛdʒɪˈstreʃən]

★ a registration fee　掛號費

| regulate | v. 管制=control, govern；調節 |
| [ˈrɛgjəˌlet] | =adjust |

· The police have to regulate the traffic.
  警察必須管制交通。

| regulation | n. [C] 規則=rule |
| [ˌrɛgjəˈleʃən] | |

· You will be punished if you violate the
  regulations.　如果你犯規，就會受到處罰。

| rehearsal | n. [C][U] 預演，排演=practice, |
| [rɪˈhɝsl] | run-through |

· We will have a rehearsal tonight.
  我們今晚要排演。

| rehearse | v. 預演 |
| [rɪˈhɝs] | |

· They will rehearse the play the day before the
  performance.　他們會在戲劇演出的前一天預演。

relate [rɪˈlet]	v. 使有關聯 (~ to,with)
	=associate；與…有親戚關係；敘
	述=recount, describe

· Crime has often been related to poverty.
  犯罪常與貧窮有關。

- Are you related to anyone in that town?
  你在那個城鎮裡有跟誰是親戚嗎？

---

related   *adj.* (與…) 有關的，相關聯的

[rɪ`letɪd]

★ be related to   與…相關聯

- We can conclude that tears are closely related to the emotional and biological makeup of the human species.

  我們可以斷定：眼淚和人類的情感及生物構造是息息相關的。

---

relation   *n.* [C] 關係=**relationship**；親戚

[rɪ`leʃən]

★ in <u>relation to</u>/<u>connection with</u>...   關於…

- There is a close relation between smoking and lung cancer.   吸煙和肺癌有密切的關係。

---

relationship   *n.* [C] 關係

[rɪ`leʃən`ʃɪp]

- They have had a relationship for five years and are thinking about getting married.

  他們已經交往五年，正考慮結婚。

---

relatively   *adv.* 相對地；比較上

[`rɛlətɪvlɪ]   =**comparatively**

★ relatively speaking   相對而言

R

relax [rɪˋlæks]	*v.* 放鬆=**ease up**；休息=**rest**

· You can sit down and relax for a while.
　你可以坐下來休息一下。

relaxation [ˏrilæksˋeʃən]	*n.* [U] 放鬆；鬆懈 [C][U] 消遣活動=**recreation**

· He likes to go fishing for relaxation.
　他喜歡釣魚消遣。

release [rɪˋlis]	*n.* [U][C] 釋放=**liberation**；上映；發售；發布
	v. 放開；釋放=**liberate, free**；發行，上映；發表

· After the exam I had a great feeling of release.
　考完試後，我感到非常的輕鬆。

· The prisoner was released from the jail.
　囚犯從獄中被放出來。

reliable [rɪˋlaɪəbl̩]	*adj.* 可靠的=**dependable**

· The information came from a reliable source.
　這個消息來自可靠的來源。

relief [rɪˋlif]	*n.* [U] 減輕=**ease**；放心 (a ~) ↔**anxiety**

· It is a relief to know that the child has been
　rescued.　得知那孩子獲救，讓人鬆了一口氣。

relieve [rɪ`liv]	v. 減輕↔**increase**；解除;使… 放心

· She felt relieved when her son returned home safely. 她的兒子平安歸來,她就放心了。

religion [rɪ`lɪdʒən]	n. [U] 宗教,信仰 [C] …教

· I don't believe in any religion. 我不信仰任何宗教。

religious [rɪ`lɪdʒəs]	adj. 宗教的;虔誠的=**pious**

reluctant [rɪ`lʌktənt]	adj. 不情願的 (~ to) ↔**willing** <-ly adv.>

· The lazy man was reluctant to work. 這個懶人不願意去工作。

rely [rɪ`laɪ]	v. 依靠=**depend**;信賴=**trust**

★ rely on... 依靠…

· You can rely on him. 你可以信賴他。

remain [rɪ`men]	v. 依舊是=**stay**;逗留=**stay**;剩下

· He remains one of the best singers in the world. 他仍舊是世界最傑出的歌手之一。

remark [rɪ`mɑrk]	n. [C] 意見=**comment**;短評 v. 陳述;注意到=**observe**;評論

365

(~ on, upon)

· He hurt Susie's feelings with that rude remark.

他粗魯的批評傷了Susie的心。

remarkable	*adj.* 顯著的
[rɪ`mɑrkəbl̩]	**=distinguished↔ordinary**
	<-ly *adv.*>

· He has made remarkable progress in English.

他的英文有顯著的進步。

remedy	*n.* [C] 補救辦法；治療法**=cure,**
[`rɛmədɪ]	**medicine**
	v. 治療；改善

· So far an effective remedy for cancer has not yet been discovered.

目前還沒有找到有效治療癌症的方法。

| **reminder** | *n.* [C] 提醒者；(信函等) 提醒物 |
| [rɪ`maɪndɚ] | (~ of) |

· The secretary put a note on her manager's desk as a reminder of the meeting.

秘書在她經理的桌上放了張紙條提醒他要開會。

➡ remind [rɪ`maɪnd] *v.* 使…想起

| **remote** [rɪ`mot] | *adj.* 遙遠的**=far-off, distant**；偏 |
| | 僻的；疏遠的 <-ly *adv.*> |

· He lives in a remote cottage far from any town or

village.	他住在遠離村鎮的一間偏僻小屋裡。

remove
[rɪ`muv]

v. 去除=**get rid of**；移除；脫掉
=**take off**

· The cleanser removed the wine stains from the tablecloth. 清潔劑去除了桌布上的酒漬。

renew [rɪ`nju]   v. 換新；(中斷後) 再繼續
=**continue**；重新開始

· You have to renew your membership every year.
你每年都必須 (繳費) 繼續會員資格。

repeatedly
[rɪ`pitɪdlɪ]

adv. 反覆地，時常地

· He complains repeatedly about his job to me.
他時常向我抱怨他的工作。

repetition
[ˏrɛpɪ`tɪʃən]

n. [U][C] 重複；反覆

· The teacher's comments were a repetition of what she said last time.
老師的評語只是重複她上次說的話。

replace [rɪ`ples]   v. 放回=**restore**；取代=**substitute**

· All the typewriters in the office are replaced <u>by</u>/<u>with</u> computers.
辦公室所有的打字機都被電腦取代了。

reporting   n. [U] 報導

[rɪˋpɔrtɪŋ]

· The newspaper has a reputation for balanced and
objective reporting.
這報社因平衡公正的報導而享有名聲。

represent	v. 代表=**stand for**;象徵
[͵rɛprɪˋzɛnt]	=**symbolize**

· The dove represents peace.　鴿子象徵和平。

representation	n. [U] 代表;代表權
[͵rɛprɪzɛnˋteʃən]	

· Women have demanded representation in the
association.　女性要求在該協會中有代表權。

representative	adj. 有代表性的,典型的 (~ of)
[͵rɛprɪˋzɛntətɪv]	=**symbolic**
	n. [C] 代表=**delegate**

· That building is representative of Victorian
architecture.
那幢建築物是典型的維多利亞式建築。

republic	n. [C] 共和國=**republican**
[rɪˋpʌblɪk]	**nation**

★ the Republic of China　中華民國

republican	adj. 共和政體的;共和主義的
[rɪˋpʌblɪkən]	n. [C] 共和黨員

★ the Republican/Democratic Party　【美】共和/民

主黨	
reputation [ˌrɛpjəˋteʃən]	*n.* [C] 名聲，名譽=**repute**

· This college has a good academic reputation.
  這所大學具有極高的學術聲望。

request [rɪˋkwɛst]	*n.* [C] 要求；請求=**petition** *v.* 要求=**ask for**；請求

★ at one's request　應某人的要求

· The boss requested that the work be finished by
  the end of the month.
  老闆要求月底前要完成工作。

requirement [rɪˋkwaɪrmənt]	*n.* [C] 必要條件=**essential**

· A college degree is the minimum requirement for
  that job.
  大學學位是獲得那份工作的最基本條件。

rescue [ˋrɛskjʊ]	*n.* [C][U] 救援 *v.* 拯救，救出=**save**

★ come/go to one's rescue　來／去營救某人

· The firefighters rescued the baby from the burning
  building.
  消防隊員把嬰兒從失火的大樓中救出來。

research	*n.* [U] 研究 (~ into, on)

[ˋrisɚtʃ]	
[rɪˋsɚtʃ]	*v.* 研究=**investigate**

· I am doing some research on industrial development.　我正在做工業發展的研究。

---

researcher	*n.* [C] 研究員
[rɪˋsɚtʃɚ]	

---

resemble	*v.* 像，與…相似=**look like**
[rɪˋzɛmbḷ]	

· He resembles his father.　他很像他的爸爸。

---

reservation	*n.* [C] 預訂=**booking**
[ˏrɛzɚˋveʃən]	

· I'll make a reservation for dinner at the famous restaurant.

我會在那家有名的餐廳預訂晚餐的位子。

---

reserve [rɪˋzɝv]	*v.* 保留=**set aside**；預訂 =**prearrange**
	n. [C] 儲存；候補選手

★ 比較 reserve指為將來的需要或某種目的而保留， preserve則指保護某物不受傷害。

· You had better reserve a hotel room before you start on your trip.

你出發去旅行前，最好先訂好旅館房間。

---

residence	*n.* [U][C] 居住=**dwelling**；住所；

| [ˋrɛzədəns] | 居留 |

★ take up one's residence　定居

★ a doctor in residence　住院醫師

· The White House is the residence of the president of the United States.　白宮是美國總統的住所。

| **resident** | *adj.* 居住的 (~ in)；駐留的 |
| [ˋrɛzədənt] | *n.* [C] 居民=**inhabitant, dweller**；住院醫師 |

· He is the resident scholar on Medieval Art at the university.

　他是那所大學專精中世紀藝術的駐校學者。

· All the residents of the apartment building were evacuated during the fire.

　火災時，那棟公寓的所有居民都被撤離。

➡ residential [ˌrɛzəˋdɛnʃəl] *adj.* 住宅的；有住宿設施的

| **resign** [rɪˋzaɪn] | *v.* 辭職=**quit** |

· She resigned as the president of the company.

　她辭去公司總裁的職位。

| **resignation** | *n.* [U] 辭職=**quitting** [C] 辭職信 |
| [ˌrɛzɪgˋneʃən] | |

· She handed in her resignation this morning.

　今早她遞交了辭職信。

R

resist [rɪ`zɪst]	*v.* 抵抗=**fight against**；抗拒 (誘惑)

· We must resist temptation.　我們必須抗拒誘惑。

resistance [rɪ`zɪstəns]	*n.* [U] 抵抗=**rejection**

· They made no resistance against the enemy.
　他們對敵人不作任何抵抗。

resistant [rɪ`zɪstənt]	*adj.* 有抵抗力的；抗拒的

· He is resistant to change.　他抗拒改變。

resolution [‚rɛzə`luʃən]	*n.* [C] 決心=**determination**；解決=**solution**

· She never carried out her New Year's resolution.
　她從未實現新年定下的決心。

resolve [rɪ`zɑlv]	*v.* 決心=**determine**；解決=**solve**

· They have resolved the problem.
　他們已經解決了問題。

resource [rɪ`sors]	*n.* [C] 資源

· We must preserve natural resources for future
　generations.
　我們必須為未來的世代保存自然資源。

respond	*v.* 回答 (~ to) =**reply**；反應 (~

[rɪˋspɑnd]	to) **=react**

· He responded to my question immediately.
  他立刻回答我的問題。

response *n.* [C] 回答**=answer**；回應

[rɪˋspɑns]

★ in response to... 回應⋯；反應⋯

· He made no response to my offer.
  他對我的提議沒有反應。

responsibility *n.* [U] 責任 [C] 職責

[rɪ͵spɑnsəˋbɪlətɪ]

★ take responsibility for... = be responsible for...
  為⋯負責

· I will take full responsibility for the accident.
  我會對這次意外負全責。

restless *adj.* 浮躁不安的；無法安眠的

[ˋrɛstlɪs]

· She spent a restless night praying for her son's
  safe return.
  她整晚沒有睡覺地祈禱兒子平安歸來。

restore [rɪˋstor] *v.* 恢復**=recover**

· The mayor is trying to restore people's confidence
  in the city's government.
  市長正設法恢復民眾對市政府的信心。

restrict	*v.* 限制=**limit**
[rɪ`strɪkt]	

· The doctor restricted the patient to a vegetarian diet. 醫生限制這個病人只能吃素食。

restriction	*n.* [C] 限制=**limitation**
[rɪ`strɪkʃən]	

· Severe restrictions were placed on all political activities in that country.
那個國家所有政治活動都受到嚴格的限制。

retain [rɪ`ten]	*v.* 保存=**keep**↔**discard**

· This thermos bottle retains heat very well.
這個熱水瓶保溫效果很好。

retire [rɪ`taɪr]	*v.* 退休

· He is going to retire at the age of sixty.
他將在六十歲退休。

retreat [rɪ`trit]	*v.* 撤退；退出=**withdraw**
	n. [U][C] 撤退；退出
	=**withdrawal**

· After his retirement, the old man retreated from society. 這老先生退休後就引退江湖。
· The general ordered a retreat of all his soldiers.
將軍下令他所有的士兵撤退。

reunite	*v.* 使…重聚

[ˌrijuˈnaɪt]

· The family was reunited after the war.
這家人在戰後重聚。

---

reveal [rɪˈvil]　　v. 顯露=**show**；洩漏=**disclose**

· The angel revealed himself to her in a dream.
天使出現在她的夢中。

---

revenge　　　　v. 復仇，報復=**avenge**

[rɪˈvɛndʒ]　　　　n. [U] 復仇，報復

★ revenge oneself on sb.　向某人復仇

· He revenged the insult on his neighbor.
他為他所受的侮辱向他的鄰居復仇。

· I took my revenge on the people for the murder of
my father.　我向這些人報了殺父之仇。

---

revision　　　　n. [U][C] 修訂版；複習

[rɪˈvɪʒən]

---

revolution　　　n. [U][C] 革命=**rebellion**；迴轉

[ˌrɛvəˈluʃən]　　　=**spin**

· A bloodless revolution broke out in that country.
那個國家爆發一場不流血革命。

---

revolutionary　　adj. 革命的；革命性的

[ˌrɛvəˈluʃənˌɛrɪ]

· The computer was a revolutionary invention in the
twentieth century.

375

電腦是二十世紀一項革命性的發明。

| **reward** | *v.* 獎賞 |
| [rɪˋwɔrd] | *n.* [U][C] 報酬 [C] 獎金 |

· The company rewarded its employees for their hardwork.　公司獎賞員工的努力工作。

· She offered a 500-dollar reward for her missing dog.　她懸賞五百美元尋找她走失的狗。

| **rewrite** [riˋraɪt] | *v.* 改寫；重寫 |
| | *n.* [C] 改寫過的東西 |

· The author rewrote this novel several times. 作者把這本小說改寫好幾次。

| **rhyme** [raɪm] | *v.* 押韻 |
| | *n.* [U] 押韻 [C] 韻文=**verse** |

★ nursery rhyme　童謠

· "Run" rhymes with "son." 「run」和「son」押同韻。

| **rhythm** | *n.* [U][C] 韻律，節奏=**tempo** |
| [ˋrɪðəm] | |

· We were dancing to the rhythm of the music. 我們隨著音樂的韻律起舞。

| **ribbon** [ˋrɪbən] | *n.* [U][C] 緞帶 [C] 帶狀物 |
| **riches** [ˋrɪtʃɪz] | *n.* (pl.) 財富 |

· Riches have wings.　【諺】財富無常。

| **rid** [rɪd] | *adj.* 免除=**free** |
| | *v.* 去除=**eliminate** |

· We should get rid of bad habits. = We should rid ourselves of bad habits. 我們應該除去壞習慣。

| **riddle** [ˋrɪdl̩] | *n.* [C] 謎語=**puzzle**；不可理解的人、事、物=**mystery** |
| | *v.* 將…打得千瘡百孔 |

· I was unable to guess the answer to the riddle. 我猜不出這個謎語的答案。

| **rider** [ˋraɪdɚ] | *n.* [C] (馬、腳踏車等的) 騎乘者 |

· The scared horse suddenly reared up and threw the rider off. 受驚的馬突然躍起將騎士摔下去。

| **ridiculous** | *adj.* 可笑的=**absurd** |
| [rɪˋdɪkjələs] | |

· It is ridiculous for you to believe what he said. 你很可笑，竟然相信他說的話。

| **rifle** [ˋraɪfl̩] | *n.* [C] 步槍，來福槍 |
| | *v.* (欲偷竊而) 迅速翻找 (書頁、櫃子等) (~ through) |

★ rifle range 靶場；步槍射程

· The thief rifled (through) the drawers, but didn't find anything valuable. 小偷很快地翻了翻抽屜，可是沒有找到值錢的東

西。

ripe [raɪp]	*adj.* 成熟的=**mature, grown**

· The wheat is fully ripe in the field.
　田裡的小麥完全成熟了。

risk [rɪsk]	*v.* 冒…的危險
	n. [C][U] 冒險=**danger**

★ at one's own risk　由某人自己負責

· He risked his whole fortune to discover new oil
　fields.　他冒著傾家蕩產的風險尋找新的油田。

rival [ˋraɪvl̩]	*n.* [C] 對手 (~ for) =**competitor**
	v. 與…競爭=**match, compete**

★ have no rivals = be without rival　沒有敵手的；無
　敵的

· When it comes to playing tennis, he has no rivals.
　說到打網球，他沒有敵手。

· Betty rivals her sister in beauty and brains.
　Betty在美貌和才智上都不亞於她的姊姊。

➡ rivalry [ˋraɪvl̩rɪ] *n.* [U][C] 競爭；對抗

roar [ror]	*v.* 吼叫=**bellow**；大叫=**yell**
	n. [C] 吼叫；大叫

· A lion was roaring in the cage. You could even
　hear the deep roar from a distance.
　獅子在籠子裡吼叫。你甚至在遠處就可聽到牠低沈的吼聲。

roast [rost]	*v.* 烤 (肉)
	adj. 烘烤的
	n. [C] (大塊) 烤肉

★ 比較 bake　用烤箱烘烤 (麵包、蛋糕)
　　　roast　用烤箱來烤 (肉類)

· Would you like some roast beef? Yes, please.
　你要吃烤牛肉嗎？是的，謝謝。

| **robber** [ˋrabɚ] | *n.* [C] 搶劫犯；強盜 |
| **robbery** [ˋrabərɪ] | *n.* [U][C] 搶劫；掠奪 |

· There were four robberies in that neighborhood
　last month.　那附近上個月內發生了四起搶案。

robe [rob]	*n.* [C] 寬鬆的長袍；官服 <-s>
rocket [ˋrakɪt]	*n.* [C] 火箭；火箭式煙火
	v. (火箭般地) 迅速上升；急速高飛

★ launch a rocket　發射火箭

· Scientists use rockets to send satellites into space.
　科學家用火箭將人造衛星送入太空。

| **rod** [rad] | *n.* [C] 細長的棒子**=pole**；釣竿 |

★ a fishing rod　釣竿
　a lightning rod　避雷針

379

· He fished with a rod. 他用釣竿垂釣。	
romance	*n.* [C] 戀史；傳奇
[ro`mæns]	*v.* (針對…) 編故事，誇大其詞 (~ about)
· How is Bill's romance with Susan going? Bill和Susan的戀情進展得如何？	
romantic	*adj.* 浪漫的
[ro`mæntɪk]	*n.* [C] 浪漫的人；浪漫的思想、言行
· The candle gave the room a romantic atmosphere. 蠟燭為房間增添了浪漫的氣氛。	
rooster [`rustɚ]	*n.* [C] 公雞↔**hen**=【英】**cock**
· The candle gave the room a romantic atmosphere. 蠟燭為房間增添了浪漫的氣氛。	
rot [rɑt]	*v.* 腐爛**=spoil, decay**
	n. [U] 腐爛；腐爛物；墮落
· The fruit rotted in the heat. 水果在高溫下腐爛了。	
rotten [`rɑtn̩]	*adj.* 腐爛的
· The rotten floorboards gave way beneath him. 腐朽的地板被他踩塌了。	
rough [rʌf]	*adj.* 粗糙的↔**smooth**；有風暴的；粗魯的；概略的

	v. 使粗糙;弄亂頭髮
	adv. 粗魯地;粗野地

★ rough skin　粗糙的皮膚

　rough weather　惡劣的天氣

· He has a rough personality.　他的個性很粗魯。

route [rut]	*n.* [C] 路線**=way, course**
	v. (按規定路線) 發送

· We took the coastal route.　我們走海線。

routine [ru`tin]	*n.* [U][C] 例行公事
	adj. 例行的;固定不變的

· I am bored with the monotonous routine of daily
　life.　我厭倦了日常生活中一成不變的例行公事

rubbish [`rʌbɪʃ]	*n.* [U]【英】垃圾**=**【美】**garbage,** **trash**;無價值的東西;愚蠢的想法／事**=nonsense**
	v. 說廢話
	adj. 垃圾的;廢物的

· We dump the rubbish three times a week.
　我們一個星期倒三次垃圾。

rug [rʌg]	*n.* [C] 小地毯

★ 比較 carpet　整片大的地毯

rumor [`rumɚ]	*n.* [U][C] 謠言**=gossip, hearsay**

· Rumor has it that the mayor will resign.

諺傳市長將要辭職。

runner [ˈrʌnɚ]   *n.* [C] 跑步者

· He is a fast runner. He runs in the 400 meters.

他是一個快跑健將。他參加四百公尺賽跑。

running   *n.* [U] 奔跑；(棒球) 跑壘

[ˈrʌnɪŋ]   *adj.* 奔馳的；賽跑的；流鼻涕的

· My nose has been running for one week.

我已流鼻水一星期了。

rural [ˈrʊrəl]   *adj.* 鄉村的↔**urban**

★ 比較 suburban 郊區的

· Those living in rural areas are in the habit of going

to bed early.   那些住在鄉村的人習慣早睡。

rust [rʌst]   *n.* [U] 鏽

                v. 生鏽

· If you leave the lawnmower outside in the rain, it

will rust.

如果你把割草機放在外面淋雨，它會生鏽。

rusty [ˈrʌstɪ]   *adj.* 生鏽的

sack [sæk]	*n.* [C] (麻布、帆布等的) 大袋子; 一大袋的量**=bag** *v.* 把…裝入袋中

★ a sack of flour 一袋麵粉

sacrifice ['sækrə,faɪs]	*v.* 犧牲 *n.* [U][C] 犧牲

· The soldiers sacrificed their lives for their country.
  戰士們為他們的國家犧牲性命。

sadden ['sædn̩]	*v.* 使悲痛;感到悲慟

· The death of our friend saddened every one of us.
  我們每個人都因為朋友的死而悲痛。

safely ['seflɪ]	*adv.* 安全地,平安地;無妨地

· After being held for three weeks, the hostage
  finally returned home safely.
  在被挾持三個星期後,人質最後平安返家。

sailing ['selɪŋ]	*n.* [C] 航行,航海;出航

★ go sailing 去航海

sake [sek]	*n.* [U] 緣故,理由**=reason**

★ for the sake of... 看在…的份上

· She quit her job for the sake of her health.
  她看在健康的份上把工作辭掉。

salary ['sælərɪ]	*n.* [U][C] 薪水**=wage, payment**

· He earns a salary of $50,000 per year.

S

他年薪五萬美元。

---

salesperson
[`selz,pɚsn̩]
n. [C] 店員，售貨員；推銷員

· He is an insurance salesperson.

他是個保險推銷員。

---

salty [`sɔltɪ]
adj. 含鹽的，鹹的↔**sweet**

· The fish soup is too salty.　這魚湯太鹹了。

---

sanction
[`sæŋkʃən]
n. [U] 認可**=approval** [C] 處罰；
(pl.) 制裁<-s> (~ against)

v. 認可**=approve**↔**disapprove**

★ give sanction to...　認可…

★ take/adopt sanctions against...　對…採取制裁手
段

· It is necessary to obtain the sanction of the
authorities to enter this building.

進入這棟大樓需要得到相關單位的許可。

· The president refused to sanction the use of
nuclear weapons in the time of crisis.

總統拒絕同意在危機時期使用核子武器。

---

satellite
[`sætl̩,aɪt]
n. [C] 衛星

· Satellites make it possible for people to watch live
football games on TV.

人造衛星讓人們可以在電視上看到實況轉播的足
球比賽。

satisfaction	*n.* [U] 滿意
[ˌsætɪsˋfækʃən]	**=contentment↔dissatisfaction**

· There is great satisfaction in doing a job well.
　把一份工作做好能得到很大的滿足感。

satisfactory	*adj.* 令人滿意的
[ˌsætɪsˋfæktrɪ]	**↔unsatisfactory**；充分的

· Can you provide a satisfactory reason for your
　arriving late?　你能充分解釋你遲到的原因嗎？

sauce [sɔs]	*n.* [C][U] 醬料；增添趣味的事物

· Please put sauce on the scrambled eggs.
　請在炒蛋上灑醬料。

sausage	*n.* [U][C] 香腸
[ˋsɔsɪdʒ]	

· I want some scrambled eggs, mushrooms, and
　sausages for breakfast.
　我早餐想吃些炒蛋、蘑菇和香腸。

saving(s)	*n.* [U][C] 救助；節約；存款<-s>
[ˋsevɪŋ(z)]	**=deposit**

· You should deposit your savings in your savings
　account.
　你應該把省下來的錢存入銀行存款帳戶。

385

* * *

| **saw** [sɔ] | v. 鋸斷，鋸成 |
| | n. [C] 鋸子 |

· I sawed the log in half.

　我把這圓木鋸成一半。

| **saying** [ˋseɪŋ] | n. [C] 諺語，格言 |

· Do you have a similar saying in Japanese?

　日語中也有同樣的諺語嗎？

scan [skæn]	v. 審視=**examine**；瀏覽；掃瞄；
	掃描
	n. [C] 掃瞄；掃描

★ scanner　掃描器

· I scanned her face for a sign of hope.

　我審視她的臉龐，盼有一絲希望。

· The pregnant woman was rushed to the hospital

　for a scan after she fell down.

　那孕婦跌倒後被緊急送往醫院做掃描。

| **scarce** [skɛrs] | adj. 缺乏的=**insufficient**；稀有 |
| | 的，難得的=**rare** |

· Money is always scarce at the end of every month.

　每到月底總缺錢。

| **scarcely** | adv. 缺乏地；幾乎不=**hardly**, |
| [ˋskɛrslɪ] | **barely**；僅僅 |

　· We could scarcely see anything through the thick

fog. 在濃霧中我們幾乎什麼也看不見。	

| **scare** [skɛr] | v. 使害怕=**frighten**，驚嚇 <-ed *adj.*> |
| | n. [C] (因謠傳而引起的) 騷動；恐慌；吃驚，害怕 |

★ be scared <u>at/of</u>... 對…感到驚慌／害怕

· You scared me to death by coming in the room so quietly. 你一聲不響地進來嚇死我了。

| **scary** [`skɛrɪ] | *adj.* 令人害怕的=**frightening, terrifying** |

· She was scared at the sight of the dead body. It really was a scary experience for her.
看見那屍體她嚇壞了。那對她來說真是可怕的經歷。

| **scatter** [`skætɚ] | v. 散播，撒=**spread**；驅散，使散開=**disperse** |
| | n. [U] 散播 |

· The workers were scattering gravel on the road.
工人把砂石撒在路上。

| **scenery** [`sinərɪ] | n. [U] 風景=**landscape** |

· Venice is famous for its beautiful scenery.
威尼斯以美麗的風景聞名。

S

| schedule | n. [C] 計畫表；進度 **=timetable** |
| [`skɛdʒʊl] | v. 按計畫表安排 **=plan** |

★ ahead of schedule　進度超前
　behind schedule　進度落後

· The baseball game is scheduled for tomorrow.
　棒球賽預定明天舉行。

scheme [skim]	n. [C] 計畫 **=plan**；方案；陰謀
	=plot；組織，架構 **=system**
	v. 擬訂，策劃 **=plan**；圖謀

· We should prepare a scheme for fire prevention.
　我們應該制定防範火災的計畫。

· The government schemed a new method of
　taxation.　政府擬訂了徵稅的新方法。

| scholar | n. [C] 學者 |
| [`skɑlɚ] | |

· He is a distinguished scholar of Greek.
　他是個傑出的希臘文學者。

| scholarship | n. [C] 獎學金 |
| [`skɑlɚˌʃɪp] | |

· Mike won a scholarship to the university.
　Mike獲得大學的獎學金。

| schoolboy | n. [C] (中、小學的) 男學生 |
| [`skulˌbɔɪ] | |

schoolmate [`skul,met]	*n.* [C] 校友;同學
scientific [,saɪən`tɪfɪk]	*adj.* 科學的;正確的,嚴密的

· He took a scientific approach to the problem.
他用科學的方法研究該問題。

scissors [`sɪzɚz]	*n.* (pl.) 剪刀

· This pair of scissors is very sharp.
這把剪刀很銳利。

scold [skold]	*v.* 責罵 (~ for, about) **=blame**

· My mother scolded me for coming home late.
我媽媽責罵我晚歸。

scoop [skup]	*n.* [C] (挖冰淇淋或糖的)勺子; 一勺的量;獨家新聞 *v.* 舀出,挖出;搶先發表獨家新 聞

· Two scoops of ice cream, please.
請給我兩球冰淇淋。

· The crew were busy scooping out the water from
the ship.　船員們忙著把水舀出船外。

scout [skaut]	*n.* [C] 童子軍 *v.* 偵查;尋找 (~ for) **=search**

★ <u>Boy</u>/<u>Girl</u> Scouts　男/女童軍

· The team is scouting for a new pitcher.

該球隊在找尋新投手。

scratch	*v.* 搔;抓**=claw**
[skrætʃ]	*n.* [C] 搔;抓/擦傷

★ scratch one's back　為求回報而拍人馬屁

· The cat is scratching the door.　貓在抓門。

scream [skrim]	*n.* [C] 尖叫**=shriek**
	v. 尖叫**=shriek**

· Jean let out a scream when she saw the burglar.

當Jean看到小偷時尖叫了出來。

screw [skru]	*n.* [C] 螺絲
	v. 用螺絲固定

★ screw...up　把…搞砸

· I tightened the screw with a screwdriver.

我用螺絲起子鎖緊螺絲。

scrub [skrʌb]	*v.* 擦洗
	n. [U] 用力擦洗

· She scrubbed the kitchen floor with a brush.

她用刷子擦洗廚房的地板。

sculpture	*n.* [U] 雕塑 [C][U] 雕塑品
[ˈskʌlptʃɚ]	

· There are some interesting sculptures in this museum.

這個博物館有一些有趣的雕塑品。	
seafood [`si,fud]	*n.* [U] 海鮮;海產

· The seaside restaurant provides customers with fresh seafood.
這間海邊的餐館提供顧客新鮮的海鮮。

seagull [`si,gʌl]	*n.* [C] 海鷗**=gull, seabird**
seal [sil]	*n.* [C] 封印;印章;海豹
	v. 蓋章;封印;緊閉

· The lawyer put a seal on the important document.
律師在重要文件上加上封印。

· I won't mention this to others. My lips are sealed.
我不會向他人提起此事。我會守口如瓶。

seaside [`si,saɪd]	*n.* (通常the ~) 海岸,海邊

★ go to the seaside (為休養、海水浴等) 去海濱

season [`sizn̩]	*n.* [C] 季節;時期**=period**
	v. (用…) 調味;(用…) 使談話、故事等增添趣味

★ in/out of season 當季的/不合季節的

· Hotels would cost less when it is out of season.
在 (旅遊) 淡季時,旅館費用會比較便宜。

secondary	*adj.* 中等的**=middle,**

| [ˋsɛkən͵dɛrɪ] | **intermediate** |

· She is a secondary school student.
她是個中學學生。

| **second-hand** | *adj.* 二手貨的，用過的=**used** |
| [ˋsɛkənd͵hænd] | *adv.* 二手得來地；間接得到地 |

★ second-hand car   二手車
second-hand information   間接聽到的消息

| **sector** [ˋsɛktɚ] | *n.* [C] 部門；戰區；扇形 |

· He is an employee of the manufacturing sector.
他是生產部門的雇員。

| **secure** [sɪˋkjʊr] | *adj.* 安全的=**safe**↔**dangerous** |
| | *v.* 使安全 (~ from, against)；確保，獲得 |

· They secured the village from attack.
他們保護村子不受攻擊。

| **security** | *n.* [U] 安全=**safety**；防禦 |
| [sɪˋkjʊrətɪ] | =**defense** |

· The mayor pledged to improve the security of the city's subways.
市長發誓要改善本市地下鐵的安全。

| **seize** [siz] | *v.* 抓住=**grab, take** |

· The police officer seized him by the arm.
警察一把抓住他的手臂。

selection	*n.* [U][C] 選擇=**choice**
[sə`lɛkʃən]	

★ make a selection　進行挑選

· The child made his selection of toys.
　這孩子自己挑選玩具。

self [sɛlf]	*n.* [C] 自我=**identity**

senior [`sinjɚ]	*adj.* 年長的 (~ to)
	=**elder**↔**junior**；資深的
	n. [C] 年長者

· He is three years senior to me.
　他比我大三歲。

sensible	*adj.* 明智的=**reasonable**；察覺到
[`sɛnsəbl]	的；明顯的

· It is sensible of you to follow her advice.
　你聽從她的勸告是明智的。

sensitive	*adj.* 敏感的 (~ to) =**keen,**
[`sɛnsətɪv]	**perceptive**；在乎的 (~ about)

· I am very sensitive to dust.
　我對灰塵很敏感。

sentence	*n.* [C] 句子；判決=**judgement**
[`sɛntəns]	*v.* 下判決=**condemn**，宣判

· I cannot find your topic sentence in the first
　paragraph.　在你的第一段中我找不到主題句。

· His son is serving a life sentence in prison.

他的兒子正在監獄服終身監禁刑責。

separation [ˌsɛpəˈreʃən]	*n.* [U][C] 分離**=breakup**；分居

· They began to live together again after a separation of two years.

他們分居兩年後又開始住在一起。

series [ˈsɪriz]	*n.* [C] 一連串 (~ of) **=sequence,** **succession**；系列 <pl. series>

★ a series of... 一系列的…

· Her life was a long series of misfortunes.

她的生活是一連串的災難。

session [ˈsɛʃən]	*n.* [C] 會議**=conference**；會期； (活動、授課) 期間**=period**

★ hold a session on... 開有關…的會

· The congress is now in session.

國會現在開會中。

settle [ˈsɛtl]	*v.* 安放**=put**；穩定 (~ down)；殖 民**=colonize**；解決(問題) **=solve**

· She settled the hat on the little boy's head.

她把帽子好好地戴在小男孩的頭上。

· It's time you got married and settled down.

你該結婚安定下來了。

settlement	*n.* [U][C] 解決；殖民地；結算
[ˋsɛtl̩mənt]	

- A part of the country was at one time a French settlement.

    那個國家的一部分曾是法國的殖民地。

settler [ˋsɛtlɚ]	*n.* [C] 移民；殖民者**=colonist**

- The first European settlers in Australia were convicts.

    第一批到澳洲的歐洲移民是囚犯。

set-up [ˋsɛt͵ʌp]	*n.* [C] (通常 a ~) 組織，機構
severe [səˋvɪr]	*adj.* 嚴厲的，嚴格的**=strict, harsh**；嚴肅的**=serious** <-ly *adv.*>

★ severe <u>punishment</u>/<u>criticism</u>　嚴厲的懲罰／批評

- We had a severe winter last year.

    我們去年度過一個寒冬。

sew [so]	*v.* 縫紉 (sew, sewed, <u>sewed</u>/<u>sewn</u>) **=stitch**

- She sewed a button on the shirt.

    她縫襯衫的鈕扣。

sex [sɛks]	*n.* [U][C] 性別**=gender**；性

- Teenagers are often interested in the opposite sex.

    青少年對異性充滿興趣。

S

sexual [ˋsɛkʃʊəl]	*adj.* 與性有關的
★ sexual harassment　性騷擾 　sexual discrimination　性別歧視	
sexy [ˋsɛksɪ]	*adj.* 性感的；迷人的**=attractive**
shade [ʃed]	*n.* [U][C] 陰暗；蔭涼處；遮光物，窗簾，燈罩；陰影；(繪畫的) 陰暗部分 *v.* 使變陰暗，使暗**=darken**；遮(光等)

· There is little shade in the desert.
沙漠很少有遮蔭的地方。

shadow [ˋʃædo]	*n.* [C] 影子；陰影 *v.* 使變陰，使陰暗**=darken**；遮蔽… (以隔開光、熱) (~ from)

★ cast/throw a shadow　投下陰影
· The news of his death cast a shadow on/over our meeting.
他去世的消息使我們的會議蒙上一層陰影。

shady [ˋʃedɪ]	*adj.* 蔭蔽的；陰暗的**=dim, dark**；(樹木等)成蔭的

· We had a long walk under shady trees.
我們在樹蔭下散步了很久。

shallow [ˈʃælo]	*adj.* 淺的↔**deep**；淺薄的，膚淺的=**skin-deep**

S

· The river is shallowest here.　這條河在這裡最淺。

shame [ʃem]	*n.* [U] 羞愧；恥辱=**disgrace**, **humiliation**；慚愧；可恥，遺憾的事 (a ~) *v.* 使蒙羞，使丟臉；使難為情

★ What a shame!　太不像話了！那太遺憾了！

· Her misconduct brought shame <u>on</u>/<u>to</u> us.
　她做的壞事讓我們蒙羞。

shameful [ˈʃemfəl]	*adj.* 可恥的=**disgraceful**；無恥的

· The way they treat their dog is shameful.
　他們對待狗的方式太無恥了。

shampoo [ʃæmˈpu]	*n.* [C][U] 洗髮精 *v.* 洗(頭髮、地毯等)
sharpen [ˈʃɑrpən]	*v.* 使鋒利=**grind**；使敏銳
shave [ʃev]	*v.* 剃；刮(鬍鬚等)

· He shaved his mustache off with an electric razor.
　他用電動刮鬍刀剃掉鬍子。

shaver [ˈʃevɚ]	*n.* [C] 剃／削的工具
shell [ʃɛl]	*n.* [C] 貝殼=**seashell**；(堅果等

	的) 殼
· We gathered shells on the beach. 　我們在海濱撿貝殼。	
shelter [ˈʃɛltɚ]	*v.* 保護，庇護=**protect, guard**； 躲避 *n.* [U] 保護；避難
· I took shelter from the rain under a tree. 　我在樹下躲雨。	
shepherd [ˈʃɛpɚd]	*n.* [C] 牧羊人 *v.* (牧羊般地)帶領=**guide**
shift [ʃɪft]	*v.* 移動=**move**；轉移 *n.* [C] 交替(制)；變化
· We spent the whole day shifting the furniture 　around.　我們花了一整天的時間移動家具。	
· He works the night shift at the factory. 　他在工廠上夜班。	
shiny [ˈʃaɪnɪ]	*adj.* 閃耀的=**bright**；發光的
· Tom has a shiny new car. 　Tom有一部發亮的新車。	
shopkeeper [ˈʃɑpˌkipɚ]	*n.* [C] 店主；店長=【美】 **storekeeper**
· Sorry, but only our shopkeeper could cut the 　prices.	

抱歉，不過只有我們店長可以降價。

shopping [ˈʃɑpɪŋ]	*n.* [U] 購物，買東西

· I've some shopping to do.　我得買點東西。

shortage [ˈʃɔrtɪdʒ]	*n.* [U][C] 短缺**=lack, shortfall↔abundance, plenty**

· There is a housing shortage around the campus of
the university.　大學校園附近住宅短缺。

shortcoming [ˈʃɔrtˌkʌmɪŋ]	*n.* [C] 缺點<常-s> **=fault, flaw, defect↔strong point, merit**

★ <u>overlook</u>/<u>remedy</u> a shortcoming　忽略／補救缺點

· Please point out my shortcomings so that I can
improve myself.

請指出我的缺點，這樣我才能改善自己。

shortcut [ˈʃɔrtˌkʌt]	*n.* [C] (到…的)近路，捷徑 (~ to)

· We took a shortcut across the field.

我們走一條橫越田野的捷徑。

shorten [ˈʃɔrtn̩]	*v.* 縮短**=reduce, cut↔lengthen**

· The new expressway will shorten the trip a great
deal.　新的高速公路一定會大大縮短旅程時間。

shortly [ˈʃɔrtlɪ]	*adv.* 不久，馬上；短暫地

· My grandmother died shortly after my birth.
我的祖母在我出生後不久就過世了。

---

shorts [ʃɔrts]　　　*n.* (pl.) 短褲

---

short-sighted　　　*adj.* 目光短淺的↔**far-sighted**；
[ˈʃɔrt‚saɪtɪd]　　　近視眼的=【美】**nearsighted**
　　　　　　　　　　↔**longsighted**

· Sixty percent of the high school students are
short-sighted.　　這所高中有六成的學生近視。

---

shovel [ˈʃʌvl]　　　*v.* 鏟起=**spade, dig**
　　　　　　　　　　n. [C] 鏟子=**spade, scoop**

· He shoveled a path through the snow.
他用鏟子在積雪中開出一條路。

---

shrink [ˈʃrɪŋk]　　　*v.* 縮水；減少 (shrink, shrank,
　　　　　　　　　　shrunk) ↔**grow, increase**
　　　　　　　　　　n. [C] (俚語)精神科醫生

· This sweater will shrink in the washer.
這件毛衣用洗衣機洗會縮水。

---

shrug [ʃrʌg]　　　*v.* 聳肩
　　　　　　　　　　n. [C] 聳肩

· He shrugged his shoulders and said, "I don't
know."=He said "I don't know" with a shrug of
his shoulders.　他聳聳肩說不知道。

---

shuttle [ˈʃʌtl]　　　*n.* [C] 往返兩地之間的火車、巴

S

	士
	v. 往返
★ a space shuttle　太空梭	
· Many trains shuttle between New York and Boston.　很多火車往返於紐約和波士頓之間。	
sickness	*n.* [U] 疾病**=illness**；嘔吐
[`sɪknɪs]	**=nausea**
★ altitude sickness 高山症 　radiation sickness 輻射中毒	
sigh [saɪ]	*v.* 嘆氣
	n. [C] 嘆氣
· She sighed with relief when she heard the good news.　她聽到好消息時鬆了一口氣。	
sightseeing	*n.* [U] 觀光
[`saɪt͵siɪŋ]	
★ go sightseeing 觀光	
signal [`sɪgnl̩]	*v.* 發出信號
	n. [C] 信號(用聲音、光等做出預定的暗號)
	adj. 信號(暗號)的，信號用的；醒目的
· The police officer gave him the signal to stop.=The police officer signaled him to stop.	

401

警察示意要他停車。

signature   *n.* [C] 簽名
[ˋsɪgnətʃɚ]

· It's illegal to forge a person's signature.
偽造他人簽名是違法的。

significance   *n.* [U] 重要**=importance**；意義
[sɪgˋnɪfəkəns]

· Marriage is an event of great significance.
婚姻是件極為重要的事。

significant   *adj.* 重要的**=important**；有意義
[sɪgˋnɪfəkənt]   的**=meaningful**

· He has made a significant contribution to society.
他對社會做出重大的貢獻。

silk [sɪlk]   *n.* [U] 絲

similarity   *n.* [U] 相似**=resemblance,**
[ˏsɪməˋlærətɪ]   **likeness** [C] 相似之處<-ies>

simplify   *v.* 簡化，使單純↔**complicate,**
[ˋsɪmpləˏfaɪ]   **make complex**

· The introduction of the computer into the
workplace has simplified many jobs.
引進電腦到工作場所中簡化了許多工作。

sin [sɪn]   *n.* [U][C] 罪惡**=vice**；違背
    v. 犯罪

· Tom committed a sin last week.
Tom上星期犯了罪惡。

sincerely [sɪn`sɪrlɪ]	*adv.* 誠實地，由衷地，真正地

★ Yours sincerely=Sincerely (yours) 敬上 (私人信件的結尾語)

· I sincerely hope you can come to my party.
我由衷地希望你可以來我的派對。

Singaporean [ˌsɪŋgə`pɔrɪən]	*adj.* 新加坡的 *n.* [C] 新加坡人

singing [`sɪŋɪŋ]	*n.* [U] 唱歌；(鳥、蟲等的)鳴叫聲

· Cicada singing can only be heard in summers.
只有在夏天才能聽到蟬鳴。

singular [`sɪŋgjələ]	*adj.* 單數的；與眾不同的 **=unusual**

· The singular form of "thieves" is "thief."
「thieves」的單數形是「thief」。

sip [sɪp]	*v.* 啜飲 *n.* [C] 啜飲

· I sipped coffee.=I took/had a sip of coffee.
我啜飲一口咖啡。

site [saɪt]	*n.* [C] 位置=place, location；遺

	跡=remains

· This is the site of a new building.
　這是一棟新建築的用地。

situation	*n.* [C] 情況=**condition**；立場
[ˌsɪtʃuˋeʃən]	=**state**

· I found myself in a rather difficult situation.
　我發現我的處境艱難。

skating	*n.* [U] 溜冰，滑冰
[ˋsketɪŋ]	

★ go skating　去溜冰

sketch [skɛtʃ]	*n.* [C] 素描=**drawing**；概要
	v. 畫素描；記下概要

· She made a rough sketch of the mountain.
　她粗略地畫下了山的素描。

skiing [ˋskiɪŋ]	*n.* [U] 滑雪

★ go skiing　去滑雪

skim [skɪm]	*v.* 撈掉 (~ <u>off</u>/<u>from</u>)；擦過
	=**sweep**；瀏覽 (~ <u>through</u>/<u>over</u>)

· I skim the cream off the milk.
　我撈掉牛奶上的浮油。

skip [skɪp]	*v.* 蹦跳=**leap**；略過=**omit**
	n. [C] 蹦蹦跳跳

· He skipped the lecture and went to the movies

instead. 他蹺課去看電影。	
skyscraper [ˋskaɪˌskrepɚ]	*n.* [C] 摩天大樓，超高層建築
· Several skyscrapers have gone up in Shanhai recently. 最近在上海出現了幾棟摩天大樓	
slang [slæŋ]	*n.* [U] 俚語
	v. 辱罵
· "Kick the bucket" is slang for "to die." 「踢水桶」是俚語，指「翹辮子」。	
slave [slev]	*v.* 像奴隸般地工作
	n. [C] 奴隸
· All my life, I've had to slave away to make a living. 我的一生都必須為謀生而拼命工作。	
slavery [ˋslevərɪ]	*n.* [U] 奴役；奴隸身分
· In ancient China, girls from poor families were often sold into slavery. 在中國古代，窮困人家的女孩常被販賣為奴。	
sleeve [sliv]	*n.* [C] 衣袖
· He rolled up his sleeves and began to work. 他捲起袖子開始工作。	
slice [slaɪs]	*v.* 把…切成薄片=**chop, cut**
	n. [C] 薄片

- She sliced a loaf of bread.
  她把麵包切成薄片。

slight [slaɪt]	*adj.* 輕微的=**small**;少量的;(身材) 苗條的=**slim**
	v. 輕視,藐視;怠慢=**neglect**
	n. [C] 藐視,輕視;輕蔑;忽視

- I don't have the slightest idea about what his real intention is.　我實在不知道他真正的意圖為何。

| **slightly** [ˋslaɪtlɪ] | *adv.* 輕微地;微小地 |

- Today's temperature is slightly lower than yesterday's.　今天的溫度比昨天低些。

| **slippery** [ˋslɪprɪ] | *adj.* 滑溜溜的;光滑的;(人)不可靠的;狡猾的 |

- After a blizzard, drivers should drive more carefully on slippery roads.
  暴風雪過後,駕駛行駛在打滑的路上應更小心。

| **slogan** [ˋslogən] | *n.* [C] 口號;標語=**motto** |

- That political party's slogan is "From the cradle to the grave."
  那個政黨的口號是「照顧你的一生」。

| **slope** [slop] | *n.* [C] 坡(面);斜面 |
| | *v.* 傾斜=**incline, slant** |

- The village is on the eastern slope of the

mountain. 那座村莊位於山的東坡上。	

smog [smɑg]	*n.* [U][C] 煙霧 (smog=smoke+fog)

smoking [`smokɪŋ]	*n.* [U] 冒煙，煙燻；(特指習慣性 的)吸煙 *adj.* 冒煙的；吸煙的

· It's hard for him to quit smoking. 他很難戒菸。

smoky [`smokɪ]	*adj.* 冒(大量)煙的，煙燻的；煙 霧瀰漫的；燻黑的

· I kept coughing in that smoky room.
我在那間煙霧瀰漫的房間裡一直咳嗽。

smooth [smuð]	*adj.* 平滑的=**even,** **sleek**↔**rough**；順暢的；順利的 *v.* 使平滑；弄平；消除(困難、障 礙等)

· The airplane made a smooth landing in the heavy
rain. 飛機在大雨中順利降落。

snap [snæp]	*v.* 發出啪嗒的聲音；斷裂 *n.* [C] 啪嗒的聲音；斷裂 *adj.* 彈簧裝置的；意料不到的 =**unexpected**；容易的=**easy**

· The cord snapped when I pulled it too tight.
我拉得太緊這繩子就啪嗒一聲斷了。

407

sneak [snik]	*v.* 偷偷地進入；偷偷帶出 =**smuggle** (sneak, sneaked/ snuck, sneaked/snuck)

· She snuck out of the house to the pub in the
  midnight.　她半夜偷溜出門到酒吧去。

sneeze [sniz]	*v.* 打噴嚏 *n.* [C] 噴嚏

· "God bless you," said the old man after the boy
  sneezed.
  當這男孩打噴嚏後，老人說：「願上帝保佑你」。

snowman [`sno͵mæn]	*n.* [C] 雪人

★ to make/build a snowman　堆雪人

sob [sɑb]	*v.* 啜泣=**weep, cry** *n.* [C] 啜泣聲

· The widow stood by the coffin sobbing bitterly.
  寡婦站在棺材旁哀慟地啜泣。

sociable [`soʃəbl̩]	*adj.* 善於社交的 =**social**↔**unsociable**

· She is very sociable. She is good at making new
  friends.　她很會交際，擅長交新朋友。

socket [`sɑkɪt]	*n.* [C] 插座=**outlet**；插頭；(眼睛 等的)窩；槽

★ a two-way socket 雙向插座	

softball	*n.* [U] 壘球 [C] 壘球用的球
[`sɔft,bɔl]	

software	*n.* [U] 軟體，程式系統
[`sɔft,wɛr]	

★ 比較 hardware 硬體 (電腦本身及其週邊相關設備)	

soil [sɔɪl]	*v.* 弄髒=**dirty**
	n. [U][C] 土壤=**earth**

· Brian soiled his clothes working in the garden.
　Brian在花園裡做事時弄髒了衣服。

solar [`solɚ]	*adj.* 太陽的

★ solar energy 太陽能　solar system 太陽系
比較 lunar 月亮的

solid [`salɪd]	*adj.* 固體的；堅實的=**firm**
	n. [C] 固體

· Water in its solid form is ice.　水的固態是冰。

somehow	*adv.* 以某種方式=**one way or**
[`sʌm,haʊ]	**another**；不知怎樣地

· She seems honest, but somehow I don't trust her.
　她似乎很誠實，可是不知為什麼我就是不相信她。

sometime	*adv.* 某個時候
[`sʌm,taɪm]	*adj.* 以前的=**former**；偶爾的

	=occasional

· I will call on you sometime next month.
　我將在下個月找個時間去拜訪你。

somewhat	*adv.* 有點，稍微**=kind of**
[`sʌm‚hwɑt]	pron. 幾分，多少

· It is somewhat difficult for me.
　那對我來說有點難。

sorrow [`saro]	*n.* [U] 悲傷**=sadness, grief**

· The death of his father filled him with sorrow.
　他父親的死使他滿懷悲傷。

sound [saʊnd]	*v.* 聽起來
	adj. 健康的**=healthy**
	n. [U][C] 聲音**=voice**

· You sound as if you've got a cold.
　你聽起來像是得了感冒一樣。

south-east	*n.* [U] 東南；東南部
[‚saʊθ`ist]	*adv.* 向東南；來自東南
	adj. 東南方的；朝東南方的；(風等)來自東南方的

south-west	*n.* [U] 西南；西南部
[‚saʊθ`wɛst]	*adv.* 向西南；來自西南
	adj. 西南方的；朝西南方的；(風等)來自西南方的

souvenir [ˌsuvəˈnɪr]	*n.* [C] 紀念品=**keepsake**

· I bought this key ring at a souvenir shop.
　我在紀念品商店買了這個鑰匙圈。

sow [so] [sau]	*v.* 播種=**plant**；傳播=**scatter** (sow, sowed, <u>sown</u>/<u>sowed</u>) *n.* [C] 母豬↔**boar**

· You sow what you reap.
　【諺】種瓜得瓜，種豆得豆。

· There are some sows in the pigpen.
　豬圈裏有些母豬。

soybean [ˈsɔɪˈbin]	*n.* [C] 大豆

spacecraft [ˈspesˌkræft]	*n.* [C] 太空船 (=spaceship [ˈspesʃɪp])

spade [sped]	*n.* [C] 鏟子；(撲克牌)黑桃

· He dug the ground up with a spade.
　他用鏟子在地上挖洞。

spare [spɛr]	*v.* 抽出(時間)；使…免受…；節約(錢或勞力) *adj.* 多餘的=**extra**；空閒的 *n.* [C] 備用品

· Making a phone call might spare you a visit.

打通電話也許能讓你省得跑一趟。

· What do you do in your spare time

你在空閒時都做些什麼？

---

spark [spɑrk]　　　*v.* 發出火花；引起**=cause**

n. [C] 火花

· The flame of the candle sparked in the wind.

蠟燭的火焰在風中霹哩叭啦地燃燒著。

---

sparkle　　　　　　*v.* 閃閃發光**=shine, glisten**

[ˋspɑrkl̩]　　　　　　*n.* [U][C] 閃耀；光芒

· The icy road sparkled in the sunlight.

結冰的路面在陽光下閃閃發光。

---

sparrow　　　　　　*n.* [C] 麻雀

[ˋspæro]

---

spear [spɪr]　　　　*n.* [C] 矛；魚叉

v. 用矛／魚叉戳、刺

· I speared a fish.=I caught a fish with a spear.

我用魚叉刺魚。

---

specialized　　　　*adj.* 專門的；專業的

[ˋspɛʃəlˌaɪzd]

★ be specialized for　專門⋯

· This robot is specialized for detecting radiation.

這機器人專門偵測輻射。

---

species [ˋspiʃɪz]　　*n.* (pl.) (生物分類) 種**=class,**

---

type

· The lion and tiger are two different species of cat.
  獅子與老虎是貓科中兩個不同的物種。

---

specific
[spɪ`sɪfɪk]

adj. 明確的=**definite, precise**↔**general**；特別的

· Please be more specific about your plan.
  請把你的計畫說得更具體一點。

---

spectator
[`spɛkteta]

n. [C] 觀眾=**viewer, audience**

★ spectator sport(s) 吸引大量觀眾的體育運動

· The baseball game drew over 50,000 spectators.
  這場棒球賽吸引了超過五萬名觀眾。

---

spell [spɛl]

v. 拼寫

n. [C] 一段(持續的)時間；魔法
=**charm**

· We each took a spell at the wheel.
  我們輪流開車。

· She cast a spell on him. 她迷住他了。

---

spice [spaɪs]

n. [U][C] 香料 [U] 情趣=**flavor**

v. 將…加以香料

· Variety is the spice of life.
  變化是生活的情趣所在。

---

spicy [`spaɪsɪ]

adj. 辛辣的

· This Mexican dish is quite spicy.
這道墨西哥菜相當辛辣。

| spill [spɪl] | v. 使溢出 (spill, spilled/spilt, spilled/spilt) |
| | n. [C] 溢出 |

· He spilled coffee on his pants.
他把咖啡打翻到他的褲子上。

| spin [spɪn] | v. 使旋轉；用…紡 (spin, spun, spun) |
| | n. [U][C] 旋轉 |

· The car slid and went into a spin.
車子打滑，然後開始旋轉。

| spinach [ˋspɪnɪtʃ] | n. [U] 菠菜 |

· Spinach is rich in iron. 菠菜含有豐富的鐵質。

| spiritual [ˋspɪrɪtʃʊəl] | adj. 精神上的↔physical；心靈的 |

· Her book brought many people spiritual comfort in times of sorrow.
她的書為許多人在悲傷時刻來精神慰藉。

| spit [spɪt] | v. 吐口水；狠狠說出 (~ out) (spit, spat/spit, spat/spit) |
| | n. [U] 口水=saliva |

S

· Don't spit on the sidewalk.
不要在人行道上吐痰。

spite [spaɪt]　　　　*n.* [U] 惡意

★ in spite of...　儘管…

· She ruined my data file out of spite.
她惡意地摧毀我的資料文件。

· He can't see well in spite of his spectacles.
他儘管戴著眼鏡仍看不清楚。

splash [splæʃ]　　　*v.* 潑濺

　　　　　　　　　　　n. [C] 潑濺聲

· The waves splashed against the rocky coast.
波浪拍打著海岸岩壁，激起浪花。

splendid　　　　　　*adj.* 壯麗的 **=magnificent,**
[ˋsplɛndɪd]　　　　　　**brilliant**

· What a splendid sunset! 多麼壯麗的日落景象！

split [splɪt]　　　　*v.* 劈開；分裂 (~ up) **=divide**；分
　　　　　　　　　　　配 (split, split, split)
　　　　　　　　　　　n. [C] 裂縫 **=crack**；分裂
　　　　　　　　　　　adj. 割開的，裂開的；分裂的，
　　　　　　　　　　　分離的

· Lightning split the trunk in two.
閃電把樹幹劈成兩半。

· I split the cost with him.　我和他分擔費用。

415

spoil [spɔɪl]	v. 毀掉=**damage, destroy, ruin**；溺愛=**pamper** (spoil, spoilt/spoiled, spoilt/spoiled) n. [U] 掠奪品<常-s>，戰利品=**booty**

- Eating snack before dinner can spoil your appetite.
  晚餐前吃零食會破壞食慾。
- She always gets her own way. She is really spoiled! 她總是為所欲為，真是被寵壞了！

spokesman [spokmən]	n. [C] 發言人=**spokeswoman, mouthpiece**

- He used to be the spokesman for Buckingham Palace. 他曾是白金漢宮的發言人。

sponsor [ˋspɑnsɚ]	n. [C] 保證人=**guarantor**；贊助者 v. 贊助=**back**

- You must have a sponsor to join our club. 要加入我們的社團，你需要一個保證人。

➡ sponsorship [ˋspɑnsɚʃɪp] n. [U] 保證；贊助

sportsman [ˋsportsmən]	n. [C] 運動員

sportsmanship [ˋsportsmən͵ʃɪp]	n. [U] 運動家精神

| **spray** [spre] | *v.* 噴=**sprinkle** |
| | *n.* [U][C] 水花 [C] 噴霧器 |

· She sprayed the plants with water.
  她用水噴灑植物。

| **sprinkle** [`sprɪŋkl̩] | *v.* 灑 (~ on, over) =**spray**；撒；下小雨=**drizzle** |
| | *n.* [C] 少量=**sprinkling**；毛毛雨 =**drizzle** |

★ be sprinkled with... 充滿了⋯

· The waiter sprinkled some cheese on the salad.
  服務生在沙拉上撒了些乳酪。

· His newly published book is sprinkled with
  humorous quotations.
  他出版的新書裡面充滿了幽默的引言。

| **spy** [spaɪ] | *v.* 監視；偵察=**scout**；發現 |
| | *n.* [C] 間諜 |

· She was arrested as a spy. 她因身為間諜而被捕。

| **squeeze** [skwiz] | *v.* 擠出=**press** |
| | *n.* [C] 壓榨；擁抱，緊握；混雜；困境 |

· She squeezed toothpaste out from the tube onto
  her toothbrush.
  她從牙膏管中擠出牙膏到牙刷上。

417

squirrel	*n.* [C] 松鼠
[`skwɝəl]	

· I saw some squirrels scurrying up the tree.
  我看到一些松鼠快速跑到樹上去。

stab [stæb]	*v.* 刺**=pierce**
	n. [C] 刺;刺傷

★ stab sb. in the back　陷害某人

· The man stabbed the woman in the chest.
  那男子刺傷那女子的胸部。

stable [`stebl]	*adj.* 穩定的**=steady**;堅定的
	n. [C] 馬廄

· The patient's condition was stable.
  病人現在的病情穩定。

stadium	*n.* [C] 露天大型體育場 <pl.
[`stedɪəm]	stadiums/stadia>

staff [stæf]	*n.* [C] 職員 (集合用法)
	=personnel, crew
	v. 分派職員 (通常用被動)

· The teaching staff of this college is/are excellent.
  這所大學的師資很優秀。

staircase	*n.* [C] 樓梯,扶梯
[stɛr‚kes]	

★ a spiral staircase　旋轉樓梯

stake [stek]	*v.* 撐起 (~ up)；賭注 (~ on) =**bet**
	n. [C] 椿=**post**；利害關係 (~ in)；
	(pl.) 賭金<-s> =**bet**

★ at stake = at risk　有失去的危險

· The farmer staked (up) the tomato plants.
　農夫用木棍撐起番茄苗。

· I have a big stake in this enterprise.
　我和這家企業有極大的利害關係。

| **stare** [stɛr] | *v.* 凝視，瞪 (~ at) =**gaze** |
| | *n.* [C] 凝視 |

· The teacher stared in disapproval at the noisy
　students.　老師用責備的眼神瞪著吵鬧的學生。

| **starvation** [stɑr`veʃən] | *n.* [U] 捱餓；餓死 |

| **starve** [stɑrv] | *v.* 捱餓；餓死 |

· Without food, the dog will starve to death.
　沒有食物，那隻狗將會餓死。

state [stet]	*adj.* 正式的；州的
	v. 敘述=**declare**
	n. [C] 州；狀態=**situation**,
	condition

· The police asked the witness to state what he had
　seen take place.

警察要求目擊證人陳述他所看到發生的事。

· He is in a poor state of health.　他健康狀況不佳。

---

statement　　　　*n.* [C] 陳述；聲明

[`stetmənt]

· The government issued an official statement

condemning the invasion.

政府發表了譴責侵略行為的聲明。

---

statue [`stætʃʊ]　　*n.* [C] 雕像

★ the Statue of Liberty　自由女神像

---

status [`stetəs]　　*n.* [U] 地位**=rank, position**

· Women's social status has been raised over the

years.　幾年來，女性的社會地位已經被提升了。

---

steady [`stɛdɪ]　　*v.* 使穩定**=stabilize**；使鎮定

　　　　　　　　　adj. 牢固的**=firm**；穩定的

· He tried to steady himself by taking a deep breath

他試著深呼吸使自己鎮定。

---

steel [stil]　　　　*n.* [U] 鋼

　　　　　　　　　v. 使…如鋼鐵般堅硬

· The window frame is made of stainless steel.

這窗框是不銹鋼製成的。

---

steep [stip]　　　　*adj.* 陡峭的，險峻的**=sheer,**

　　　　　　　　　sharp；(價格)過高的

· The village stands on a steep hill.

那村莊座落在險峻的山坡上。

steer [stɪr]	*v.* 駕駛**=run**；引導**=lead, guide**

★ steering wheel (汽車)方向盤；(船)舵輪

· The captain steered the steamer out of the harbor.
船長將汽船駛離港口。

stem [stɛm]	*v.* 起源於 (~ from) **=arise, originate**
n. [C] 莖**=stalk**；幹**=trunk**

· Your failure obviously stemmed from a lack of planning. 你的失敗很明顯地是由於缺乏計畫。

stepfather [ˋstɛpˌfɑðɚ]	*n.* [C] 繼父
stepmother [ˋstɛpˌmʌðɚ]	*n.* [C] 繼母
stereo [ˋstɛrɪo]	*n.* [C] 立體音響設備
adj. 立體聲的
sticky [ˋstɪkɪ]	*adj.* 黏的；棘手的；麻煩的 **=troublesome**

· The glue left my fingers sticky.
膠水使我的手指黏黏的。

stiff [stɪf]	*adj.* 僵硬的**=rigid**；死板的，固執的**=stubborn**
adv. 堅硬的

· I got a stiff neck.　我的脖子僵掉了。

| **stimulate** | *v.* 刺激**=excite, rouse**；激勵 |
| [ˋstɪmjəˏlet] | **=inspire, initiate** |

· Physical exercise stimulates the body's
  circulation.
  運動促進身體血液循環。

➡ stimulating [ˋstɪmjəˏletɪŋ] *adj.*　令人振奮的；具啟
  發性的

| **sting** [stɪŋ] | *v.* 螫 (sting, stung, stung) |
| | *n.* [C] (蜜蜂，蠍子等的)毒針 |

· I have a bee sting on my arm.
  我的手臂上有一枝蜜蜂的螫針。

stir [stɝ]	*v.* 攪拌**=mix**；煽動 (stir, stirred,
	stirred)
	n. [U][C] 騷動

★ stir up...　引起…；使…激動；拌勻…

· She stirred her tea with a spoon.
  她用湯匙攪拌茶。

stitch [stɪtʃ]	*v.* 縫合
	n. [C] (縫紉，編織，縫傷口的)一
	針

· The doctor stitched up the wound.
  醫生縫合了傷口。

stock [stɑk]	n. [U][C] 股票；存貨=supply [U] 家畜=livestock；血統 v. 備有=store；放滿 (~ with)；放養 (~ with) adj. 庫存的

★ in/out of stock　有／沒有存貨

★ stock market　股票市場

· He has a million dollars in railroad stocks.
　他擁有一百萬元的鐵路股票。

· He knows a lot about stock raising.
　對於家畜飼養，他懂得很多。

· That store stocks all kinds of tea flavors.
　那家店備有各種口味的茶。

stocking [ˋstɑkɪŋ]	n. (pl.) 長襪
stool [stul]	n. [C] (無椅背的)凳子
storey [ˋstorɪ]	n. [C] (建築物的)樓層=【美】 story

· The Lee family live in a two-story house.
　李家住在兩層樓的房子。

storyteller [ˋstorɪˌtɛlɚ]	n. [C] 講故事的人
strategy	n. [U][C] 策略=policy；戰略

423

[`strætədʒɪ]	**=tactics**

· Our company's strategy is to reduce expenses.
我們公司的策略是減少開銷。

strength	*n.* [U] 力氣**=power, might**
[strɛŋθ]	

· He hardly has the strength to walk since the
operation.

自從動了手術之後，他幾乎沒有力氣走路。

strengthen	*v.* 增強↔**weaken**
[`strɛŋθən]	

· The news strengthened our hopes.
那消息增強了我們的希望。

stretch [strɛtʃ]	*v.* 伸展 (~ out) **=extend**；伸出； 拉直
	n. [C] 伸展
	adj. 可伸縮的

· I stretched out my hand to reach for the book.
我伸手拿那本書。

strict [strɪkt]	*adj.* 嚴厲的**=severe**，嚴格的；嚴 密的**=precise**，精準的 (~ about, in)

· Our teacher is strict about students being punctual
to his class.

我們的老師嚴格要求學生上他的課準時。

string [strɪŋ]	v. 串連=connect；捆綁；緊張 (~ up) (string, strung, strung) n. [U][C] 繩子=cord [C] 弦；一連串；一系列

· The boy bothered me with a string of silly questions. 那男孩問一連串的傻問題來煩我。

strip [strɪp]	v. 剝掉=peel；脫去 (衣服) (~ off) =undress n. [C] 細長條

· He stripped off his clothes. 他脫去衣服。
· Did you read that comic strip? It's quite funny. 你有看過那篇連載漫畫嗎？它相當有趣。

strive [straɪv]	v. 努力=try；奮鬥 (~ against, with) =struggle (strive, strove, striven)

★ strive for... 為了…而奮鬥
· He strove for victory in the election. 他努力爭取選舉勝利。

stroke [strok]	v. 撫摸=caress n. [C] 中風；(游泳的) 一划；一筆

· She stroked down her hair and then started to

425

     braid it.　她撫摸自己的頭髮，然後開始編辮子。

· The stroke paralyzed the right side of his body.

他因中風而身體右半邊癱瘓。

structure	n. [U] 結構；組織 [C] 建築
[`strʌktʃɚ]	**=construction**
	v. 建造

· There are many fine marble structures in Rome.

羅馬有許多漂亮的大理石建築。

| **stubborn** | adj. 固執的 (~ about) **=rigid,** |
| [`stʌbɚn] | **stiff, unyielding** |

★ as stubborn as a mule

像騾一樣固執的／非常固執的。

| **studio** | n. [C] 工作室**=workshop,** |
| [`stjudɪ,o] | **workroom**；錄音室 |

· The photographer showed me around his studio.

攝影師帶我參觀他的工作室。

| **stuff** [stʌf] | v. 塞 (~ with) **=fill, pack** |
| | n. [U] 物，東西**=substance** |

· When I returned from vacation, my suitcase was

stuffed with souvenirs and gifts.

我放假回來時，行李箱塞滿了紀念品和禮物。

| **subject** | n. [C] 主題**=theme**；科目 |
| [`sʌbdʒɪkt] | adj. 服從的 |

[səb`dʒɛkt]	v. 統治，使臣服=**subdue**；使遭受

· His comments got off the subject.
他的評論偏離了主題。

submarine	n. [C] 潛水艇
[`sʌbmə,rin]	
[,sʌbmə`rin]	adj. 海中的；在海中使用的

· The submarine is equipped with missiles.
這艘潛水艇配備有飛彈。

substance	n. [C] 物質=**material, stuff**
[`sʌbstəns]	

· I wonder what this powdery substance is.
我想知道這粉狀的東西是什麼。

substitute	n. [C] 代者，代用品 (~ for)
[`sʌbstə,tjut]	v. 代替 (~ for) =**sub**；代理

★ be no substitute for...　無法取代…

★ a substitute teacher　代課老師

· He is a substitute for the injured player.
他是受傷球員的替補者。

· If you don't drink coffee, you can substitute tea
for it.　若你不喝咖啡，可以茶代替。

➠ substitution [sʌbstə`tjuʃən] n.　[U][C] 代替；代換

subtract	v. 減去=**deduct**↔**add** <-tion n.

427

S

| [səb`trækt] | [U][C]> |

· Subtract three from eight and you get five.
八減三得五。

---

suburb   *n.* [C] 郊區**=outskirts**

[`sʌbɝb]

· There are many commuters from the suburbs on
that train. 那火車上有很多來自郊區的通勤者。

---

suck [sʌk]   *v.* 吸吮；吸取

· The vacuum cleaner sucked up the dirt on the
carpet. 吸塵器吸起了地毯上的灰塵。

---

suffer [`sʌfɚ]   *v.* 遭受；受苦；罹患 (~ from)

· Many people are suffering from hunger in Africa.
在非洲很多人受著饑餓之苦。

---

suffering   *n.* [U] 痛苦**=pain**

[`sʌfrɪŋ]

· The medicine relieved the patient's suffering.
藥物緩和了病人的痛苦。

---

sufficient   *adj.* 足夠的**=enough**

[sə`fɪʃənt]

· Do we have sufficient time to complete the
project? 我們有足夠的時間完成企劃嗎？

---

suggestion   *n.* [C] 建議**=advice**

[səg`dʒɛstʃən]

428

S

- Does anybody have any other suggestion to make?
  還有任何人要提建議嗎？

suicide	*n.* [U] 自殺
[ˈsuəˌsaɪd]	

- She committed suicide yesterday.
  她昨天自殺了。

suitable	*adj.* 適合的**=fitting, proper**
[ˈsutəbl̩]	

- I don't have any suitable clothes for the formal
  party.　我沒有什麼適合參加正式宴會的衣服。

suitcase	*n.* [C] 行李箱
[ˈsutˌkes]	

- I packed a suitcase for my trip.
  我把旅行的用品裝進行李箱。

sum [sʌm]	*n.* [C] 總額；總和；金額
	v. 合計，總計；歸納

- She spent a large sum of money on clothes and
  shoes.　她花了一大筆錢在衣服和鞋子上。

summarize	*v.* 概述
[ˈsʌməˌraɪz]	

- Summarize this passage in about one hundred
  words.　用約一百個字來概述這篇文章。

summary	*n.* [C] 概述，摘要

[ˋsʌmərɪ]

summit	*n.* [C] 頂點=**top, peak**

[ˋsʌmɪt]

★ summit conference　高峰會議

· We reached the summit of the mountain.
我們到達山頂。

sunbathe	*v.* 做日光浴

[ˋsʌn͵beð]

· Some animals sunbathe to get sufficient vitamin D.
有些動物以做日光浴的方式獲得足夠的維他命D。

sunlight	*n.* [U] 陽光

[ˋsʌn͵laɪt]

· This plant doesn't need much sunlight.
這植物不需要太多陽光。

sunrise	*n.* [U] 日出，黎明

[ˋsʌn͵raɪz]

· A-li Mountain is known for its beautiful and spectacular sunrise.
阿里山以美麗壯觀的日出聞名。

sunset	*n.* [U] 日落

[ˋsʌn͵sɛt]

· She likes to take a walk at sunset.

她喜歡在傍晚時散步。

superb	*adj.* 極好的=**excellent**；宏偉的
[su`pɝb]	=**grand**

· Their performance was superb.
  他們表演得真出色。

superior	*adj.* 上級的；較優勢的 (~ to)
[sə`pɪrɪə-]	↔**inferior**
	n. [U] 出色的人；上級

· My new dictionary is superior to my old one.
  我的新辭典遠比舊的好。

supervisor	*n.* [C] 監督者；管理人
[supə-`vaɪzə-]	

supporter	*n.* [C] 支持者，辯護者，贊成者
[sə`portə-]	

· Some wild football supporters began fighting after
  the match.
  有些瘋狂的足球支持者在比賽後打架。

suppose	*v.* 猜想=**guess**；假設=**assume**
[sə`poz]	

★ be supposed to...=should...　應該…

· I suppose that he can easily find the house.
  我猜想他能夠輕易地找到那棟房子。

supposed	*adj.* 假定的，被設想的=**alleged**

431

[sə`pozd]

supreme	*adj.* 最高的=**highest,**
[sə`prim]	**uppermost**；最大的

★ the Supreme Court 最高法院

· God is a supreme being. 上帝是至高無上的。

surely [ʃʊrlɪ]	*adv.* 確實；無誤地；肯定地

· Such bad guys will surely be punished.
這樣的壞傢伙一定會被處罰。

surfing [`sɝfɪŋ]	*n.* [U] 衝浪運動，衝浪

surgeon	*n.* [C] 外科醫生
[`sɝdʒən]	

· He is a well-known heart surgeon, who has
performed lots of successful operations.
他是知名的心臟外科醫生，已動過許多成功的手
術。

surgery	*n.* [U] 外科手術=**operation**
[`sɝdʒərɪ]	

· Her father has just recovered from heart surgery.
她父親剛從心臟手術康復。

surrender	*v.* 放棄=**give up**；投降 (~ to)
[sə`rɛndɚ]	=**yield**
	n. [U] 放棄；投降

· We'll never surrender to the terrorists.

我們絕不向那些恐怖份子投降。

surround	*v.* 圍繞=**encircle**
[sə`raʊnd]	*n.* [C] 圍繞物

· The reporters surrounded the actress.

記者們包圍著那位女明星。

surroundings	*n.* (pl.) 環境
[sə`raʊndɪŋz]	

· After I moved, it took me a few weeks to get used
to my new surroundings.

搬家之後,熟悉這個新環境花了我幾個禮拜的時
間。

survey [sə`ve]	*v.* 調查=**inspect**;檢查
[`sɜve]	*n.* [C] 調查;檢查=**investigation**

· Survey the house carefully before you buy it.

購買房子前要仔細檢查。

· The manager conducted a market survey.

經理做了市場調查。

survival	*n.* [U] 生存
[sə`vaɪvl̩]	

· His survival is doubtful under the present
circumstances.

在目前的情況下他是不太可能生還的。

survivor	*n.* [C] 生存者

433

[sə`vaɪvɚ]

- He was the only survivor of the accident.
  他是該事故的唯一生還者。

suspect	*v.* 懷疑=**doubt**；認為
[sə`spɛkt]	*adj.* 令人懷疑的，可疑的
[`sʌspɛkt]	*n.* [C] 嫌疑犯

- The police suspected him of committing the
  crime.　警方懷疑他犯下罪行。

suspend	*v.* 垂掛 (~ from) =**hang**；暫緩
[sə`spɛnd]	=**put off**；停職／學 (~ from)

★ suspended sentence　緩刑

- Chandeliers are suspended from the ceiling.
  天花板上垂掛著吊燈。

➠ suspense [sə`spɛns] *n.*　[U] 懸疑

suspension	*n.* [U][C] 懸掛；停止
[sə`spɛnʃən]	

★ suspension bridge　吊橋

- The athlete received a two-year suspension.
  那個運動員遭受停賽兩年的處分。

suspicion	*n.* [U][C] 疑心=**mistrust,**
[sə`spɪʃən]	**distrust**↔**trust**

- The comment aroused her suspicion.
  那個說明引起了她的疑心。

suspicious [sə`spɪʃəs]	*adj.* 懷疑的=**doubtful, distrustful**

· She gave me a suspicious glance.
　她對我投以懷疑的目光。

swear [swɛr]	*v.* 發誓=**vow, promise**；咒罵 (~ at) =**curse**

· I know nothing about it, I swear.
　我什麼都不知道，我發誓。

sweat [swɛt]	*v.* 流汗=**perspire** *n.* [U] 汗

· He wiped the sweat off his face.
　他擦去臉上的汗水。

swell [swɛl]	*v.* 增加=**increase**；腫脹=**puff** (swell, swelled, swollen) *n.* [U] [C] 膨脹；增加

· My injured finger began to swell (up).
　我受傷的手指開始腫起來。

swift [`swɪft]	*adj.* 迅速的=**quick, fast, rapid**↔**slow** *n.* [C] 褐雨燕

· The lifeguards were swift to rescue the drowning swimmer.　救生員立即搶救溺水泳者。

swimming	*n.* [U] 游泳；游泳比賽

435

[ˋswɪmɪŋ]

· She is the member of the swimming club.

　她是這游泳俱樂部的會員。

switch [swɪtʃ]　　　*v.* 改變=**change**；轉換

　　　　　　　　　　　n. [C] 改變；開關

★ switch/turnon/off... 打開／關上…

· Let's switch the party to Friday!

　我們把宴會改到禮拜五吧！

sword [sord]　　　*n.* [C] 劍，刀

★ draw one's sword 拔劍；開戰

syllable　　　　　*n.* [C] 音節

[ˋsɪləbḷ]

symbolize　　　　*v.* 象徵=**signify**

[ˋsɪmbḷ͵aɪz]

sympathetic　　　*adj.* 富有同情心的

[͵sɪmpəˋθɛtɪk]　　　**=compassionate**；贊同的

· He was sympathetic to their demands.

　他贊同他們的要求。

sympathize　　　　*v.* 同情；有同感 (~ with)

[ˋsɪmpə͵θaɪz]

· They sympathized with the plight of the orphan.

　他們同情這名孤兒的境遇。

sympathy　　　　*n.* [U] 同情=**understanding**

[ˋsɪmpəθɪ]

· The mayor expressed deep sympathy for the victims of that accident.

市長向那場意外的罹難者致哀。

symphony	*n.* [C] 交響樂
[ˋsɪmfənɪ]	
symptom	*n.* [C] 症狀 (~ of) **=sign**;徵兆 (~
[ˋsɪmptəm]	of) **=indication, sign**

· A cough and a sore throat are the usual symptoms of a cold.　咳嗽和喉嚨痛是感冒常有的症狀。

syrup [ˋsɪrəp]	*n.* [U] 糖漿
systematic	*adj.* 有系統的**=organized**
[ˌsɪstəˋmætɪk]	

· The way he dealt with the problem was not very systematic.

他處理那個問題的方法並不怎麼有條理。

tablecloth [`tebl̩ˌklɔθ]	*n.* [C] 桌布

tablet [`tæblɪt]	*n.* [C] 藥片**=pill**；匾額

· Take three tablets a day after meals.
　每日服用三片，三餐飯後服用。

tack [tæk]	*v.* 用大頭釘固定**=pin**
	n. [C] 大頭釘**=thumbtack**

· She tacked this notice to the board.
　她用大頭釘把公告釘在布告欄上。

tag [tæg]	*v.* 貼標籤於⋯**=label**
	n. [C] 標籤**=label, sticker**

★ a price tag　價格標籤　a name tag　名牌標籤
· We tagged the items we wanted to sell.
　我們在要賣的物品上貼標籤。

tailor [`telɚ]	*n.* [C] 裁縫
	v. 縫製；使適合 (~ to, for)

· The tailor makes the man.　【諺】人要衣裝。
· We can tailor the program to meet the customer's
　need.　我們可依顧客的需求調整程式。

tale [tel]	*n.* [C] 故事，傳說**=story**

★ a fairy tale　童話故事

talented [`tæləntɪd]	*adj.* (天生) 有才能的**=gifted**

T

· He is a talented painter. 他是個有天賦的畫家。	
tame [tem]	*v.* 馴養
	adj. 溫馴的↔**wild**
· It is not easy to tame a lion. 馴養獅子不容易。	
tap [tæp]	*v.* 輕拍，輕敲=**pat**
	n. [C] 輕拍，輕敲；水龍頭
	=**faucet**
★ tap water 自來水	
· He tapped me on the shoulder.=He gave me a tap on the shoulder. 他輕拍我的肩膀。	
tasty [ˋtestɪ]	*adj.* 美味的=**delicious**
· What a tasty meal! 多好吃的一餐！	
tax [tæks]	*v.* 徵稅
	n. [U][C] 稅
· The government taxes the rich to provide welfare services for the poor. 政府向富者徵稅以提供貧者福利服務。	
tease [tiz]	*v.* 戲弄；揶揄 (~ about)
	n. [C] 戲弄
· He teased the dog until it bit him. 他逗弄那隻狗直到被狗咬了。	
technical	*adj.* 技術性的

439

[`tɛknɪk!]

- He played the musical instrument with technical precision but little warmth.

  他演奏樂器的技術精湛，但缺乏熱情。

technician	*n.* [C] 技師
[tɛk`nɪʃən]	

technique	*n.* [U] 技巧=**method, approach**
[tɛk`nik]	[C] 技術

- She has a wonderful technique for handling children. 她照顧小孩很有一套。

technological	*adj.* 科技的
[ˌtɛknə`ladʒɪk!]	

- The invention of computers was a great technological achievement in the 20th century.

  電腦的發明是20世紀一項偉大的科技成就。

technology	*n.* [U][C] 科技
[tɛk`nalədʒɪ]	

- The growth of technology has changed the world.

  科技的進步改變了世界。

teen(s) [tin(z)]	*n.* [C] 十幾歲
	adj. 十幾歲的

- She is just out of her teens. 她剛滿二十歲。

teenage	*adj.* 十幾歲 (多指 13–19 歲的)

[`tinɪdʒ]

· More and more teenage girls are smoking.

　愈來愈多十幾歲的女孩抽菸。

telegram	n. [C] 電報
[`tɛlə,græm]	

· She sent a message by telegram.

　她以電報傳送訊息。

telegraph	n. [U] 電訊,電報
[`tɛlə,græf]	v. 拍電報;打電報給…

telescope	n. [C] 望遠鏡
[`tɛlə,skop]	

· She looked at Halley's comet through a telescope.

　她用望遠鏡來觀看哈雷彗星。

televise	v. 電視播映 (拍攝)
[`tɛlə,vaɪz]	

· Tomorrow night's game is going to be televised.

　明天晚上的比賽會在電視上播出。

temper	n. [C][U] 脾氣,心情=**mood,**
[`tɛmpɚ]	**humor** [U] 憤怒
	v. 適當地調和;減輕

★ <u>lose</u>/<u>keep</u> one's temper　發/不發怒

· John has a <u>hot</u>/<u>short</u> temper.

　John脾氣暴躁。

| **temporary** | *adj.* 暫時的 |
| [ˈtɛmpəˌrɛrɪ] | **=momentary↔permanent**；權宜的 |

· Don't worry! These problems are just temporary.
別擔心，這些問題都是暫時的。

| **tenant** [ˈtɛnənt] | *n.* [C] 租戶↔**landlord** |

★ tenants of <u>an apartment</u>/<u>a farm</u>　房客／佃農

| **tend** [tɛnd] | *v.* 易於…；傾向於… (~ to) |

· He tends to shout when he gets excited.
他一興奮就容易大叫。

| **tendency** | *n.* [C] 傾向**=inclination,** |
| [ˈtɛndənsɪ] | **disposition**；性向 |

· She has a tendency toward melancholy.
她有憂鬱症傾向。

| **tender** [ˈtɛndɚ] | *adj.* 嫩的**=soft↔tough**；親切的 |
| | **=kind** |

· Giraffes feed on tender leaves.
長頸鹿以嫩葉為主食。

tense [tɛns]	*adj.* 緊張的**=nervous,**
	anxious↔relaxed；緊繃的
	n. [U][C] 時態
	v. 拉緊；(使) 緊張

· You are too tense. Try to relax!

你太緊張了，試著放輕鬆點吧！

tension	*n.* [U] 緊張(狀態)
[ˋtɛnʃən]	**=nervousness↔relaxation**

· Taking a walk in the woods can relieve stress and tension.　在森林中散步可以消除壓力和緊張。

terminal	*adj.* (疾病) 末期的**=fatal**；終點
[ˋtɝmənl̩]	的**=last**；末端的
	n. [C] 終點站；(飛機)起站／終站

★ terminal cancer　末期癌症

· The bus pulled into the terminal.
公車駛抵終點站。

➠ terminate [ˋtɝmənet] v. 終結

terrify	*v.* 驚嚇**=frighten**
[ˋtɛrə͵faɪ]	

· The man terrified the little kids.
那個男人嚇壞了這些小孩。

territory	*n.* [U][C] 領土**=area, region**；轄
[ˋtɛrə͵torɪ]	區；地盤

· Many countries invaded Chinese territory in the early twentieth century.
很多國家在二十世紀初期侵犯中國領土。

terror [ˋtɛrɚ]	*n.* [U] 恐懼**=fear, horror** [C] 令

	人恐懼的原因／人／物
· The whole world was extremely shocked by the acts of terror that happened on September 11, 2001. 全世界的人對於發生在2001年9月11日的恐怖行動 感到無比震驚。	
text [tɛkst]	*n.* [U][C] 正文
· This book contains too much text and too few pictures. 這本書正文太多，插圖太少。	
thankful [`θæŋkfəl]	*adj.* 感謝的 **=grateful**
· I'm thankful to you for giving me this chance. 感謝你給我機會。	
theft [θɛft]	*n.* [U][C] 偷竊 (~ of) **=stealing**
· He was accused of car theft. 他被控盜竊車輛。	
➡ thief [θif] *n.* [C] 小偷	
theirs [ðɛrz]	pron. 他們的
· Theirs is the best way. 他們的方法是最好的。	
theme [θim]	*n.* [C] 主題 **=topic, subject**
★ theme song 主題曲 theme park 主題公園	
theory [`θiərɪ]	*n.* [C][U] 理論；假設
	=assumption [C] 學說
· Your plan, though excellent in theory, is	

impractical.	你的計畫理論上很好，但不實際。

therapy
[`θɛrəpɪ]

n. [U][C] 療法=**treatment**

· I am getting therapy to conquer my acrophobia.
我正在接受懼高症的治療。

thinking
[`θɪŋkɪŋ]

n. [U] 考慮，思考，意見

adj. 思考的，理性的=**rational**

· To my (way of) thinking, miniskirt will go out of fashion next year.
在我看來，迷你裙明年就不流行了。

thirst [θɜ·st]

n. [U] 口渴；渴望 (a ~) =**desire, longing**

v. 口渴；渴望 (~ for, after)

· She has a great thirst for knowledge.
她有強烈的求知慾。

thorough
[`θɜ·o]

adj. 完全的=**complete**；十足的；細心周到的 <-ly *adv.*>

· The detective is making a thorough search of the house. 這名探員正在對房子做徹底的搜查。

thoughtful
[`θɔtfəl]

adj. 周到的；體貼的=**kind, considerate**

· It was thoughtful of you to remember her birthday. 你真體貼記得她的生日。

445

T

| **thread** [θrɛd] | v. 穿線 |
| | n. [U][C] 線 |

· She put on her glasses and threaded a needle.
  她戴上眼鏡，把針穿了線。

| **threat** [θrɛt] | n. [U][C] 威脅=**menace** |

· Reckless driving is a threat to pedestrians.
  魯莽的駕駛對行人是一種威脅。

| **threaten** | v. 威脅=**warn, intimidate** |
| [ˈθrɛtn̩] | |

· He threatened her with a knife.
  他拿著刀子威脅她。

| **thunderstorm** | n. [C] 帶有雷電的大雨，雷陣雨 |
| [ˈθʌndɚˌstɔrm] | |

· The unexpected afternoon thunderstorm soaked
  every pedestrian on the street.
  突如其來的午後雷陣雨把街上每個行人都淋濕了。

| **tickle** [ˈtɪkl̩] | v. 搔癢 |
| | n. [U][C] 癢的感覺=**itch** |

· I tickled the baby in the ribs. The tickling made
  him laugh.
  我在嬰兒肋骨處搔癢。搔癢感讓他笑出聲。

| **tide** [taɪd] | n. [C] 潮流；潮汐的漲退；形勢，
  傾向 |

· The tide turned against him.
情勢變得對他不利。

| **tight** [taɪt] | *adj.* 緊的↔**loose** |
| | *adv.* 緊密地 |

★ sit tight　原地不動；堅持、努力

· Screw the lid on tight.　把蓋子旋緊。

| **tighten** [ˋtaɪtn̩] | *v.* 拉緊↔**loosen** |

· I tightened a string on the guitar.
我把吉他的一根弦拉緊。

| **timber** [ˋtɪmbɚ] | *n.* [U] 木材=**logs** |

| **timetable** [ˋtaɪmˌtebl̩] | *n.* [C] 時間表，時刻表；計畫表 |
| | *v.* 制定…的計畫表 |

★ bus/train timetable　公車／火車時刻表

| **timid** [ˋtɪmɪd] | *adj.* 膽怯的↔**bold** |

· The little boy is timid with strangers.
小男孩怕生。

| **tin** [tɪn] | *n.* [U][C] 錫；【英】罐頭=【美】can |
| | *v.* 鍍錫；製成罐頭 |

· There is a tin mine near the cave.
山洞附近有個錫礦。

· The women are busy tinning fruit.

婦女們正忙著把水果製成罐頭。

| **tiptoe** [`tɪp,to] | *n.* [U] 腳尖 |
| | *v.* 用腳尖走 |

★ <u>stand</u>/<u>walk</u> on tiptoe(s)　踮起腳尖站立／走路
- I walked up the stairs on tiptoe.
  我躡手躡腳地走上樓。
- We tiptoed so we would not make a sound and wake up the baby.
  我們踮腳走路避免發出任何聲響吵醒嬰兒。

| **tire** [taɪr] | *v.* 使疲倦=**exhaust** |
| | *n.* [C] 輪胎=【英】**tyre** |

- We began to tire quickly as we neared the summit.
  我們接近山頂時，很快就開始覺得累。

| **tiresome** [`taɪrsəm] | *adj.* 煩人的=**boring, dull** |

- Handling all kinds of matters can be tiresome.
  處理各式各樣的事務是很煩人的。

| **tiring** [`taɪərɪŋ] | *adj.* 使疲勞的，費力氣的；厭倦的 |

- Taking care of a newborn baby is very tiring.
  照顧新生兒是很累的。

| **tissue** [`tɪʃu] | *n.* [U] (細胞) 組織 [U][C] 面紙 |

- Many athletes have very little fat tissue.

很多運動選手少有肥胖的肌肉組織。

T

tobacco [tə`bæko]	*n.* [U] 菸絲；菸草 (集合名詞)

★ 比較 cigarette 香煙　cigar 雪茄
- He took out his pipe, filled it with tobacco, and lit it.　他拿出煙斗，填滿菸草並點燃。

tolerable [`talərəbḷ]	*adj.* 可容忍的**=bearable↔** **intolerable**；尚可的

- The heat is tolerable, if you don't work in the sun.
  如果你不在太陽下工作的話，這酷暑還可以忍受。

tolerance [`talərəns]	*n.* [U][C] 抵抗力

- Many old people have a very limited tolerance to the cold.　很多老人家相當怕冷。

tolerant [`talərənt]	*adj.* 寬容的↔**intolerant**；寬大的

- I am not tolerant of racism.
  我不能容忍種族歧視。

tolerate [`talə,ret]	*v.* 容忍**=stand, endure**

- Sometimes we have to tolerate some inconveniences.
  有時候我們必須容忍一些不方便。

449

T

tomb [tum]	*n.* [C] 墳墓=**grave**

· They laid the king in his tomb.
他們把國王葬在墓裡。

ton [tʌn]	*n.* [C] 噸
tone [ton]	*n.* [C] 音調=**sound**；語調；色調
	v. 調節…的調子

· The quiet tones of a harp came floating into the
room.　細微的豎琴聲悠揚地傳進房間裡。

toothpaste	*n.* [U] 牙膏
[`tuθ,pest]	

★ a tube of toothpaste　一條牙膏

torch [tɔrtʃ]	*n.* [C]【英】手電筒=【美】
	flashlight；火炬
	v. 縱火

· The Olympic torch is now carried by a famous
runner.
奧林匹克聖火現在由一位知名的跑者拿著。

tornado	*n.* [C] 龍捲風=**twister**
[tɔr`nedo]	

· A tornado hit the town, causing 30 deaths.
龍捲風襲擊這小鎮，造成三十人死亡。

tortoise	*n.* [C] 陸龜
[`tɔrtəs]	

★ 比較 turtle 海龜

| **toss** [tɔs] | *v.* 拋擲=**throw** |
| | *n.* [C] 拋擲(硬幣) |

· She won the coin toss. 她拋硬幣贏了。

tough [tʌf]	*adj.* 堅韌的↔**tender**；難纏的；硬的=**hard**；艱難的
	v. 忍得住(困難) (~ out)
	n. [C] 流氓，惡棍

· He is a tough boss. 他是個很難纏的上司。

| **tourism** [ˋturɪzəm] | *n.* [U] 觀光事業；旅遊業 |

· Tourism is the country's booming industry now.
  觀光事業是該國目前蓬勃發展的產業。

| **tourist** [ˋturɪst] | *n.* [C] 觀光客=**visitor** |

· London is full of tourists in the summer.
  在夏天倫敦到處都是觀光客。

| **tow** [to] | *v.* 拖=**pull, drag**；牽引 |
| | *n.* [U][C] 拖 |

· He towed the wrecked car to a garage.
  他把這輛撞壞的車拖到修車場。

| **trademark** [ˋtred‚mɑrk] | *n.* [C] 商標=**logo**；標誌 |

· Elvis was known for his trademark dancing.

451

貓王以他的註冊商標舞蹈聞名。

trader [ˋtredɚ]	*n.* [C] 商人，貿易業者；商船

tragedy [ˋtrædʒədɪ]	*n.* [C] 悲劇↔**comedy**；悲慘的事 **=misfortune, misery**

· *Hamlet* is one of Shakespeare's greatest tragedies
「哈姆雷特」是莎士比亞最偉大的悲劇之一。

tragic [ˋtrædʒɪk]	*adj.* 慘痛的**=sad, unfortunate**↔**comic**

· His death was a tragic loss to the acting
profession. 他的死對藝界是個悲痛的損失。

trail [trel]	*v.* 拖曳**=drag**；追蹤**=trace** *n.* [C] 蹤跡

· The child trailed his coat behind him.
那孩子把他的外套拿在身後拖。

· The dog followed a trail of blood.
狗追尋著血跡。

training [ˋtrenɪŋ]	*n.* [U] 訓練，鍛鍊；教育

· The boxer is in strict training for his next fight.
拳擊手為了下一場對戰正接受嚴格訓練。

transfer [trænsˋfɝ]	*v.* 轉移；運送；調任
[ˋtrænsfɚ]	*n.* [U][C] 調任；轉移

- The boy transferred to a different school.
  那男孩轉學至不同的學校。
- The police officer asked for a transfer out of this area. 這警察請求調離此區。

transform	v. 改變(性質、外形等) **=change,**
[træns`fɔrm]	**convert**

- The sleepy town has been transformed into a bustling city.
  這座寂靜的小鎮轉變為繁忙的都市。

translate	v. 翻譯 (~ from...into...)
[træns`let]	**=render**

- She translated the book from German into Chinese. 她把這本書從德文翻譯成中文。

translation	n. [U] 翻譯 [C] 譯本**=version**
[træns`leʃən]	

- I bought a Chinese translation of an Edgar Allan Poe's novel. 我買了一本愛倫坡的小說中譯本。

translator	n. [C] 翻譯者；口譯者，翻譯人
[træns`letɚ]	員**=interpreter**

transplant	v. 移植
[træns`plænt]	
[`trænsplænt]	n. [C][U] 移植

★ a heart/corneal/kidney/skin/bone-marrow

transplant　心臟／角膜／腎臟／皮膚／骨髓移植

· I transplanted the flowers from the pots to the garden.　我把花從盆裡移植到庭園中。

· That man needs a heart transplant in order to survive.
為了要活下去，那個男子必須要接受心臟移植。

transport	v. 運送**=carry, deliver**；流放
[træns`port]	
[`trænsport]	n. [U]【英】運輸=【美】
	transportation

★ public transport　大眾運輸

· They transport goods by truck.
他們用卡車運送貨物。

transportation	n. [U] 交通工具；運輸=【英】
[ˌtrænspɚ`teʃən]	**transport**

· No means of transportation is available to the village.
沒有任何交通工具可以到達那座村莊。

traveler	n. [C] 旅行者
[`trævlɚ]	

★ traveler's check　旅行支票

traveling	adj. 旅行用的；巡迴演出的
[`trævlɪŋ]	

★ traveling bag　旅行包

tray [tre]　　　　　*n.* [C] 托盤

· She carried the glasses on the tray.
　她用托盤遞送杯子。

treaty [ˋtritɪ]　　　*n.* [C] 條約**=agreement**

· The prime minister signed a peace treaty
　yesterday.　首相昨天簽署和平條約。

tremble　　　　　*v.* 顫抖**=quiver, shake**
[ˋtrɛmbḷ]　　　　　*n.* [U] 顫抖 (a ~) **=shiver**

· She opened the envelope with trembling hands.
　她以顫抖的手拆開信封。

· There was a tremble in his voice when he spoke.
　他說話時聲音顫抖著。

tremendous　　　　*adj.* 巨大的**=huge**；驚人的
[trɪˋmɛndəs]

· The car was moving at a tremendous speed.
　車子以驚人的速度行進。

trend [trɛnd]　　　*n.* [C] 潮流**=tendency**；流行
　　　　　　　　　　=vogue, fashion

· They always followed the latest trends.
　他們總是跟著最新流行走。

tribe [traɪb]　　　*n.* [C] 種族**=race**；(原始) 部落
　　　　　　　　　　(集合名詞)

455

・ The whole tribe was wiped out by smallpox.
整族的人都死於天花。

| **tricky** [ˋtrɪkɪ] | *adj.* 狡詐的**=sly, cunning** |

・ Here comes that tricky salesman.
狡詐的推銷員來了。

| **triumph** [ˋtraɪəmf] | *n.* [C] 大勝利**=success, victory** |
| | *v.* 獲得勝利 (~ over) |

・ The new play was a triumph.
這齣新戲叫好又叫座。

troop [trup]	*n.* [C] (人、動物等的) 群
	=group；軍隊<-s> **=army**
	v. 成群結隊，群集

・ The general will soon send troops to the front.
將軍不久將把部隊派往前線。

| **tropical** [ˋtrɑpɪkl] | *adj.* 熱帶 (地區) 的 |

★ a tropical fish 熱帶魚
tropical plants 熱帶植物

| **troublesome** [ˋtrʌblsəm] | *adj.* 令人討厭的**=annoying**；棘手的**=difficult** |

・ His stammer made life troublesome for him.
他的口吃讓他的生活變得麻煩。

| **trunk** [trʌŋk] | *n.* [C] 後車箱**=**【英】**boot**；樹幹； |

456

象鼻	
· Put your baggage in the trunk. 把你的行李放進後車箱。	
truthful [ˋtruθfəl]	*adj.* 誠實的=**honest**↔**untruthful**
· He is a truthful child. 他是個誠實的孩子。	
tube [tjub]	*n.* [C] 管子；導管=**duct**
tug [tʌg]	*v.* 猛拉=**pull**；以拖船拖出 *n.* [C] 猛拉；拖船=**tugboat**
· They tugged a car out of the mud. 他們使勁將車子從泥淖中拖出。	
tulip [ˋtjuləp]	*n.* [C] 鬱金香
tumble [ˋtʌmbl̩]	*v.* 跌落，跌倒=**fall, stumble** *n.* [C] 跌倒；落下
· She tumbled down the stairs and was hurt badly. 她從樓梯上跌下來，傷得很嚴重。	
tune [tjun]	*n.* [C] 曲子=**melody** [U] 和諧 *v.* 調音；調到(某頻道)
★ in/out of tune　和諧／不和諧	
· We tuned in to CNN to hear the news. 我們轉到CNN頻道聽新聞。	
tutor [ˋtutɚ]	*v.* 當家庭教師=**teach** *n.* [C] 家庭教師=**teacher**

· Beth tutored him in math.

Beth當過他的數學家教。

twig [twɪg]	*n.* [C] 細枝
twin [twɪn]	*n.* [C] 雙胞胎之一；一對中的一個
	adj. 雙胞胎的；(動物、植物) 雙生的
	v. 生雙胞胎

· They are twins.　他們是雙胞胎。

twinkle ['twɪŋkḷ]	*v.* 閃爍=**sparkle, shine**
	n. [C] 閃爍 (a ~)

· There was a mischievous twinkle in his eyes.

他的眼神中閃爍著惡作劇的光芒。

twist [twɪst]	*v.* 捲繞=**wind**；捻製；扭曲
	n. [C] 搓；扭
	adj. (路) 彎曲的

· She twisted her hair around the curlers.

她把頭髮捲繞在髮捲上。

typewriter ['taɪp,raɪtɚ]	*n.* [C] 打字機
typical ['tɪpɪkḷ]	*adj.* 典型的=**standard**；特點的 =**characteristic**

· He is a typical American businessman.

他是典型的美國商人。

typing	*n.* [U] 打字=**typewriting**
[ˋtaɪpɪŋ]	

· I'm sorry for my typing errors.
我對我的打字錯誤感到抱歉。

typist [ˋtaɪpɪst]	*n.* [C] 打字員

· He is a typist by profession.
他的工作是個打字員。

unable [ʌn`ebḷ]	*adj.* 不能…的 =**incapable**

· He is unable to read and write.　他不會讀寫。

unaware [ʌnə`wɛr]	*adj.* 未察覺到的，不知道的 (~ of)

· She was unaware of the danger she was in.
她渾然不覺自己身處的環境。

unbelievable [ˌʌnbə`livəbḷ]	*adj.* 難以相信的，不能相信的

· It is unbelievable that our team won at the last 30
seconds.
真不敢相信我隊在最後三十秒獲得勝利。

unconscious [ʌn`kɑnʃəs]	*adj.* 不注意的，未察覺的；失去知覺的，不省人事的

· The boy was knocked unconscious by a blow to
the head.　男孩因為頭部的一擊失去知覺。

underground [`ʌndɚˌgaʊnd]	*adj.* 地下的；秘密的 *adv.* 在地下，向地下；秘密地 *n.* [U] [C] 地下道；【英】地下鐵 =【美】**subway**

· There is an underground passage in the house.
這房子有條地下秘密通道。

understanding [ʌndɚ`stændɪŋ]	*n.* [U][C] 理解 =**comprehension** [U] 同情 =**sympathy**

adj. 明白事理的，有判斷力的，聰明的

- The committee showed a deep understanding of the plight of the refugees.
  委員會對難民的困境深表同情。

undertake	v. 從事；承辦 (undertake,
[ˌʌndɚˋtek]	undertook, undertaken)

- The directors of the company were reluctant to undertake a risky venture.
  公司的董事們不願從事有風險的事業。

underwater	adv. 在水面下；在海面下
[ˋʌndɚˏwɔtɚ]	adj. 水面下的，水中的

- The discovery of the underwater ruin shocks the world.　海底遺跡的發現震驚了全世界。

underweight	adj. 重量不足的
[ˋʌndɚˋwet]	

- The underweight baby has to stay three more weeks in an incubator.
  這體重不足的新生兒必須在保溫箱裡多待三個星期。

unexpected	adj. 想不到的，突然的
[ˏʌnɪkˋspɛktɪd]	

- The old man paid his children an unexpected visit.

這老人突然拜訪他的孩子。

---

unfortunate   *adj.* 不幸的

[ʌn`fɔrtʃənɪt]

· He was unfortunate to lose his onl y son.
他很不幸的失去了他唯一的兒子。

---

unfortunately   *adv.* 不幸地；不湊巧**=unluckily**

[ʌn`fɔrtʃənɪtlɪ]

· Unfortunately, we didn't catch the last bus home.
不幸地，我們沒有搭到最後一班回家的公車。

---

unfriendly   *adj.* 不友好的；冷淡的

[ʌn`frɛndlɪ]

· The little gril didn't like the man; that's why she
spoke to him in a loud and unfriendly voice.
小女孩不喜歡這個人，那就是為什麼她對他說話大
聲且不友善。

---

union [`junjən]   *n.* [U] 結合**=combination**；合併
[C] 聯盟**=federation**

★ a labor union   工會   a student union   學生會

---

unite [ju`naɪt]   *v.* 合併**=join, combine↔divide**

· The two companies were united to form a new
one.   那兩家公司合併成一家新公司。

---

united   *adj.* 聯合的；合作的

[ju`naɪtɪd]

- They are united in their efforts to promote peace.

  他們為促進和平而努力。

---

unity [ˈjunətɪ]	*n.* [U][C] 整體性=**wholeness**；結合

- The film lacks unity. 這電影缺乏整體性。
- In unity there is strength.

  【諺】團結就是力量。

---

universal [ˌjunəˈvɝsl]	*adj.* 普遍的；全宇宙的；全世界的

- Overpopulation is a universal problem.

  人口過剩是世界性的問題。

---

unknown [ʌnˈnon]	*adj.* 不知道的；無名的

- The author was unknown before his book was

  made into a popular movie.

  在書被改拍成電影前，這位作家都默默無名。

---

unless [ənˈlɛs]	*conj.* 除非，如果不

- Unless it rains, Jessica will come.

  除非下雨，要不然Jessica會來。

---

unlike [ʌnˈlaɪk]	*prep.* 不相似的，不同的

- The action is unlike him. 這樣的行為不像是他。

---

unlikely [ʌnˈlaɪklɪ]	*adj.* 不可能的；未必會發生的

463

- It's unlikely he will phone this late at night.

  他不可能這麼晚打電話來。

untouched [ʌn`tʌtʃt]	*adj.* 未觸摸過的；(大陸等) 足跡未到的；未被損壞的

- There are many places remain untouched on the planet today.

  今日地球上仍有許多地方人類的足跡未到。

unusual [ʌn`juʒʊəl]	*adj.* 異常的，不平常的；例外的

- It's unusual to have typhoon in spring.

  春天有颱風是很不尋常的。

upset [ʌp`sɛt]  [`ʌp,sɛt]	*v.* 弄翻；使煩惱；使 (胃等) 不適 (upset, upset, upset) *adj.* 心情不好的；(胃等) 不適的 *n.* [U][C] 混亂；(胃等) 不適

- The raw oysters upset his stomach.

  那生蠔使他的胃很難受。

- I am very upset about the argument I had with my girlfriend yesterday.

  我因為昨天和我女朋友起爭執而心情非常不好。

upward [`ʌpwəd]	*adj.* 向上的 ↔ **downward** *adv.* 向上地 = **upwards**

★ ...and upward (含) …以上

- She gave an upward glance.
  她向上瞥了一眼。

- We climbed farther upward.
  我們再往上爬。

---

urban [`ɝbən] | *adj.* 都市的↔**rural**

- I cannot stand the hectic pace of urban life.
  我無法忍受都市生活的繁忙步調。

---

urge [ɝdʒ] | *v.* 驅使**=force, drive**；力勸 **=persuade**
 n. [C] 衝動

- Samantha was exhausted, but the crowd urged her on, to finish the race.
  Samantha已經精疲力竭，但群眾驅使她完成比賽。

---

urgent [`ɝdʒənt] | *adj.* 緊急的**=pressing**；強行要求的

- He went to France on urgent business.
  他因急事前往法國。

---

usage [`jusɪdʒ] | *n.* [U] 使用**=use**；語言用法

- The tools have been worn smooth by many years of usage.
  由於多年使用，這些工具已經被磨得平滑了。

---

useless [`juslɪs] | *adj.* 無用的；徒勞的**=unusable, unhelpful**

- The information seems useless.
  這情報似乎沒什麼用。

V

vacant [`vekənt]	*adj.* 空的 (席位、房子等) ↔**occupied**；空虛的；(職務) 空缺的

· Is the seat vacant? No, it is occupied.
這位子空著嗎？不，有人坐。

---

vague [veg]	*adj.* 模糊不清的=**ambiguous,** **indefinite, inexplicit**↔**definite**

· He gave a very vague answer to my question.
對於我的問題，他給了含糊的回答。

➠ vaguely [`veglı] *adv.* 模糊不清地

---

vain [ven]	*adj.* 無益的，白費的=**useless**；虛 榮心強的；自負的 (~ of)

★ in vain 徒勞無功

· The fly made vain attempts to escape from the
spider's web.
那蒼蠅企圖從蜘蛛網逃走，但失敗了。

---

valuable [`væljəbl̩]	*adj.* 寶貴的 =**invaluable**↔**valueless**

· Your help was very valuable to me.
你的幫助對我來說非常寶貴。

---

van [væn]	*n.* [C] 廂型卡車

---

vanish [`vænıʃ]	*v.* 消失=**disappear**

· When Betty heard the bad news, her smile

vanished.

當Betty聽到這壞消息時，她的笑容消失了。

vapor [ˋvepɚ]   *n.* [U][C] 蒸氣

★ water vapor   水蒸氣

· Thick vapor rises from the hot spring.

濃濃的蒸氣從溫泉升起。

variety   *n.* [U] 多變性=**diversity**；差異

[vəˋraɪətɪ]   =**difference**；種類

· There is a variety of books available at the book

store.   在這間書店裡有豐富的書籍可取得。

various   *adj.* 各種的=**different**

[ˋvɛrɪəs]

· Helen had various reasons for being late.

Helen有各種遲到的理由。

vary [ˋvɛrɪ]   *v.* 改變=**change**；使多樣化

· An old man usually doesn't like to vary his way of

life.   老人通常不喜歡改變生活方式。

vase [ves]   *n.* [C] 花瓶

· He knocked the vase over accidentally.

他不小心打翻花瓶。

vast [væst]   *adj.* 廣大的；(數量) 龐大的

=**huge, enormous**

★ the vast universe   浩瀚無邊的宇宙

vegetarian	*n.* [C] 素食者
[,vɛdʒə`tɛrɪən]	*adj.* 素食的
★ a vegetarian diet　素食	

vehicle [`viɪkl]	*n.* [C] 交通工具;車輛

· Vehicles are not permitted on this street on
  Sundays.　星期日所有的車輛都禁止進入此街。

venture	*n.* [C] 冒險事業=**risk**
[`vɛntʃɚ]	*v.* 冒險從事;冒昧提出 (~<u>to V.</u>/
	N.) =**dare**

· I invested in a joint venture.
  我冒險投資一項合資事業。

· He ventured into the Amazon jungle.
  他冒險進入亞馬遜叢林。

verb [vɝb]	*n.* [C] 動詞

verse [vɝs]	*n.* [U] 韻文 [C] (詩、歌的) 節

· This is a story written in verse.
  這故事用韻文寫成。

version	*n.* [C] 版本 (~ of) =**adaptation**;
[`vɝʒən]	說法

· Have you ever read the French version of *The
  Little Prince*?　你有讀過法文版的《小王子》嗎?

vessel [`vɛsl]	*n.* [C] 容器=**container**;船=**ship**
★ a cargo vessel　貨船	

| **victim** [ˋvɪktɪm] | *n.* [C] 犧牲者 |

★ fall victim to... 成為…的犧牲品／受害者

· They are victims of racial discrimination.
  他們是種族歧視下的犧牲者。

· He fell victim to a deadly disease.
  他成了致命疾病的受害者。

| **videotape** [ˋvɪdɪoˋtep] | *n.* [U][C] 錄影帶
v. 錄影=**video** |

· I'll videotape this episode for you.
  我會幫你把這集錄下來。

| **vigor** [ˋvɪgɚ] | *n.* [U] 活力=**energy, vitality** |

· The patient recovered his vigor.
  病人恢復了元氣。

| **vigorous** [ˋvɪgərəs] | *adj.* 有活力的=**energetic**；強而
有力的=**powerful** |

· Mr. Grey is still vigorous in the business world.
  格雷先生仍舊繼續活躍於商界。

| **violate** [ˋvaɪəˏlet] | *v.* 違反=**break, disobey**；擾亂，
侵犯 |

· You must not violate the copyright law of our
  country. 你不能違反我國的著作權法。

| **violation** [ˏvaɪəˋleʃən] | *n.* [U] 違反 [C] 違反的行為或實
例↔**obedience** |

★ in violation of...	違反…
violence [ˋvaɪələns]	*n.* [U] 強烈；暴力

★ do violence to... 對…施暴；違犯 (法律、規定等)

· At last, the students resorted to violence.
  最後學生採取了暴力手段。

violent [ˋvaɪələnt]	*adj.* 猛烈的=**forceful**↔**gentle**； 暴力的

· There was a violent eruption from the volcano
  yesterday.　昨天有猛烈的火山爆發。

violet [ˋvaɪəlɪt]	*n.* [C] 紫羅蘭 *adj.* 藍紫色的
violinist [vaɪəˋlɪnɪst]	*n.* [C] 小提琴家
virgin [ˋvɝdʒɪn]	*n.* [C] 處女 *adj.* 首次的；未開墾的；純潔的

★ a virgin voyage 處女航

virtue [ˋvɝtʃʊ]	*n.* [U] 美德↔**vice** [C] 德行；優 點，長處=**advantage**

· Virtue is its own reward.
  【諺】善行本身即是回報。

virus [ˋvaɪrəs]	*n.* [C] 電腦病毒 (=computer virus)

471

· Don't open that e-mail! An unknown computer virus is attached to it.

不要打開那封電子郵件！它裡面被附加不知名的電腦病毒。

visible [ˋvɪzəbl̩]	*adj.* 看得見的↔**invisible**；明顯的

· A lighthouse is visible in the distance.

可以看見遠處有一燈塔。

vision [ˋvɪʒən]	*n.* [U] 視力=**eyesight**；視野=**view** [C] 遠景；幻想

★ <u>beyond</u>/<u>within</u> one's vision　看不見／看得見

· The boxer lost the vision in one of his eyes.

拳擊手一隻眼睛失明了。

visual [ˋvɪʒʊəl]	*adj.* 視力的，視覺的

★ a visual test　視力檢查

vital [ˋvaɪtl̩]	*adj.* 維生的；重要的，不可或缺的 (~ to, for) =**essential**

· The heart is a vital organ.

心臟是維生的器官。

vitamin [ˋvaɪtəmɪn]	*n.* [U][C] 維他命
vivid [ˋvɪvɪd]	*adj.* 鮮艷的=**bright**；清楚的；生動的=**lively**

· The event is still vivid in my memory.

那件事在我記憶裡依然清晰。

volcano	*n.* [C] 火山
[vɑl`keno]	

★ <u>an active</u>/<u>a dormant</u>/<u>an extinct</u> volcano　活／休／
死火山

voluntary	*adj.* 自願的↔**forced**
[`vɑlən͵tɛrɪ]	

· The suspect made a voluntary confession.

嫌犯自動認罪了。

volunteer	*v.* 自願 (~ for, to V.)
[͵vɑlən`tɪr]	*n.* [C] 志工

· Tom volunteered to help us.

Tom自願幫忙我們。

vowel [`vauəl]	*n.* [C] 母音

★ 比較 consonant　子音

voyage	*n.* [C] 航行=**journey, tour**
[`vɔɪɪdʒ]	*v.* 航海，航行

★ Bon voyage!　一路順風！

· They <u>made</u>/<u>took</u> a voyage from England to the
West Indies . 他們自英格蘭航海至西印度群島。

| **wage** [wedʒ] | *n.* [C] 工資 (指計時工資、日薪等) <常-s> =**pay** |
| | *v.* 進行 (戰爭) |

· The laborers demanded higher wages.
工人們要求更高的工資。

| **wagon** [ˋwægən] | *n.* [C] 貨運馬車；攤販的小車 |

| **waken** [ˋwekən] | *v.* 喚醒，弄醒=**wake up** |

· All of us were wakened by the earthquake.
我們全被地震給弄醒了。

| **waltz** [ˋwɔlts] | *n.* [C] 華爾滋 |
| | *v.* 跳華爾滋 |

| **wander** [ˋwɑndɚ] | *v.* 漫遊=**roam**；漂泊；蜿蜒前進；偏離 (~ from, off) |
| | *n.* [C] 漫步 |

· The river wanders through the jungle.
河流蜿蜒地流經叢林。

| **ward** [wɔrd] | *n.* [C] 病房；牢房 [U] 監護 |
| | *v.* 躲開 (~ off) |

· The child was in ward to the court.
那孩子在法庭的監護下。

· The boxer tried to ward off the blow.

拳擊手試著躲開那記重拳。

warfare [ˋwɔr͵fɛr]	*n.* [U] 戰事=**war, battle**
warmth [wɔrmpθ]	*n.* [U] 暖和；古道熱腸

· The warmth of the room made me sleepy.
  房裡的暖意使我想睡。

warn [wɔrn]	*v.* 警告=**alert**；告誡

★ warn sb. against... 警告某人不要做…

· The professor warned him against conducting the
  dangerous experiment.
  教授警告他不要做這危險的實驗。

warning [ˋwɔrnɪŋ]	*n.* [U][C] 警告，注意 *adj.* 忠告的；教訓的

· The terrorists issued a warning that they would
  bomb the city.
  恐怖分子發出警告將炮轟這個城市。

warship [ˋwɔr͵ʃɪp]	*n.* [C] 軍艦
washing [ˋwɑʃɪŋ]	*n.* [U] 洗，洗滌=**wash**

★ do the washing 洗衣服

watchman	*n.* [C] 巡夜人員；看守=**security**

[ˋwɑtʃmən]	**guard**
waterproof [ˋwɔtəˋpruf]	*adj.* 防水的 (=**watertight** [ˋwɔtəˋtaɪt]) *n.* [U] 防水布；防水材料；雨衣 *v.* 對⋯進行防水處理
wax [wæks]	*n.* [U] 蠟 *v.* 上蠟

· He waxes his car once a month.
  他一個月給他的車上一次蠟。

way [we]	*n.* [C] 路=**road**；路線；路程；方法=**method**；作風；方向 *adv.* 遠遠地，大大地

★ by the way　順便一提
　in the/one's way　擋住 (某人) 去路

· What is the best way to learn French?
  學法語的最佳方法為何？

· Jim saw a car accident on his way home.
  Jim回家的途中目睹了一場車禍。

weaken [ˋwikən]	*v.* 使虛弱

· The fever weakened the patient.
  發燒使病人虛弱。

wealth [wɛlθ]	*n.* [U] 財富=**riches, fortune**

- Health is better than wealth.

  【諺】健康重於財富。

wealthy [ˋwɛlθɪ]	*adj.* 富裕的 **=rich, well-off↔poor**

- Hard work made Jim wealthy.

  努力工作使Jim致富。

weave [wiv]	*v.* 編織 **=intertwine**；編造；穿梭而行 (weave, wove, woven)
	n. [C] 織法，編法，…織物

- In the old times, many women had to learn how to weave.　以前很多婦女必須學習編織。

web [wɛb]	*n.* [C] 網；網狀結構；蹼

- A butterfly was caught in a spider's web.

  一隻蝴蝶被蜘蛛網纏住。

weed [wid]	*n.* [C] 雜草
	v. 拔雜草

- I have removed the weeds from the garden.

  我已經清除完花園裡的雜草。

weep [wip]	*v.* 哭 (weep, wept, wept) **=cry, sob**
	n. [C] 哭泣<常-s>

- The old woman wept sadly as she thought of her lost child.

老婦人一想到自己失去孩子就悲傷地哭泣。

weigh [we]	*v.* 秤重；重達；仔細考慮
	=consider

· Weigh the package on the scale.
  把包裹放在秤上測重。
· Tom weighs 120 pounds.　Tom體重一百二十磅。

welfare	*n.* [U] 福利，福祉；社會福利 (制
[`wɛl,fɛr]	度)

★ on welfare　接受社會救濟
· Welfare services are provided to help with
  people's living conditions and financial problems.
  社會福利旨在幫助改善人民的生活狀況及財務問
  題。

well [wɛl]	*adj.* 健康的**=healthy**
	adv. 很好地
	n. [C] 井

★ as well as　與…同樣好；…也同樣地
  <u>may/might</u> as well　不妨
· I hope you get well soon.　我希望你能早日康復。
· How well does Jack speak Italian?
  Jack的義大利文說得有多好？

well-known	*adj.* 著名的，眾所周知的
[`wɛl`non]	**=famous**

- O. Henry is well-known for his witty puns and surprising ending.

  歐亨利因機智的文字遊戲以及令人驚訝的結局而著名。

westerner [ˈwɛstɚnɚ]	*n.* [C] 居住在西方的人

- Many westerner like Chinese food.

  許多西方人喜歡中國料理。

wheat [hwit]	*n.* [U] 小麥

- She ground wheat into flour to make bread.

  她把小麥磨成麵粉來做麵包。

whenever [hwɛnˈɛvɚ]	*adv.* 無論何時 *conj.* 無論何時

- Whenever you come, you will find the manager in. 無論你何時來，經理都在。

wherever [hwɛrˈɛvɚ]	*conj.* 無論哪裡 *adv.* 究竟哪裡

- <u>Wherever</u>/<u>No matter where</u> the man is, the police will surely find him.

  無論這人在哪兒，警方一定會找到他。

whichever [hwɪtʃˈɛvɚ]	*det.* 無論哪個 *pron.* 無論哪個

- Whichever you may choose, you will be

disappointed.

無論你挑選哪一個，你都會感到失望的。

---

whip [hwɪp]　　　*v.* 鞭打=**spank**

n. [C] 馬鞭；鞭打

- The teacher used to whip lazy pupils.

那老師從前常鞭打懶惰的學生。

---

whisper　　　　*v.* 耳語=**murmur, mutter**

[`hwɪspɚ]　　　　*n.* [C] 耳語；傳聞=**gossip**

★ whisper in sb.'s ear　悄悄地耳語

- Mike whispered to me so that no one could hear what he said.

為了不讓別人聽到他的話，Mike對我悄悄地說。

---

whistle [`hwɪsl̩]　*v.* 吹口哨

n. [C] 哨子；汽笛

- Ted whistled his dog to come back.

Ted吹口哨喚狗回來。

---

whoever　　　　*pron.* 無論是誰；究竟是誰

[hu`ɛvɚ]

- Whoever/No matter who may come, don't open the door.　無論誰來都不要開門。

---

wicked [`wɪkɪd]　*adj.* 惡劣的=**evil, vicious**↔**good**

- It is wicked to mistreat animals.

虐待動物是很惡劣的。

---

widespread	*adj.* 廣布的＝**extensive,**
[`waɪd`sprɛd]	**pervasive**

· AIDS is widespread in all over the countries.
愛滋病廣布在全世界所有國家中。

wilderness	*n.* [C] 荒地＝**wasteland**
[`wɪldɚnɪs]	

· The Sahara is one of the largest wildernesses in the world.
撒哈拉沙漠是世界上最大的荒地之一。

wildlife	*n.* [U] 野生動物
[`waɪld,laɪf]	

· South Africa is famous for a wide variety of wildlife. 南非以種類繁多的野生動物聞名。

wildly	*adv.* 任意地；非常
[`waɪldlɪ]	

· I'm so wildly happy. 我非常高興。

will [wɪl]	*n.* [U] [C] 意志

· Everyone has free will to decide what s/he wants.
每個人都有自由意志，可決定他／她想要什麼。

willow [`wɪlo]	*n.* [C] 柳樹 [U] 柳木

★ a weeping willow 垂柳

wink [wɪŋk]	*v.* 眨眼＝**blink**
	n. [C] 眨眼

★ wink at...　對… (過失、不禮貌)眨一隻眼，閉一隻眼

· The young man winked at Jane.
　那年輕人對Jane眨眼。

| **wipe** [waɪp] | *v.* 擦拭 |
| | *n.* [C] 擦，擦去 |

★ wipe out...　擦去…；除掉…

· He wiped his hands <u>on</u>/<u>with</u> a towel.
　他用毛巾擦手。

| **wire** [waɪr] | *n.* [C] 電線**=electric cable**；電報**=telegraph** |
| | *v.* 拍電報**=telegraph**；安裝電線 |

· Electricity travels through wires.
　電流經由電線傳導。

| **wisdom** [ˋwɪzdəm] | *n.* [U] 智慧；賢明 |

★ wisdom tooth　智齒

· Experience is the mother of wisdom.
　【諺】經驗乃智慧之母。

| **wit** [wɪt] | *n.* [U][C] 智慧**=sense, wisdom**；機智<-s> |

★ <u>in</u>/<u>out of</u> one's wits　精神正常/失常

· He lacked the wit to see the situation clearly.

482

他缺乏看清事情的智慧。

| **witch** [wɪtʃ] | *n.* [C] 女巫 |

★ 比較 wizard [`wɪzəd] 男巫

withdraw	*v.* 抽出；領出；撤退=**retreat**
[wɪθ`drɔ]	(withdraw, withdrew,
	withdrawn)

· Neither side agreed to withdraw its troops from
that area. 雙方都不同意從那個地區撤軍。

| **witness** | *n.* [C] 目擊者；證人 |
| [`wɪtnɪs] | *v.* 目睹；作證 |

· Bill is the only witness of the accident.
Bill是那起事故的唯一目擊者。

| **wizard** | *n.* [C] 男巫 |
| [`wɪzəd] | |

| **wool** [wʊl] | *n.* [U] 羊毛 <-len *adj.*> |

· Australia exports a lot of wool.
澳大利亞出口很多羊毛。

| **workbook** | *n.* [C] 習作簿；練習簿 |
| [`wɜk͵bʊk] | |

· Our teacher asked us to write the workbook at
home. 我們的老師要我們在家裡寫習作簿。

| **working** | *n.* [U] [C] 工作，活動；運用， |
| [`wɜkɪŋ] | 經營 |

W

	adj. 工作的，從事勞動的

★ the working population　就業人口

workshop [`wɜk,ʃɑp]	*n.* [C] 工作坊；研討會

worldwide [`wɜld`waɪd]	*adv.* 世界性地 *adj.* 世界性的，全世界的，遍及全世界的

· Global warming is a worldwide problem, so everyone of us should try to solve it.
　全球暖化是世界性的問題，所以每個人都應試著解決它。

worm [wɜm]	*n.* [C] 蟲 (指柔軟無足細長的蟲) *v.* (蟲一般地) 慢慢地前進，爬行

· The early bird catches the worm .
　【諺】早起的鳥兒有蟲吃。

worn [worn]	*adj.* 穿舊的，用舊的；磨破的；疲倦的

· She cherishes the pair of worn jeans which she received from her mother.
　她仍珍惜那條她母親送她、已穿舊的牛仔褲。

worried [wɜɪd]	*adj.* (人) 擔心的；困惑的，為難的；(表情等) 顯得擔憂的

· She looks worried because she failed the exam.

她看起來很擔心因為她考得不好。

worse [wɝs]	*adj.* 較壞的↔**better**
	adv. 更壞地，更糟地

· Things are getting worse and worse.
情勢越來越糟。

worthless [ˋwɝθlɪs]	*adj.* 無價值的↔**valuable**，無益的，微不足道的，無用的=**useless**

· His outstanding peers make him feel that he is worthless. 優秀的同儕讓他覺得自己很沒用。

worthwhile [ˋwɝθˋ(h)waɪl]	*adj.* 值得的，有用的

worthy [ˋwɝðɪ]	*adj.* 值得的 (~ of) =**deserving**；有價值的
	n. [C] 傑出人物；知名人士，名人

· His brave action is worthy of a medal.
他勇敢的行為值得頒給勳章。

wow [waʊ]	*interj.* 呀，哇 (表示驚訝、喜悅、痛苦等)
	v. 使 (聽眾等) 叫絕，因…獲得很大的成功

· The singer's excellent performance wowed the audience. 歌手優異的表現使聽眾叫絕。

485

W

| **wrap** [ræp] | v. 包，裹 |
| | n. [C] 包裝的材料 |

· The woman wrapped herself up in a blanket.
那婦人把自己裹在毯子裡。

| **wrapping** [ˋræpɪŋ] | n. [U] [C] 包裝材料，包裝紙 |

| **wreck** [rɛk] | v. 破壞=**ruin**；(船) 遇難 |
| | n. [C] 遇難；殘骸 |

· The tanker was wrecked off the coast of the
island.　油輪在島的海岸邊出事了。

| **wrinkle** [ˋrɪŋkḷ] | v. 起皺紋 |
| | n. [C] 皺紋 |

· His face was covered with wrinkles.
他的臉上佈滿了皺紋。

| **writing** [ˋraɪtɪŋ] | n. [U] 寫，執筆；筆跡 |

· The writing on the T-shirt says "Love conquers
everything."　T恤上的字寫著「真愛無敵」。

X-ray [`ɛks`re] | *v.* 照 X 光片
| *n.* [C] X 射線;X 光片

· They X-rayed my shoulder.
  他們替我的肩膀照 X 光片。

yam [jæm]	*n.* [C] 地瓜
yawn [jɔn]	*v.* 打呵欠
	n. [C] 呵欠

· She yawned and stretched lazily.
  她打了個呵欠並伸伸懶腰。

yell [jɛl]	*v.* 喊叫 (~ at) **=shout, scream**
	n. [C] 吼叫

· He yelled at me in anger.　他對我怒吼。

yogurt [`jogət]	*n.* [U] 優酪乳；優格

· She put some sliced fruit into her yogurt.
  她在她的優格裡放一些切片水果。

yolk [jok]	*n.* [U][C] 蛋黃

★ white　蛋白
  shell　蛋殼

youngster [`jʌŋstə]	*n.* [C] 年輕人

· You are just a youngster.　你還是個少年。

youthful [`juθfəl]	*adj.* 年輕的

· She's over fifty, but she has a youthful
  complexion.
  她已超過五十歲，但氣色看起來很好。

| **zone** [zon] | *n.* [C] 地區=area, region |

★ a safety zone　安全地帶

　　a danger zone　危險地帶

　　a residential zone　住宅區

　　a commercial zone　商業區

· Drive slowly in school zones.

　學校附近減速慢行。

Z

進階英文字彙力
4501～6000

丁雍嫻 邢雯桂
盧思嘉 應惠蕙 編著

◆ **最新字表！**

依據大學入學考試中心公布之「高中英文參考詞彙表 (111 學年度起適用)」編寫，一起迎戰 108 新課綱。

◆ **挑戰進階！**

收錄 Level 5~6 單字，規劃 60 回。學習詞彙表中的進階單字，從容應戰各式英文考試。
Level 5-2(進階 Level 5 單字)：20 回
Level 6：40 回

◆ **素養例句！**

精心撰寫各式情境例句，符合 108 新課綱素養精神。除了可以利用例句學習單字用法、加深單字記憶，更能熟悉學測常見情境、為大考做好準備。

◆ **補充詳盡！**

常用搭配詞、介系詞、同反義字及片語等各項補充豐富，一起舉一反三、輕鬆延伸學習範圍。

全民英檢中級模擬試題 (修訂三版)

郭慧敏 編著

符合 2021 年全民英檢
最新題型,讓你輕鬆
應試!

★ **聽說讀寫樣樣都有**
一次完整收錄初、複試的試題,共 6 回模擬試題,輕鬆熟悉全
民英檢中級所有考題。

★ **全真模擬測驗模式**
版面仿照英檢測驗,融入核心素養,情境、用字、文章皆符合
全民英檢中級程度。

★ **附電子朗讀音檔**
由專業外籍錄音員錄製,讓你提升應試熟悉度。

★ **附解析附冊**
方便完整對照中英題目及選項,有效理解考題脈絡。